# 山竹诗文

Shanzhu Shiwen

一位用生命写作的老人
为你讲述他一生的命运与传奇……

王叔珩/著

武汉出版社
WUHAN PUBLISHING HOUSE

(鄂)新登字 08 号

**图书在版编目(CIP)数据**

山竹诗文/王叔珩著. —武汉:武汉出版社,2006.10

ISBN 7—5430—3548—0

Ⅰ.山… Ⅱ.王… Ⅲ.①诗歌—作品集—中国—当代②文学研究—文集③散文—作品集—中国—当代 Ⅳ.I217.2

中国版本图书馆 CIP 数据核字(2006)第 117031 号

---

著　　者:王叔珩

责任编辑:明廷雄

封面设计:谢紫菊

出　　版:武汉出版社

社　　址:武汉市江汉区新华下路 103 号　　邮　编:430015

电　　话:(027)85606403　85600625

http://www.whcbs.com　　E-mail:wuhanpress@126.com

印　　刷:武汉市楚风印刷有限公司　　经　销:新华书店

开　　本:880mm×1230mm　1/32

印　　张:11.125　　字　数:320 千字　　插　页:3

版　　次:2006 年 10 月第 1 版　　2006 年 10 月第 1 次印刷

定　　价:20.00 元

---

# 序

叔珩，是诗人，是学者，也是语文教育家。人生能有此三种成就，可问心无愧矣！然而，你可知道，这成就后面，有多少坎坷，多少辛酸，又有多少忘我无私的日夜奉献！

叔珩已是垂暮之年，且重病缠身，他多么渴望将平生“发愤之所为作”，结集问世，以免“文采不表于后世也”。

今年 8 月 14 日，他嘱咐来京办事的女儿韫梅传话，命我为即将出版的诗文集作序，我欣然应诺。叔珩与我，既为同乡，又为大学同学。多年来，每逢想起叔珩，就禁不住要想起康熙年间顾贞观寄赠吴兆骞的《金缕曲》：

“季子平安否？便归来，平生万事，哪堪回首！”

遗憾的是，“我亦飘零久”，虽“缁尘京国”，却非“乌衣门第”，泥塑过江，自身难保，“总输他、覆雨翻云手。”

叔珩是幸运的，他毕竟归来了；还有多少无辜者，永远走上了不归路。

我不知道，命运这种东西，究竟是有还是无。时运这种说法，应该是可信的吧。我们这一代学人巧逢了旷古未有的升平国运，又遭遇了史无前例的大灾大难。康德的“二律背反”，让我们时喜时悲，乍沉乍浮。回首前尘往事，可叹书生习气，幼稚愚蒙。说什么“天才”、“人才”，无力去祸远灾。“百无一用是书生”，是耶？非耶？书生太单纯，几曾研究过生存艺术、生存原则？书生，尤其是血气方刚的书生，不愿意“三缄其口”，不看重“沉默是金”，不认真思考“时然后言”；分不清是应该“危言危行”，还是“危行言孙”，“君子一言以为知，一言以为不知，言不可不慎也。”古圣贤给了我们那么多的教导，我们一点也听不进去。为什么？因为我们的心已经交给了别人，我们不再属于我们自己。人一旦失去了自己，怎能不“总输他、覆雨翻云手”！何况“血统论”、“唯成分论”曾是统治思想，门第“黑暗”者，怎能不俯首低眉、夹起尾巴做人！生存永远是一门艺术，而这门艺术是一辈子也学不完的。生存永远是人生第一原则，一切违背这个原则的所谓“原则”，都是应当唾弃的。当我们在夕阳的余晖中，回首那充满陷阱、充满危机的漫漫长路时，我们不能不慨叹：我们之所以活得这么累，这么艰难，这么多灾多难，在很大程度上不就是我们不懂得生存这门学问吗？魂兮归来，找回自己！

17世纪法国科学家布雷兹·帕斯卡尔（Blaise Pascal）说：

“人类的伟大在于人类知道自己的悲惨,一棵树不知道自己的悲惨。

“人只是一根芦苇，是世间最脆弱的东西，但他是一根能思想的芦苇。用不着整个宇宙都拿起武器才能毁灭他，一口气、一滴水就足以致他死命了。然而，纵使宇宙毁灭了他，人却仍然要比致他于死命的东西高贵得多；因为他知道自己要死亡，以及宇宙对他所具有的优势，而宇宙对此却是一无所知。

“因而，我们的全部尊严就在于思想。”

在“史无前例”那样的时代，我们生而为人，却没有了自己的思想，当然也就没有了尊严。那是魍魉世界，人不如芦苇。《老子》第五章说：“天地不仁，以万物为刍狗；圣人不仁，以百姓为刍狗。”圣人如何变百姓为刍狗？就是剥夺百姓的思想。人无思想，浑浑噩噩。于是，“驯服工具论”应运而生。于是，“臣罪当诛兮，天王圣明”。从国家主席到平头百姓，呜呼哀哉！

新时期到来之日，就是刍狗时代结束之时。从此，人才成为人，人才找回自己的思想，找回自己的灵魂，找回自己的尊严。叔珩终于彻底平反，可以放声歌唱了，可以“舞文弄墨”了。打不倒磨不烂病不死的王叔珩，晚年进入了诗文创作最活跃最有成就的时期。文人的生命就在于文。你看那位东坡先生，刚一出狱，还戴着“管制分子”（或曰“内部专政对象”、“内部控制使用”）的帽子，立马就忘了“梦绕云山心似鹿，魂飞汤火命如鸡”的悲情，又唱出了：“却对杯酒浑是梦，偶拈诗笔已如神；此灾何必深追究，窃禄从来岂有因？”吟罢此诗，他自己也掷笔笑道：“我真是不可救药！”

“此灾何必深追究”，是何等宽广而又充满自信的伟人胸怀！人，不论遭遇多大的苦难，总要振作奋发，轻装前进。叔珩不负众望，不负北大对他多年的培养，以顽强的毅力，步步前进。作为语文教师，他写出了有深度的教学论文；作为陈亮的异代知音，他写出了《三陷大理考》等优秀论文，还出版了《陈亮政论词选注》。记得此书问世之后，他给我来了一封信，信中说：“关于陈亮的小书终于出来了，也算我留在这个世界上一个小小的纪念品吧。”我很能理解孔圣人也有过的那种“君子疾没世而名不称焉”的痛苦。清代学者钱大昕在《养新录》卷十八中说：“圣人以名立教，未尝恶人之好名也。”上个世纪下半叶曾经要把“名”和“利”批倒批臭，那是何等荒谬和愚昧！

而今的人文科学是如此之不景气，叔珩的这本诗文集要想图“利”，很难很难。但我敢说，这本书的出版价值，不在于“利”，而在于它有着长远的史料意义，有着深远的学术意义。

这本诗文集反映的是一个完整的王叔珩，这是最难得最可贵的。因为王叔珩不是一个孤立的个体，他是社会的一个成员，而且不是普通一员；他的跌宕起伏的人生，就反映了中国近四十年来的重大变迁。社会前进他前进，社会倒退他倒霉。在“千万不要忘记阶级斗争”、“阶级斗争要年年讲、月月讲、天天讲”的极左年代，在怀疑一切、冤假错案处处有的荒唐年代，无可选择的家庭出身，就注定了我们这种人不能不倒霉。加之叔珩又不能韬光养晦，急流勇退，倒霉之运终于一再降临。开除团籍，开除学籍，“文革”遭迫害，十余年间，是不堪回首的非人岁月。如今，他虽已恢复清白，还成了一名共产党员，但时来运转终究无法弥补永远失去了的青春岁月。作为个人，遭遇了那个倒霉的年代，只能自认倒霉；而更为痛切的是希望后之来者，不再遭遇同样的命运！五十年后、百年后的读者，将从那个光怪陆离的世道中，受到启迪。永远要尊重人；人，不是任何人的工具；自己活，也要让别人活。这才是最重要的。

有如此深远的启迪，我们还不应该支持这本诗文集问世吗？我乐意为此书作序，原因也在于此。

何九盈（北京大学教授）

2004年10月9日

# 自 序

当丁玲的“一本书主义”被批判得体无完肤的时候，我还是北京大学中文系一年级的学生。“文革”十年中，康式昭出了一本《大学春秋》，虽然未成大名却也平安无事，令劳改中的我暗中羡慕不已，觉得“一本书”也不一定就是坏东西。邓小平时代，老同学纷纷出书。比较出名的是韩蔼丽的小说集《湮没》和何九盈的语言学专著《中国语言学史》，湘清、仁健、烈茂、庆生、光亨、绍新也都有好几本书问世。不甘寂寞的我拖到九十年代，总算也出了一本小册子。现在看起来，“一本书”既不是洪水猛兽，也不是什么“经国之大业，不朽之盛事”。它至多只是人类文化的一个小小的细胞而已。

病眊七年，山居寂寥；整理平生所习文字，终于在电脑中留下了这个二十几万字的小册子，可算是又一本书吧。

这本书分三大部分。《山竹诗草》收集了我从1950年到2005年的主要韵文习作，近三百篇作品跨越了半个多世纪。我的文学活动其实是从诗歌开始的。“红楼”时期的政治鼓动诗和讽刺诗一时风靡北大校园，与程湘清联名发表的《是行动的时候了》被誉为“吹响了北大反右斗争的号角”，《没落的晚筵》也在北京广为流传。在康式昭的领导下，我主持北大文学社的工作，主编《红楼》月刊和《红楼之窗》诗传单，一时间我和湘清被称为“左派诗人”，与“右派诗人”张元勋、沈泽宜齐名。不过，这昙花一现的光荣很快就被运动的洪流所淹没，出身不好的我与右派一起被扫入了“历史的垃圾堆”。“文革”中，我青年时代的全部诗词被江陵县用大字报广为公布，称为“反动诗词《十年》”；其中一些篇章却又被说成“少年漂泊者的心声”，不胫而走。十年动乱中，我为各级各类毛泽东思想宣传队编写了数不清的韵文作品，早已消失在江汉平原广阔的黑土地上，但最后一篇《沂蒙甘泉》却几乎传出省界，走向全国，纯粹由于偶然的原因，它又被湮没了。三中全会以后，我的主要精力放在语文教学和陈亮研究上，诗词习作纯粹为了自娱，不想日积月累竟又有了几百首，成为这一部分的主体。我终于没有成为诗人，留下这以旧体为主的诗草，作为我个人大半生的影子，也许不是毫无意义的；而作为毛泽东时代和邓小平时代（主要是邓小平时代）的一面小小的镜子，可能还比较真实。

《山竹文存》收入的则是从 1958 年至 1996 年三十八年间公开发表的全部论文。20 世纪 50 年代是一个政治风潮迭起、中国社会动荡不安的时期，北京大学又是矛盾的聚焦点之一。刘少奇、周恩来、邓小平、彭真、陈伯达和胡耀邦都到北大作过报告，康生更是奉毛泽东之命在北大“蹲点”达数年之久。1958 年夏天，原铁道部长陆平取代江隆基出任北大党委书记，康式昭也调走了。《红楼》改名《北大青年》，党委任命我班党支部书记陈键取代了我的岗位，接着更以“情绪反动、名利思想严重”等罪名开除了我的团籍。在我极度苦闷的时候，党支委、自称能见到康生的刘竹立却动员我参加学术大批判和“大跃进”式的科学研究。这就是我在《光明日报》上发表两篇论文的由来。两篇论文虽然以联名或集体的名义发表，但谁都知道是我的手笔，不过稿费是全部归公了，对我个人也无半点积极影响。而且，半年以后，我就因“附和彭德怀右倾言论”被秘密开除了学籍，遣送原籍监督劳动。我青年时期荒唐的光荣就这样莫名其妙地悲惨结束了，留下这两篇论文算是学生时代的一点点痕迹。80 年代的中国全面进入了邓小平时代，我有幸度过了断指切胃的大难，迎来了此生中最好的十年。我得到过胡耀邦、王汉斌、彭佩云等中央领导人的帮助，北大给我补发了毕业文凭。这一时期的二十余篇论文多多少少体现了一些自由意志，我把它们分为“教学论文”和“文学论稿”两组，算是反映自己在语文教学和中国古典文学研读方面的收获。

《高岭杂记》收录几篇回忆性的散文，都是90年代以后的作品。想对自己的一生有点轮廓性的交代，并给影响了我的重大事件和重要人物留下一点粗糙的记录，是我写作这些文章的意图。这种意图实现的圆满程度和客观效果，则只能由仁慈的上帝来判断了。

面对当今中国寂寞的诗坛和“热闹”的文坛，我不知道这本书何年何月才能出版，也不知道出版后人间还有多少读者，但我仍然确信，它既然凝结着我大半生心血，就不会是毫无存在价值的。为此留下这篇序言，以表达年逾古稀的我一丝尚未泯灭的希望。

王叔珩

2005年1月于湘潭高岭

# 序　三

2006年的劳动节长假，我们原江陵县二中86届文科班同学在母校举行“二十年后重聚首”联谊会，同学们都因不能重睹王老师叔珩先生慈颜，再聆先生的教诲而惆怅萦怀。烟雨红尘，廿年一梦，大家常年为俗务所累，已渐渐与老师音讯相违，只依稀记得老师在我们毕业两年之后回到了三湘故土，任教于湘潭电大，大部分同学与老师失去联系已经整整二十个春秋了。

翌日，江滨铁牛矶午餐之际，辗转得知老师的电话，同窗们纷纷停杯投箸，不能竟食。八名同学代表立刻分乘三车，启程由鄂赴湘看望老师。落霞染天，雁飞鹤鸣之渚；暮春三月，车渡白螺之津。江阔水净，炊烟绕村；关河远阻，心如电驰。一路上连缀起记忆的碎片，老师的风度气质，犹在目前。然而，想到老师半世飘零，文章抱负，无由施展，时光荏苒，已逾古稀，大家又感慨万千，唏嘘不已。

“十三离故土，南岳习诗文。十六失怙恃，四海独飘零”。(《芳兰赞》)先生青少年时期依靠大姐的帮助坚持求学，其时大姐家中的生活因姐夫英年早逝且遗有两儿两女而日渐窘迫，却仍然时时资助着珩师及乃兄的生活：“悲辛我大姐，独力抚四孤；更有诸弟妹，个个皆需扶”。(《芳兰赞》)长沙学院街东学巷大姐的家成了先生心中的避风良港、麦加圣地。不管是青年时代从北大蒙冤离校，还是“文革”中遭受断指切胃的苦难，耿介书生、热血男儿的块垒心曲总是在这里一吐为快：“秋色凄清愁绪多，环灯话旧泪滂沱”。(《潇湘离歌序》二)。青少年时代的聪颖好学和骨肉亲情，为珩师奠定了事业和生活的雄厚基础。

先生大半生的活动，几乎与共和国的历程同步，也是国家和时代的真切见证。建国伊始，先生初中毕业旋即投笔从戎，1951年至1954年从军委七局中专训练班毕业授予少尉衔，弱冠之年转业至古楚国之都江陵的江滨小镇郝穴，执掌一厂之政。杜门闭户苦读一载之后，昂首考入北大求学，专攻汉语言文学专业。当其之时，恰遇改天换地，国运升平之际，先生意气风发，激扬文字，于洪流之中任北大文学社社长兼校刊《红楼》主编，《骑士赞》、《是行动的时候了》、《没落的晚筵》等诗歌一度风靡北大校园，并广为传诵。由先生主笔的《评〈屈赋考源〉》，《浅谈陶渊明的思想及其作品的人民性》等学术论文先后在《光明日报》上发表，显露出了深厚的学养、缜密的思维和尖锐的思想。中流击水，心逐浪高，一时风华显红楼，才名播燕园。然而在那个“血统论”、“唯成分论”主宰一切的陆离光怪的年代，先生却难逃挨批挨整的厄运：先是被秘密开除团籍，而后在京郊土门遭人构陷褫夺学籍。投身革命十年，燕园苦读四载，一纸便条般的《通知》，便将其化为乌有。书生戴罪，颠沛流离，随之而来的“文革”，又将先生从江汉平原的一所农村中学赶进了砖瓦厂的牛棚。在六年的炼狱中，先生身心俱创，先罹断指之灾，后遭切胃之疾。厄运连年，困难重重，但先生从未俯首折腰，凛然而顽强。

先生面漠心热，一生重情。诗文之中，既有以苍生黎民为念的赤子情，也有相濡以沫的结缡深情。贯串老师洗冤过程的，始终是浓浓的同窗情；殷殷寄语弟子，再入燕园，行吟未名湖畔，满纸眷眷的师生情。愈久愈浓，铭记一生的是与大姐相依为命的姊弟情；晚年更有为绕膝稚孙起名赋诗的舐犊之情。先生对于生活和文字，均有常人所缺乏的执著纯真，无论新诗旧韵，纪事抒情，莫不出自真性情。而文字之优美沉痛，又岂是常人所能体会？

吾辈驽钝，却在一个偶然的时空与老师相遇，耳提面命，心智顿开。王门两载，一个人的不幸，竟然成了一群懵懂少年的大幸。呜呼，幸耶，悲耶？先生学识渊博，治学严谨，作风民主，胸襟豁达，全班同学高山仰止，心想而景从。吾辈本没有资格评判老师的经历和学问，但在老师《山竹诗文》付梓之际，仍然禁不住将些许往事及此次重逢的经过予以说明，诚惶诚恐，语无伦次，惟有无限感念，聊慰师心。

先生处世，磊落光明，以南宋思想家、爱国词人陈亮为友，并对此贤有精深的研究。让我们把先生咏陈亮的诗援引过来作为本文的结尾吧，因为这首诗正是老师大半生孜孜以求的目标，也是老师坎坷人生的写照：

书生自古多痴狂，报国全凭血一腔。
献策京师群小妒，哀吟大理后人伤。
儒冠不是乌纱帽，直道难防黑手帮。
莫谓文章空议论，千秋青史有衡量。

江陵二中86级文科班

执笔：谭勋虎　张卫东　朱小梅

2006年6月18日

# 目录 CONTENTS

## 上编　山竹诗草

七律

五律



五古

杂言



长短句



## 中编 山竹文存

教学论文

文学论稿



## 下编　高岭杂记

# 上　编

# 山竹诗草

Shanzhu Shicao

# 新　诗

## 江城别梦

你就要回到首都北京，
我要去长江中游的古城；
地北天南的分离逼近，
青春的迷恋啊，
怎能不死灰复燃？

我俩到底兄妹般执手话别，
抑制了火山爆发似的感情；
直到汽车扬起的飞沙平息，
我才意识到你永远地去了。

我沉默地踏上了西行的甲板，
前面展开了漫长的生活旅程；
前途上我也许会有真正的妻子，
但再不会有如此美好的爱情。

你当常去那初识的昆明湖畔，
去追寻少年时追逐的足印；
那山洞中可还回荡着昔日的欢笑，
那桥下的倒影可还在飘动……

（1954年秋从武汉部队转业去荆州）

# 江城北望

彷徨在友益街心，
遇不见一个故人；
只有川流不息的人流，
在街心翻翻滚滚。

我捧着一张新洗的照片，
她凝视着我，却紧闭双唇；
茫茫人海，聚散无因，
失去的声音，何处追寻？
我的心深深地孤寂，
生活中实在缺少知音；
此去北京，那等待着我的集体，
可能将冷却的心点燃？
前途上可还会有一位姑娘，
接受我剩下的爱情？

（1956 年秋去北大途经珞珈山）

# 希　望

是一盏闪闪的明灯，
被埋在苦难的深层。

暴风雨卷走了
淤积的哀痛；
金色的太阳
又将它点燃。

啊！
在这灿烂的世纪，
有多少美梦
突然实现？
多少颗暗淡过的心
又燃起了
熊熊的火焰！

（1956 年秋于燕园十三斋）

# 《骑士赞》小序

少年时我有一支竹笛，
吹赞过故乡残破的土地；
那时这土地辗转在铁蹄之下，
我的歌声是纯真的哭泣。

后来生活递给我一管铜号，
把凄厉的战歌声声吹起；
飘荡在被血映红的天空，
与兄弟们一起追击仇敌。

战后我漫游在长江两岸，
把血迹和泪痕轻轻清洗；
于是我扔下了生锈的铜号，
竹笛里又响起了爱情和友谊。

燕园里响起你阴沉的曲调，
我竹笛里却早已没有了伤悲；
只好又拾起生锈的铜号，
奏几支歌儿给你们赞美……

（1957 年 6 月发表于北大校刊《红楼》）

# 党啊，我望见了你的红旗

脂我名车，策我名骥；
千里虽遥，孰敢不至！
——陶潜《荣木》

从什么时候起，
我成了你的叛逆？

哀怨、不满、怀疑——
这三条喷射毒汁的毒蛇，
日夜吮吸我年轻的血液。
多少个不眠之夜，
多少次辗转反侧。
苍白的月光陪伴着我，
在校园里孤独地徘徊；
寂寞的夜风环绕着我，
鬼魅的呼号来自心底：
“不如归去，不如归去！”
可它的回声多么凄厉，
还伴随着阵阵冰冷的战栗：
“无家可归，无家可归！”

是吗？我亲爱的祖国，
是吗？我亲爱的母亲，
党啊！你真的
真的已经把我抛弃？
而我，你忠实的儿子，
真的变成了你的叛逆？

难道——
目睹民族的深重灾难，
我不曾流下斑斑血泪？
难道——
欢庆祖国的灿烂黎明，
我不曾充满由衷欢喜？
投笔从戎——
我深深呼吸战斗的硝烟；
挥汗如雨——
我何曾吝惜年轻的气力？
十年啊！
三千六百个日日夜夜，
我多么渴望成为你忠实的儿子，
追随你去夺取崭新的胜利。
从碧流如酒的湘江之滨，
到尘沙似雾的长城脚下；
从红墙金瓦的天安门前，
到白云黄鹤的古老城市。
巍峨的荆州城楼，
给了我诗的灵感；
绵亘的荆江大堤，
印过我匆匆足迹。
只因为你响彻天宇的召唤，
一方背包，两箱书籍，
我又投入了首都的怀抱；
追求知识、探索真理，
向科学的堡垒进击！
我是如此的热爱你呀！
做梦也不曾想到——
会成为你不可饶恕的叛逆。

明天，我就满二十五周岁了。
在共青团鲜艳的红旗下，
我走过了八年路程；
光荣啊，怎么化为了耻辱？
是的啊是的——
你突然收回了我的团证，
因为我袒露了内心的秘密；
是的啊是的——
原来我许多隐秘的愿望，
竟与你的要求全然背离；
我向往的爱情和友谊，
全然是顽强的个人主义。
是的啊是的——
正是我迟缓的步履，
追不上你前行的足迹；
我仿佛陷入了象牙之塔，
看不见火热斗争的云霓。
啊！我的确陷入了不已的幽怨，
在朦胧中环视着周遭大地：
是什么声音如此热闹？
是什么任务这样紧急？
人潮滚滚，烟雾腾腾；
山摇地动，风惊浪激。
这是使祖国强大起来的
伟大进军啊，
我为什么会深深地忧虑？

有一天，报上一篇社论，
吸引了我的注意；
它用铁一样的逻辑，

解剖着中国资产阶级。
为什么啊为什么？
我突然得到了一面镜子，
窥见了自己可怜的影子。
可怕的魔镜迫使我——
如饥似渴地重读了，
少奇同志的《人的阶级性》；
我第一次惊奇而恐怖地，
认识了一个年轻的叛逆
——我自己！
这怎么可能！这不是真的！
我怎么会、怎么会仍然属于
自幼憎恶的剥削阶级？

不错，我是在地主群中长大，
无知地吮吸过穷人的血泪；
但是，我目睹那腐朽的生活，
毫不可惜它的彻底崩溃；
对于被它玷污了的心灵，
我曾用汗水仔细地清洗。
至于资产阶级，不就是
那些投机致富的商品占有者么？
我仿佛从来就极端鄙视；
我没有金银货币的欲望，
也不爱花天酒地的纨绔子弟。

可是，为什么？
尽管我安贫若素，
却不愿看到萧索的都市；
尽管我向往真理，

却迷恋那些古老的书籍。
哦！原来我喜欢的富庶繁华，
原来我依恋的文学艺术，
竟全然是资产阶级的东西！
因此，我只有痛下决心，
决裂自我，重新学习，
最彻底地改造自己。
党啊，我望见了你的红旗！
像火炬、像灯塔、像云霓，
在历史的高峰冉冉升起。
我看见，在它的映照下，
李大钊步履从容走向绞架；
我听见，在它的呼啸中，
瞿秋白高唱《国际歌》慷慨就义。
啊！先烈的鲜血染红了它，
镰刀铁锤凝结着工农的利益。

党啊，我望见了你的红旗！
正策马加鞭向它奔驰；
我知道前方定会有许多风雨，
道路一定会无比崎岖；
但是，尽管千难万险，
我一定要到达你的红旗下面。

（1959年7月于北大三十二斋，1966年8月在江陵全县批判大会上被定为反党反社会主义大毒草）

# 仙鹤之歌

一只仙鹤在高空飞翔，
他穿过风云远离了故乡；
像一朵自由自在的白云，
轻轻地飘落在长江边上。

江边有一只美丽的天鹅，
向天空舒展年轻的翅膀，
她睁大漆黑明亮的瞳人，
向仙鹤深情地脉脉凝望。
这目光灌注着温柔，
这目光隐含着凄凉；
这目光充满了询问，
这目光洋溢着梦想。

“仙鹤呀，你来自何方？
你可经过高空的气浪？
你知道我稚嫩的梦么？
可愿意陪伴我飞向远方？”

“哦，美丽的姑娘！
你千万不要惊惶——
当你听到这冷酷的回答，
当你触到这铁石的心肠。

“我来自大雁的家乡，
巍巍的九嶷山顶；
我到过茫茫的北极，

皑皑的北冰洋上。

“天空的道路并不平坦，
到处有险恶的涡流；
天空的航程并不通畅，
到处有厚实的云墙。

“只有锐气的旋风，
能削平涡流的激浪；
只有速度的闪电，
能击穿云墙的阻挡。

“你瞧我这斑斑血迹，
你瞧我这遍体鳞伤；
我已耗尽了气力，
我已折断了翅膀。”

“仙鹤呀，你不要悲怆！
更不要让我失望；
我有支支轻柔的歌，
抚暖你远航的翅膀。”

“谢谢你的歌声，
谢谢你的善良；
可是我不需要你的奉献，
我只能在孤独中积蓄力量。

“让我们友好地分离，
让我们留下回想；
让这短暂的邂逅和鸣，

在江滨的浓阴里荡漾。”

天鹅飞去了，
不再回来；
仙鹤留下了，
怀着希望。

（1965 年仲夏之夜于荆江鹤渚，1983 年冬发表于《鹤鸣》诗刊）

# 沂蒙甘泉

（湖北小曲）

根据芭蕾舞剧《沂蒙颂》改编

巍巍蒙山连云天，
滔滔沂水弹银弦；
颂歌一曲唱英嫂，
鱼水深情谱新篇。

说的是、战火纷飞四七年，
解放军、主动撤离沂蒙山，
方排长、掩护乡亲掉了队，
众乡亲、冒着危险找伤员。

这一天，旭日初升霞光现，
山路上，一位大嫂提竹篮，
她是谁？啊，英嫂！
贫农女儿，拥军模范；
火热胸怀，钢铁肝胆。

“野战军，连夜传急信，
方排长，负伤陷蒙山；
几番寻找无踪影，
敌人四处搜伤员。
趁黎明、挖野菜、绕出村外，
顾不得、小宝宝、睡在摇篮。”

穿密林，越深涧，
登高路，入云端；
为寻亲人敢登攀，
一片丹心映蓝天。
（远处枪声）
“听山下，枪声乱，
心中暗恨还乡团；
一夜间，鬼叫狼嗥天色变，
根据地，美好村庄受摧残；
遭苦难，更把亲人来怀念，
盼只盼，解放军早早回还。”

救亲人，不怕担风险，
要把这、青山都踏遍。
（白）血！
“何来碧血染青山？
莫非亲人遭凶险？
拨开草丛细寻找，
啊！且喜亲人在眼前。

“只见他——
伤势沉重倒地上，
斑斑血迹透衣衫，
双唇枯裂气息微，
神志昏迷低声唤。”
（白）水……水……
“水？哦，水！
水壶之中无滴水，
山高何处找水源？
赶快下山去取水，

冷水怎能救伤员？
马上回家去烧水，
时间紧迫路太远。”
抢救亲人要快、快、快，
点滴温水把人难！
（枪声渐近）
“枪声阵阵扣心弦，
敌人已经来搜山；
若是眼前没有水，
亲人危在瞬息间。”

蒙山松涛呼声紧，
恨不能将甘露注入他心田；
沂水碧波奔流急，
恨不能化温泉飞到他唇边；
英嫂沉思望蓝天，
恨不能掏尽红心化甘泉。

“望蓝天、忆当年、思绪万千，
奴隶血，霸主鞭，浮现眼帘，
亲爹娘，惨死地主皮鞭下，
贼刁鬼，高墙冷壁锁我整九年。

“八路军，进沂蒙，云开雾散，
共产党，毛主席，恩重如山；
眼前亲人需急救，
我不承担谁承担？
救亲人，哪怕担子千斤重？
救亲人，洒尽热血也心甘。”

一轮红日胸间照，
冷静思索渡难关，
（白）奶？
乳汁可把亲人救！
此时倒教我为难……
（枪声愈紧）

“解放军，舍死忘生斗敌顽，
为人民，枪林弹雨只等闲；
同志他、掩护我们献热血，
我岂能、迟疑不决顾羞惭！
到此时，我应该当机立断，
掏红心，献乳汁抢救伤员。”

滴滴乳汁胜甘泉，
亲人苏醒天地欢；
蒙山昂首高声唱，
沂水扬波舞翩跹；
阶级深情歌一曲，
千山万水尽开颜。
这就是——
战士热血洒青山，
人民乳汁救伤员。
军民团结如一人，
鱼水相依心相连。

（1976年6月为熊河中学毛泽东思想宣传队而作，入选荆州地区农村文艺调演重点节目，获一等奖；发表于《湖北群众演唱》1976年10月号；先后有张长安、汤斌为之谱曲）

# 曙 光

（公审“林江集团”观后）

别看他气焰嚣张，
别看她装模作样；
别看他龇牙咧嘴，
别看他浊泪两行；
别看他龙钟老态，
别看他步履踉跄。
仅仅是昨天，
他们还骑在九亿人民头上：
作威作福，
舞枪弄棒；
草菅人命，
粪土文章。
他们是——
标志着一整个时代的
混世魔王。

审判他们！
判决他们！
是人民不可抗拒的意志，
是历史最富色彩的篇章。

透过漫长的历史画卷，
史鉴的荧光屏闪亮。
我看见——

在百家争鸣的废墟上，
人民的累累白骨、
儒生的狼藉尸体，
托起我国青史上、
第一个血腥的王朝；
平天冠下、朝天靴上，
嬴政的脸上油汗闪闪，
抽搐着梦幻之光：
“从一世——
传至万世，
我将是这四海之内的
第一个皇帝——
秦始皇！”

绵绵的昆仑啊浩浩的长江，
请你们作证，
从那时起，
两千年过去了，
在这块——
我们用血汗浇灌的土地上，
何曾见过——
真正的太阳！
不错，
起义者的鲜血，
划破过浓重的黑暗；
放歌者的笔下，
闪现过真理的火光；
厚厚的二十四史，
描绘过“文景之治”、“贞观之治”，
“开元盛世”、“康乾盛世”，

可是，那只不过是些
“做稳了奴隶的时代”，
与“想做奴隶而不得的时代”，
同样有一个至高无上的皇帝
君临在人民头上。
“时日曷丧？
予及汝偕亡！”
这古老的谣谚，
在深沉的夜空回荡；
为什么啊？
这歌声竟万古不绝，
在奴隶的心房里震响。

十九世纪末，
那华侨医生的儿子，
第一次引进了西方思想：
民主、自由，
繁荣、富强，
中国太需要你了；
但是，她决不仅仅是——
为了拉下一个三岁儿皇。
孙逸仙太短命了，
甚至来不及修一条铁路，
来实现一点纯真的愿望。

二十世纪初，
韶山升起启明星，
一大群有志青年，
从十月革命的炮声中，
听到了真理的乐章；

马克思列宁主义，
放之四海而皆准啊，
我们为什么不快点用来武装！
寰球赤旗舞，
工农争解放；
中国需要社会主义，
中国需要共产党。
以俄为师，
解民倒悬，
多少英烈倒在征途上。
在刀光火色衰微中，
东方升起红太阳。

太阳就是毛泽东，
太阳就是共产党；
共和国诞生了，
人民民主的旗帜飘扬。
是的，为了把专制制度
连根拔掉，
需要掘地三尺，
把它的错节的根须，
用铁的专政斩断；
然而，人民的民主，
难道会不需要完备的法律
加以保障？

为什么，
刚刚颁布了神圣的宪法，
第二天，公民的通信，
就变成了“反革命”罪状？

为了几声不平的呼喊，
又把成百万有为之士，
送进了劳改农场。
一个具有世界历史意义的课题：
社会主义——民主——
这一对双胞胎，
怎样才能健康成长？
而不让封建的幽灵，
在胎儿的血管里，
注入专制的血浆，
让这对双胞胎，
夭折在童车的摇床。

列宁，你似乎离世太早，
斯大林，你有些自我膨胀；
这难题的解答，
落在了中国人头上。
毛泽东、刘少奇，
周恩来、朱老总，
你们成了世界的希望。
可是，世界风云迷漫，
中国传统顽强，
你们终于未能
摆脱古老的羁绊，
一步一步陷入了迷惘。
从大跃进开始，
专制的魔影，
又笼罩了我们的国土；
社会主义的婴儿，
陷入了严重的营养不良。

民主，一天天减少，
妖魔，一天天猖狂；
就这样——
林彪——江青，
这一男一女，
出现在历史舞台；
十年浩劫，
一枕黄粱！

史无前例的浩劫啊，
把神州大地涤荡；
千万只狂暴的脚，
踩弯了民族的脊梁。
那是什么岁月呀，
飘舞的彩旗，
簇拥着冲天的高帽；
喧腾的锣鼓，
掩盖着血泪的哭嚷。
一切都可疑了，
一切都丑化了，
一切都颠倒了，
一切都砸烂了。
真理，双脚朝天，
满嘴被塞进了泥浆；
愚昧和谬误，
把龌龊的巨掌，
弹压在他的头上。
民主，口勒钢丝，
一声不响，
默默地彳亍在，

被专制和暴力，
押解的道路上。
爱情，剃成了阴阳头，
被名为“黄色下流”；
而禁欲和淫乱，
突然变成了正派和高尚。
友谊被出卖了，
为了“划清界限”；
告密和诬陷成为美德，
为了“站稳立场”。

祖国啊，在哭泣，
人民啊，在悲伤；
历史啊，在徘徊，
革命啊，在迷惘。
为什么，我们的光荣，
竟成了犯罪的屏障；
是谁，用革命的名义，
干出了丑恶的勾当？
在批斗会上，在劳改农场，
在牛棚里，在刑场上……
那挂着黑牌的，
那披头散发的，
那头破血流的，
那饮弹倒毙的，
都是祖国忠实的儿女啊！
这样的悲剧啊
不应重演；
这样的损失啊
谁能补偿？

为了社会主义，
我们需要民主；
为了社会主义民主，
我们需要神圣的法制。
在法律面前，
人人平等！
当这一伙混世魔王，
瑟缩在被告席上，
九亿原告并肩屹立，
宣告了——
新世纪的曙光。

（1980年11月于熊河中学。此时，邓小平支持胡耀邦主持中央工作，全国一片蓬勃生机。我当时刚从长沙切胃回校，病情危重。这首诗是在病床上写成的。）

# 跋 涉

我是一个疲惫、病弱而衰老的淘金者，
艰难地跋涉在茫茫无际的荒原之上；
我渴望顽强的仙人掌下的一注清泉，
更渴望干枯的沙砾中黄金的闪光。

人类精神的泉流万古不会枯竭，
灿烂的智慧之树会结出文明的金果；
只要生命之火还在连绵不绝地熊熊燃烧，
希望之光就不会消失，
理想之光便会照亮黑暗。

我愿意默默地继续跋涉，
向心灵的海洋撒播知识的种子；
即使偶获丰收，也时刻从零开始，
即使颗粒无收，汗水也渗进了泥土。

（1981年秋调入郝穴中学任教文科毕业班）

# 希望二章

## 一

绝望之为虚妄
正与希望相同
——鲁迅

希望是什么？
暗夜的星光，深冬的篝火？
沙漠的清泉，悬崖的花朵？
也许，它仍然是悬挂在生命长途前的
一盏可望不可即的闪闪明灯；
不然，她就是潜藏在心灵深处的
一种永远不能满足的焦渴。

珍视自己的希望吧，
千万别让心灵萎缩；
珍视别人的希望吧，
千万别让心灵冷漠。

## 二

位卑未敢忘忧国
事定原须待阖棺
——陆游

我希望什么？
造物主还给我那枝彩笔，
去描绘普通人生活的欢乐；

造物主还给我那张弦琴，
去咏叹普通人生活的坎坷。
多么遥远，多么寥廓，
这希望恐怕纯属过奢；
多么寒碜，多么简陋，
这希望未免有些萧索。

我希望有奋进不息的思想，
去支持改革者无畏的探索；
我希望有挺直坚硬的脊梁，
去承担后来者登攀的双脚；
我更希望有一角鲜艳的红旗，
覆盖我宁静长眠的躯壳；
然后化为一缕淡蓝色的轻烟，
融入那时间和空间的
永恒之波……

（1983年春写于江陵二中，后发表于《湘潭日报》）

# 答同龄战友

带着南海波涛的温馨，
带着北漠浓郁的早春；
带着襟袖间战斗的硝烟，
带着书案前沉思的宁静：
你，庄严地举起了手，
投来了殷切期待的眼神。

怀着少年时学步的纯真，
怀着青年人追求的虔诚；
怀着中年时颠蹶的惶愧，
怀着老年人和悦的冷峻：
我，羞涩地捧出了心，
寄去了灌注感激的崇敬。

我们曾经是那样年轻，
如醉如痴地为理想歌吟；
我们已经走过漫长的路，
不屈不挠地跟着党前行；
昨天，我们在党的旗帜下相逢，
今天，我们在党的大军中奋进。

越过了整整一代光阴，
白发已悄悄爬上了我们的额顶，
党的事业化入了我们的劳动，
党的思想已在我们的心里永存。
让我们的肩膀靠得更紧更紧，

用生命去谱写——
这青春之歌的壮丽尾声。

（1985年6月11日，江陵县郝穴中学党支部通过我的入党申请，我在51岁时加入了中国共产党。从1958年被共青团开除已过去了27年，从1950年入团算起则相隔了35年。）

# 绝　句

## 界石秋歌（三首）

### 一

夜阑风静枕衾凉，四壁秋声入梦乡；
屈指归来双月整，思来忆往两茫茫。

### 二

细雨横飞湿短襟，荷锄归来昼掩门；
终日昏昏只思睡，又恐梦中见故人。

### 三

秋雨连阴天欲倾，万重乌云压我心；
何当红日当头照，再振六翮驰风云。

（1960年8月于耒阳夏塘公社界石大队及天门四队）

# 潇湘离歌序（三首）

## 一

天涯浪迹欲何之，四海漂流无定时；
湘水滔天流不断，离愁别恨有谁知？

## 二

秋色凄清愁绪多，环灯话旧泪滂沱；
团圆又值中秋后，愁听寒蛩离别歌。

## 三

三唱离歌心断弦，心弦已断复何言！
今宵手足分携后，重聚星沙幻梦间。

（1960年10月于长沙学院街东学巷）

# 别小妹（二首）

## 一

血泪童年人笑痴，痴心恐有伤心时；
愚兄若有归来幸，愿见年轻农艺师。

## 二

长街漫漫路无穷，小妹几番送愚兄；
为兄十年何所赐？相送一番愁一重。

（1960 年于长沙）

## 车出湖南

绿野青山卷汨涛，盘旋九转入云霄；
三湘故土随云逝，满脸泪珠窗外抛。

## 出山海关

关外秋来万里黄，无边衰草映斜阳；
孤林一片红如火，百树高枫斗早霜。

## 途次沈阳

潇湘泣别二十天，屈指行程路八千；
渐觉东方日出早，不知何处是日边？

## 佳木斯等船

行程万里到天涯，粮票花光多喝茶；
且幸封江冰未至，松花江上有人家。

（1960年于黑龙江抚远县同江镇）

## 重返燕园（三首）

### 一

依旧学宫笑语喧，高楼深夜百窗灯；
当年夜半常含笔，心血熬成获罪篇。

### 二

囊空裘敝盼金鸡，性癖耽书贱不移；
化雨春风润大地，弱柳千条舞依依。

### 三

休将往事苦萦怀，应喜春花遍地开；
天生我材终有用，千金散尽又归来。

（1963年2月于北大）

## 观《漫长的路》寄明雄（二首）

### 一

悲歌瓦夏动愁思，暗洒泪珠忆昔时；
挚友忠言萦耳际，遗羞千载是情痴。

### 二

愁多病弱是书生，不及闺中一红颜；
生活寻常压扁我，悠悠长路恨绵绵。

（1963 年 2 月于北大招待所，当时心境不佳）

## 牛棚梦

恍然一梦万花开，姹紫嫣红满舞台；
醒后空余花影在，荒凉艺苑尽苍苔。

(1966 年 10 月于熊河砖瓦厂牛棚中)

## 给“多壮志”友人

知根知叶又知心，得友如君胜万金；
但愿神交淡若水，天涯长忆比邻情。

（1967年春于熊河中学牛棚里）

## 赠文科班弟子

学苑春花含露笑，日边红杏倚云栽；
英雄自古多巾帼，万苦千辛炼腊梅。

（1980年秋于熊河中学）

## 游九江烟水亭

欲上匡庐先访亭，波光潋滟映烟云；
江山秀色开胸宇，洗尽耳厢喧嚣声。

（1981年秋）

# 再返燕园（四首）

## 石首渡江

九曲长江去不还，惊涛百丈入云端；
青波须臾翻银浪，银浪奔腾闯险关。

## 北招初夜

同窗六翮皆高举，燕园春风又低回；
弹指光阴二十载，心歌何事尚悲摧！

## 苦遇刁难

千里迢迢返燕园，离家抱病忍孤寒；
为何厄运偏欺我，欲雪沉冤步步难。

## 自　誓

畏难而退非余性，剩勇犹能斗愚顽；
幸有同窗知己在，乌云冲破见蓝天。

（1982 年于北大招待所）

## 赠别蔡顺海校长

清名半世播芳菲，战士书生众望归；
大业中兴鹏翼远，休将白发唱黄鸡。

（1983年7月于郝穴中学）

## 与明雄同游陶侃墓

戎剑青春何处寻，湘江逝水悄无声；
分阴冢前伤今古，共笑儒冠多误身。

（1983年暑假到湘潭）

## 论文刊《荆州教研》

三秋实践铸华章，血汗浇花犹未香；
始信青春成苦忆，流年无几惜时光。

（1983年冬）

## 论文发于烟台

仿佛戎装少小时，蓬莱仙子笑语痴：
他年我若为青帝，百花任君摘一枝。

（1984年春）

# 戏为两绝句

## 一

死而复生到郝中，三春事业付东风；
德功未就言难立，耿耿寸心郁未通。

## 二

曹公煮酒论英雄，舍命惜身大不同；
利重蝇头驱众小，格高千古唱南风。

（1984年夏于江陵二中）

# 三峡行（二首）

## 葛洲坝

繁星万斛泻云天，银汉长江紧相连；
一坝截流灯万盏，巨龙弹指竞升腾。

## 西陵峡

江轮逆浪趁长风，两岸千峰竞鞠躬；
回首来时曲折路，漩涡卷入万山丛。

（1984年8月随江陵教师培训班旅游）

# 《名作欣赏》刊发论文（二首）

## 一

燕园旧友骋文坛，衰病残生有寸丹；
报国登程无反顾，人生何处不青山！

## 二

举国高编有几人，燕园旧友驰风云；
文坛自古多偏颇，何用浮名羁此身！

（1985年夏）

# 尊师重教论孔丘（三首）

一

举世纷纭议孔丘，斯人斯业哂未休；
拔高贬低皆偏颇，实事求是不苛求。

二

生前尝尽千般苦，死后空留万世名；
一代名师供毁誉，舌耕倦客宜寒心。

三

应有痴人传孔子，亦期并世降董逵；
孜孜不倦播真理，万古云霄彩凤飞。

（1985年9月10日首届教师节）

# 怀邓拓（二首）

## 一

十年磨剑争自由，未试霜锋已断头；
长恨人间多瓦釜，黄钟毁弃令人愁。

## 二

精神最恨无形狱，血性文章爱自由；
一代牺牲长已矣，忍将遗愿付东流！

（1986年6月）

# 赠江陵二中首届三年制文科班

改革时代唤文章，青春正好露锋芒；
鲲鹏志在南溟*上，莫效黄莺绕画梁。

（1986年7月）

*注：“南溟”同“南冥”。

# 送弟子上京

满天红雨落纷纷，秀干参差遍地春；
开到荼蘼花事了，晶莹浆果献神京。

（1986 年 9 月）

# 读光亨、绍新书

京华伉俪友情深，曩昔同窗忆斫轮；
冰炭满怀闻耳语，高山流水颖师琴。

（1986 年 11 月）

# 寻找旧作（二首）

## 一

三十年前旧文章，沧海遗珠有何妨！
时人索取凭谁力，燕园奔波小姑娘。

## 二

三十年前旧文章，岁月难磨剑锋芒；
人间何处觅知己，一事无成两鬓霜。

（1987 年 4 月）

## 车入湖南

辞别潇湘四十年，关河阻隔路八千；
飘零半世知音少，欲返家山竟觉难。

（1986年8月于耒阳、衡阳、株洲、湘潭之行）

## 江陵催促

紧锣密鼓促归程，据告老爷已放行；
衰病残身无力气，丹心一片任人评。

## 独闯株洲（二首）

### 一

人生自古无平路，曲折迂回尽险途；
脚下千峰荆棘远，凝眸前景羡崎岖。

### 二

茫茫人海藐惊涛，浊浪漩涡谩自高；
练就穿云击水术，行空天马自逍遥。

## 湖南农学院

一寸笔加三寸舌，三湘四水苦奔波；
为山九仞功将竣，一篑之功徒奈何！

## 株洲职教办

众里寻它千百度，山穷水尽疑无路；
无情生活愁煎迫，踏破铁鞋无觅处。

## 岳阳师范

灯火阑珊穷尽处，得来似不费功夫；
花明柳暗春光好，剩勇犹能试险途。

## 湘潭试教遇雨

满头乱发一狂夫，剩有丹心志未输；
挈妇将雏归故土，漫天风雨壮征途。

## 江陵寄档（二首）

### 一

栖身江汉几春秋，年逾五旬未白头；
万里征尘催老骥，追风直下古潭州。

二

残年余力斗无形，硬干从来路不平；
任尔登攀千样险，高峰总爱向前人。

## 寄杨永裘

硬骨铮铮一愚顽，劈荆斩棘乱登攀；
平生历尽崎岖路，枉与他人作笑谈。

## 心　泣（二首）

一

怅望三湘绝梦思，青云无友断归期；
回眸自笑痴情甚，泽畔荒寥好赋诗。

二

奋进之歌近尾声，何须苦苦务虚名！
芳馨文笔成铅字，留与后人任品评。

## 赠修植、仕顺二君

风尘仆仆下江陵，来去匆匆费沉吟；
九仞为山成一篑，感君千里情意殷。

## 夜宿高岭

岁月难磨进取心，盘陀曲路任延伸；
十年一觉文章梦，湘鄂知音有几人？

## 致上帝

感君赐我好年华，衰病残身脑尚佳；
奋笔文坛追闯将，人间生死自当家。

## 调令下达（二首）

### 一

奋战三年过险关，绿灯一路到湘潭；
春风千里江湘路，击水飞车子*细看。

### 二

漫言千里隔重关，荆楚北陲荆楚南；
带水一衣何足道，惜时千古数陶侃。

## 冒雨转户口

风雨雷霆动地来，东君车驾卷尘埃；
人生难得称心事，遍野春花次第开。

---

*注：子，君也。

## 湘潭报到

举家千里待南迁，仆仆风尘又着鞭；
从此身心归电大，潭城高岭好家园。

## 分房变卦

高岭风光别有天，香茶甜橘绕林泉；
人间岂有桃源境，暗里风波见险滩。

## 别江陵好友

经霜老竹沐春光，忍痛拔根返故乡；
寄语江陵诸好友，人生最贵是脊梁。

附：

### 送别叔珩老友

杨震洲

半世战斗在鄂东，龙年征战回湘中；
白首逢春也可喜，余霞满天依然红。

## 双车行（二首）

### 一

依依江镇焕晨妆，游子今朝返故乡；
漫道雄关千祥险，双车飞越古长江。

### 二

迢迢千里江湘路，细雨轻风润肺肝；
忽忆谪仙千古句，江陵南下驭风还。

（1987 年 7 月至 1988 年 4 月）

## 高岭学稼（三首）

### 一

我妻不惯山中住，乱石黄泥觅苦辛；
开得几厘蔬菜地，消磨镇日好光阴。

### 二

公休无事争闲土，种豆种瓜节菜金；
电大原来杂务少，挑灰掏粪忙不停。

三

偌大山头一校园，竟无学子奏歌弦；
图书仪器皆闲置，教授纷纷学种田。

（1988 年 6 月于湘潭高岭）

## 老妻上班

笑煞人间权力狂，寸权尺用费周章；
玉牙金舌开尊口，左右躬腰上下忙。

## 文经处成立

书生九位搞承包，赤手空拳意气豪；
放眼云霄鹏翼远，笑看燕雀跃蓬蒿。

## 办直属班

办学岂能只问钱！误人子弟世同嫌；
丹心应有牺牲志，默默耕耘不计年。

（1988 年 9 月）

# 蛇年春节

纷纭人世话龙蛇，龙去蛇来风雨斜；
过眼白驹留不住，偷安岁月不需嗟。

（1989 年）

# 答 锵 哥

碌碌风尘不计年，江南塞北路八千；
脊翎傲我参商隔，堪问囊中几许钱！

附：

## 从教四十年有感

曾玉珊

田园躬耕四十年，手植桃李过三千；
但凭心血换柴米，不吃半分偷闲钱。

# 再和锵哥（二首）

## 一

月宫玉兔忆华年，沧海神龙任转旋；
诸老音容绕梦寐，人生能值几文钱！

二

两袖清风四十年，三千桃李正争妍；
何当同扫先人墓，热泪横飞当纸钱！

（1989年夏）

## 东欧巨变

东欧震荡乱纷纷，华约根松大厦倾；
放眼寰球添迷惘，列宁遗志几人承？

（1989年12月）

## 职称湘评过关

几人阻挠几人嘲？教授讲师满地游；
寄意末班成笑柄，燕园老骥早白头。

（1989年12月）

## 赠英师班毕业生

名花不必出名园，无限风光在自然；
喜看山花红烂漫，湘潭电大育英贤。

（1991年7月）

# 题赠书之扉页（四首）

## 赠九盈

燕园旧誉育英才，几度风云扑面来；
真理难归群众手，书斋沥血有深哀。

## 赠湘清

我出此书为哪桩？平民热血耀炎黄；
志存经济空辜负，纵死也留文字香。

## 寄宜颖

四十无闻不足畏，六旬结集也稀奇！
出它一个小书本，留与世人说高低。

## 寄红儿

十年辛苦有谁知，花甲出书慰梦思；
且幸儿孙多解意，成材两女仍娇痴。

（1996年春）

# 为晓语得名赋诗一首

我家亦有小周郎，怀瑾握瑜世无双；
敢笑当年穆氏女，出征挂帅少文章。

（2005年1月）

## 学手风琴

琴动歌声绕，风催弦管频；
手随天籁舞，学海驻青春。

（1964年夏）

## 学格律诗

律绝短长句，十年差近之；
学诗诚不易，鬓发尽成丝。

（1969年夏）

## 故 乡 行

年龄五十三，梦寐返湖南；
情系三湘水，胸藏一寸丹。

（1987年夏）

## 题与宜颖韶山合影

韶山松竹翠，欢聚友情深；
江汉思归客，潇湘白发人。

（1993年春）

# 寄远（二首）

## 一

极目青霄外，何方系片云？
诗文压海底，斯世少传人。

## 二

燕园尘俗尽，高岭梦痕残；
去国三秋月，忍怜杜宇寒。

（1996年夏）

# 寄 云 中

寂寞书斋笔，蚊虻纸上声；
儒商振赤夏，相伴度晨昏。

（1996年冬）

# 七　律

## 土门大雪

朔风怒号雪花飘，一夜青山尽白头；
万马惊奔尘宇暗，千峰肃立冻云胶；
玉冠初试峰峦秀，宝镜新磨渠堰娇；
公社鼙鼓震大地，寒冬腊尽望春宵。

（1959年冬于京郊平谷土门）

## 秋江夜渡

冷冷冰轮辗素秋，扁舟一叶泛中流；
山蒙薄雾峰峦静，水映蓝天星火流；
点点荧光穿远岸，声声蛩泣隐沙洲；
舟头独立随波去，夜迷江山一望收。

（1960年7月回耒阳界石村务农）

## 别 大 姐

十载崎岖步履艰，回旋又到姐身边；
两番流落湘江畔，三次远离耒水源；
灯下针飞慈母线，行前训诫肺肝言；
飘零身世姐知晓，难报深恩愧近前。

（1960年10月于长沙）

## 颐和园忆旧

当时年少试兜鍪，指点江山意气遒；
玉带桥栏窥剑影，湖心岛石展歌喉；
松林寂寂书馨在，洞境幽幽密约留；
极目知音何处去，雪花飞上少年头。

（1963年春节后独闯北京）

## 寄凌鸿轩（二首）

### 一

十年佳约已成虚，回首青山觅梦无；
圣庙同窗如昨夕，星沙聚首又旬余；
君情似海无穷碧，我命如舟一叶孤；
难得君家情谊重，蕙风唤我性灵苏。

### 二

凭君细语指前程，漫道今生有信心；
四顾危垣霜露重，前瞻险路泥泞深；
山居寂寞无知己，缥缈天涯有友人；
呦呦鹿鸣何所待，他年再饮湘江滨。

（1963年3月从北京经长沙回乡下）

## 读湘灵

柔情蜜意话童年，别恨离愁绘宛然；
字里饱含斑竹泪，行间浮现九嶷山；
声声杜宇催行旅，阵阵松涛唤客船；
万里归心思结侣，几时携手梦湘南？

（1964年秋于熊河中学读学生作文有感）

## 学器乐

学剑不成去学诗，诗成常令鬼神痴；
子规啼血稼轩怨，促织哀鸣鹏举悲；
李杜文章憎命达，风骚比兴待来兹；
雕虫小技何须恋，万种闲愁寄管丝。

（1964年秋于熊河中学）

## 学　诗

诗词为道不寻常，绞尽脑浆索断肠；
咏志抒情须壮丽，选音考律贵铿锵；
千秋正变长流水，万古风骚是滥觞；
欲制新声宜鉴古，古为今用见华章。

（1969年夏）

# 贺宜颖新婚

鲲鹏展翅向云天，莺燕衔泥绕画檐；
宜其室家非至语，颖由实践是箴言；
东风催放花千树，芳草迎来春万园；
戏笔雕虫君莫笑，新婚燕尔好流连。

（1973 年秋调回熊河中学）

# 北大来信（二首）

## 一

学友通书告好音，廿年积案有时平；
落尘孤雁怀云海，涸辙枯鲋待旨霖；
病骨梦回磨玉苑，丹心驰向天安门；
余生莫道全无用，老骥或能万里行。

## 二

燕园又是春光好，万树榆梅焕彩枝；
化尽寒冰湖带笑，高昂强项塔吟诗；
童心鹤发鸿儒愿，曼舞欢歌小辈痴；
桃李纷飞天地外，无边红雨化云霓。

（1979 年春汪景寿信告复查开始）

# 病中吟

月明云淡近中秋，寂寞疗园夜色幽；
病魔缠身悲壮志，诗灵绕梦泛离忧；
翩翩鹤影松间渡，耿耿双星水上浮；
腐鼠之争诚可笑；鹓鸰高意应难休。

（1979年9月在熊河医院住院）

# 自画像

寒冬长夜几飘零，缕缕春思化血痕；
漠北冰风摧壮志，湘南冷雨伴离魂；
牛棚卧草吞铅水，马路拖车顶覆盆；
笔折诗焚心未老，浪花深处听涛声。

（1979年11月于郝穴家中治病）

# 学太极拳

太极神拳聚精思，祛病延年信有之；
通体摹形追造化，丹田炼气达神奇；
舒拳运掌成弧线，流水行云不断丝；
坚持晨昏习此道，乐夫天命复奚疑？

（1980年5月由长沙切胃后返鄂）

## 寄南岳同窗

少年壮志凌长风，衡岳相逢梦境通；
试绘青春描绿漪，常窥晓雾羡红松；
泪飞漠北菰蒲尽，魂断潇湘鬓发蓬；
历尽劫波兄弟在，何当携手上云峰。

（1980年手术后寄中学同窗凌鸿轩）

## 和戴春光

念年磨折恨难申，黑鬼今番又作人；
遍体伤痕凝血泪，透心冷冻暖阳春；
三冬翠柏同含秀，二度红梅竞吐芬；
遥想秋高果熟处，蓝天碧海见星辰。

（1980年10月回熊河中学上班）

## 党的生日

迂回曲折六十年，柳暗花明向乐园；
夜雾迷茫凭北斗，激流汹涌仗新船；
嶙峋傲骨黄金铸，凛冽冰心白玉坚；
一跃龙门归大海，高天阔地凯风旋。

（1981年7月）

## 调江陵二中

落魄荆江廿五年，崎岖辗转更无前；
工农兵学皆从事，苦乐甘辛亦自然；
多次险关学闯道，几番绝处又逢生；
如今鬓白人将老，又到江滨一校园。

（1981年8月）

## 迎　春

雪化昆仑春汛猛，云飞瑶圃凯歌昂；
婆娑竹影摇残雪，灿烂梅姿傲早霜；
泽畔行吟三致志，江心垂钓九回肠；
愿将心血育桃李，大树参天振祖邦。

（1982年春节）

## 答友人

僵卧荆堤不解愁，大江日夜自东流；
位卑未敢忘忧国，心远或能偶探幽；
天命千秋难索解，书生万代惜存留；
虚名薄利何须问？自写冰心托素秋。

（1982年答戴时君）

# 北招独夜

嗟余斯世未逢时，一事无成两鬓丝；
投笔从戎霜剑断，冲霄奋翼健翎摧；
两番浪迹荆江畔，三次重回御苑西；
可笑青春成苦忆，同窗乍遇共惊疑。

# 赠九盈

千里迢迢返燕园，同窗乍遇笑开颜；
劫波历尽余兄弟，学业功成好着鞭；
大有可为承勉励，身心自爱互寒暄；
鹿鸣湖畔青萍宴，待客荆州再细谈。

# 赠湘清

邂逅重逢情意殷，红楼旧事愧青春；
五车杂学双焚尽，九死余生一息存；
我向荆榛理雁羽，君临碧海展鹏程；
云泥不隔同袍暖，峻坂盐车共苦辛。

# 赠良骏

依稀豪气似当年，沥血新书耀燕园；
北大何来刀斧手，四班早有龙虎篇；
春风又绿神州水，白发频催学子鞭；
寄语东西诸好友，共携老友上峰巅。

## 赠庆生

敦诚灵敏一湘人，依约梦回见赤心；
最爱书斋寻国宝，勇攀险路觅奇珍；
少年壮志青霄碧，华发催征著述勤；
可叹四班三两子，天涯海角隔知音。

（1982年11月中旬于北大招待所）

## 观《火烧圆明园》

纷乱环球战未休，炎黄英胄立中流；
红旗飘舞星辉灿，心曲高昂斗志遒；
鼎盛当思亡国耻，承平切记乱离忧；
英雄十亿宏图壮，共建神州风雨楼。

（1984年春）

## 重回江镇

不解之缘三十年，人间自古路回旋；
鬓边白发添新色，江畔明珠拂旧颜；
大业中兴春草绿，山花烂漫夕阳圆；
书生多难思知己，老骥伏辕待着鞭。

（1984年春节于郝穴镇委座谈会上）

# 见瑶姬峰

悄然伫立万仞峰，倩影依稀映碧空；
岂向楚襄寻绮梦，尝追夏禹斩妖龙；
金冠高耸朝霞染，舞袖低垂暮霭萦；
苦恋人间缘底事，朝朝暮暮大江东。

（1984 年夏游三峡）

# 答谢戴时君

行年知命复何忧，两袖清风瀚海游；
自古儒冠同粪土，而今铁笔化吴钩；
人民错爱添惭愧，组织关心难报酬；
愿与同怀齐努力，孜孜效命死方休。

（1984 年秋）

**附：**

## 贺叔珩君当选人民代表

戴 时

长在他乡为异客，卅年辛苦不寻常；
潇湘有意捐稚子，红楼无情弃弱冠；
风肆曾令边月冷，霜欺长使芳草寒；
莫言夕阳不足取，山阴道上重晚香。

# 寄涛哥转呈三姑母

冰天雪地廿余年，幸有儿孙绕膝前；
人海浮沉老泪尽，故园风雨梦魂牵；
欣逢盛世娱晚景，遥望家山绽笑颜；
愿与山河同比寿，南归重访天门仙。

（1985 年 5 月）

附：

## 戏和珩弟

涛哥（谷云涛）

背井离乡三十年，无能未敢早近前；
羊城疗养非所望，乡井亲朋故旧牵；
携妻挈子了夙愿，未着锦衣也欢颜；
他年若能重回返，定当代谒天门仙。

又：

## 贺珩弟入党

涛哥（谷云涛）

饱经风霜数十年，两鬓斑白始甘甜；
所幸黄昏夕照好，余霞满天喜事连；
欲图亲往同庆贺，关山阻隔路几千；
此情可待成追忆，愿君更上一重天。

## 咏陈亮

书生自古多痴狂，报国全凭血一腔；
献策京师群小妒，哀吟大理后人伤；
儒冠不是乌纱帽，直道难防黑手帮；
莫谓文章空议论，千秋青史有衡量。

（1986 年夏）

## 怀邓拓

十年磨剑焕文章，夜色茫茫漏星光；
只为多情熬苦胆，那堪重轭套车缰？
霜锋一试头颅断，遗墨千秋肺腑伤；
凭君莫问人寰事，银汉迢迢更尚长。

（1986 年夏）

## 蔡子湖漫步

频频回首忆当年，竹影松涛伴我眠；
只为多情多患难，更因少谲少机缘；
飘零半世情犹故，历尽坎坷志弥坚；
但得文章同粪土，何妨终老一书生！

（1986 年夏）

## 寄雷泰来君

盐车汗血几春秋，乍遇方皋满面羞；
瘦骨嶙峋含剩勇，华巅寥落委闲愁；
芳馨文字开心窍，旷达情怀豁远眸；
幸有千金买骏骨，愿归南楚助新猷。

（1986年夏）

## 原韵答泰来

待到重逢鬓已秋，此生难料洗残羞；
宏图澄我心头雾，彩笔抹它眼底愁；
故土江天供晚景，神州风雨好凝眸；
同怀不弃须发白，共铸新篇展远猷。

（1986年秋）

**附：**

### 次韵奉和叔珩学友

雷泰来

当时年少乐春秋，漫道相逢我自羞；
壮志偏交华盖运，苦心长对夜灯愁；
胸腔天地凭熔铸，眉睫风云识远眸；
便欲与君倾积愫，来归南楚共宏猷。

# "公事私办"有感（二首）

## 一

满腹文章人笑迂，艰难世路叹崎岖；
官衙万座无权贵，私宅千重有友于；
屈节彷徨心已碎，抗辞慷慨志未输；
平生未解关系学，老暮方知无字书。

## 二

耿介书生爱坎坷，欣逢盛世又如何？
文凭一纸争三载，挪动半步历百磨；
可叹官僚仍不少，幸亏好友也还多；
层层密罟终将破，任尔流言向影播！

（1986年秋）

# 影 蛊

嬉皮笑脸说私情，切齿咬牙露杀心；
恍惚人间见魔影，依稀梦里闻枪声；
休将健脑供儿戏，何惧官僚设诡兵；
青史千秋自结论，微尘生命有光轮。

（1986年秋）

## 初秋始雨

淅淅沥沥洒心头，灰暗苍天冷泪流；
如变人间官样脸，似翻睑里乜斜眸；
风云反复权玩术，允诺横吞骨鲠喉；
终有一时乌云散，风也住来雨也收。

（1986 年秋）

## 郴州来信

梦影依稀到山城，洞口白鹿呦呦鸣；
幽谷萱兰沁肺腑，高峰松柏长精神；
山涛朗笑迎宾客，岫眼凝眸辨远人；
昔日儿童归故里，嘶枥老骥奋蹄奔。

（1987 年春）

## 盼　书

人生易老皱纹多，鸿雁杳然奈若何；
汗血盐车磨铁骨，滂沱涕泪塞心窝；
天涯梦断南归路，汉北人稀流水歌；
闲笔雕虫空自慰，清风不许朱颜酡。

（1987 年初夏）

## 回　顾

熊河断指十二载，星沙切胃又八年；
胸中烈焰仍炽烈，额上皱纹似未添；
磨唇旧业植江畔，沥血新篇耀燕园；
共产党人无权懒，慷慨微生献笔耕。

（1987 年冬）

## 寄明雄

遥望湘潭梦影新，终日期待友人音；
无情灰发催寒暑，有趣生机斗鬼神；
休道衰疲成老马，愿披鞍韂跃尖兵；
人生自古谁无死，奋斗全凭一息存。

（1987 年底）

## 寄修植、仕顺（二首）

### 一

因疑老病将无用，致使双双千里行；
湖北家风劳惠顾，阖门四口喜盈春；
吾妻勤朴君知晓，两女天真充主人；
愿有良言复电大，玉成之日感深情。

## 二

潭城特使降蜗居，来去匆匆意何如？
亲看书生驰意气，的知*老骥望征途；
江陵自有风光美，鹤渚从来仪态殊；
原是京都花下客，高歌弹铗不为鱼！

（1988年1月）

## 湘潭行

顶风冒雨下潇湘，满路泥泞笑我忙；
一纸电文催羁旅，十年档案动穹苍；
燕园旧友惊华发，高岭新交喜热肠；
孤胆狂夫归故土，江滨足印任人量。

（1988年1月）

## 赠杨永裘

蒙君慧眼识微尘，邂逅相知惠爱深；
力释群疑排众议，勇开明路荐愚诚；
千金买骨全公理，百世寻人体本心；
流水高山弦上语，钧天一曲动湘灵。

（1988年5月）

---

*注：的知，准确知道。

# 电大生涯（二首）

## 一

生平无福享清闲，乍得安康愈不宁；
镇日空忧柴米贵，终宵频梦路途平；
阖家团聚多欢笑，故旧分离少客人；
不觉昏花成老眼，龙蛇笔舞有谁听？

## 二

回湘不觉半年整，终日清闲办事难；
欲求旁人懒动步，勉强自己更心烦；
人情稀少温馨少，商品冗繁交换繁；
虽然不缺人民币，不善收支形影单。

（1988 年 8 月）

# 哭雪芹

人海谁知耿介心，西山红叶自飘零；
砍头文字成书稿，卖唱丫头是友人；
世俗崇权刀斧利，情痴爱美笔墨新；
风筝断线飘然去，任尔时人妄品评！

## 题素巾

帝子潇湘逝不还，瑶姬倩影立巫山，
心灵契合千秋苦，生命相依万古难；
早觉衰疲成老凤，敢携雏鹤上云端？
人间遗憾何堪补，自谱心歌寄寸丹。

## 梅儿去成都

堂堂仪表长成材，世路崎岖扑面来；
烂漫天真人或羡，粗心浮气我时哀；
双亲优点牢拾取，诸友时髦要甩开；
一自扬帆千里去，鹏飞万里莫徘徊。

（1989年3月）

## 寄红儿

人生自古多磨难，岂有顺风一叶帆！
愈挫愈奋巾帼胆，多思多学英雄篇；
细心奋力登攀苦，远瞩高瞻绝顶欢；
一洗当年落榜恨，成功之处尽春天。

（1989年4月）

## 学书法

学剑未成又学书，昏花老眼泪将枯；
狼毫不顺千钧力，素笺空留四方符；
不信痴人频说梦，但悲老马不识途；
凄清电大无芳草，何处墨池泼太虚？

## 偶读“留侯论”

东坡警句太铿锵，见辱不惊放眼量；
拔剑何妨献俏舞，弯弓志在射天狼；
人情多变浑常事，风物长存是乐章；
过眼云烟终散尽，弄权小计岂周详！

## 重游南岳（二首）

### 一

四十年前上祝融，童心惊喜造化功；
山风高巨春意少，怪石狰狞魔影浓；
云海苍茫覆大地，朝晖艳丽染长空；
依稀前路有仙子，缥缈萍踪一梦中。

二

飞车重上祝融峰，满眼风光大不同；
怪石磨平芳草绿，山风变暖夕阳红；
神龛灯火皆通电，佛像衣衫毕画工；
惟有朝香跪拜客，虔诚竟似旧时容。

（1989年4月）

## 痛悼耀邦同志（二首）

一

巨星骤陨泰山摧，兆亿神州泪雨飞；
曾理万机系国运，更经百战壮军威；
引咎去职垂风范，鞠躬尽瘁树丰碑；
从此人间遗伟影，南溟万代望鹏归。

二

心追鹏翼上南溟，绝处逢生赖庇荫；
三次上书无暗路，万机批复有佳音；
噩耗痛彻书生骨，晚节标高战士心；
誓向荆榛觅大道，神州英杰化干城。

（1989年4月）

## 决　策

书生执政气如虹，山崩海啸仍从容；
国事日难思舵手，民生临困望英雄；
寰球争竞波涛险，大国浮沉暗礁凶；
改革从来无直路，披荆斩棘任前锋。

## 回　顾

十载承平太自由，两月风雨使人愁；
全盘西化成狂吠，遍地狼烟乱九州；
妥协从来遗笑柄，斗争方能展新猷；
航轮赖有英雄掌，破浪乘风过激流。

## 交　班

大国从来政事难，最难换代总交班；
狸猫换子寻常见，烛影斧声骨肉残；
磊落胸怀革命者，无私风格昆仑山；
为谋民族万代福，退职交权自坦然。

## 电大创建十周年

人间正道是耕耘，万古千秋事业新；
改革十年结硕果，荧屏万面播芳馨；
江山有待植桃李，宇宙无言辨古今；
孔孟若能有电大，何劳跋涉费艰辛？

（1989年10月）

## 东　欧

东欧风浪使人愁，同志牺牲血泪流；
国际悲歌惊变调，西方浊水酿阴谋；
人权骗局欺大众，博爱狂潮漫小球；
戈氏空言成祸害，伤心同志被抛丢。

## 柏林墙

举世关心两柏林，西风凌厉撼东城；
两番欧战血腥里，几度风云瞬息间；
人类良知惊麻木，和平幻想诱凡人；
太和日曼悄然富，愁煞平民祈福心。

## 新思维

喧腾戈氏新思维，转眼化为狗屎堆。
屈膝西方乞剩饭，瓜分祖业弃边陲；
长城自毁真堪惜，利剑轻抛更可悲；
供奉沙皇东正教，狼奔豕突竟回归。

## 地　球

美苏争霸几时休，人类何方得自由？
导弹横空悬利剑，卫星绕地扼咽喉；
东洋放债遍天下，西德招工到泛欧；
资本依然争垄断，战云仍旧罩全球。

## 题小影

魂牵梦绕几冬春，错乱人生幽怨深；
一曲心歌萌热望，三秋捷报化寒冰；
轻云吐絮催青鸟，柔雨含丝结素巾；
万里时空分绮梦，百年风雨泣花魂。

（1990 年春）

## 题秋叶

琴剑飘零五十秋，知音柔慧太难求；
无心播种生兰蕙，有意浇花获怨尤；
岁月无情分绮梦，心灵有待晤高丘；
人生何故多遗恨，绝代音容付水流。

（1990 年秋）

## 入团四十周年

广场奋臂今何在，破指血书系梦思；
抗美怒潮翻旧怨，援朝心志寄新诗；
解囊黎庶捐机炮，效命青春着战衣；
一自干戈化玉帛，纷飞舞袖迷旌旗。

## 回江陵二中

荼蘼花事忆江滨，衰病残生献鹤群；
雏鹤凌霄花解语，沙鸥扑浪鸟忘情；
江滨秋影年年老，银汉春眸夜夜心；
勘破庄生蝴蝶梦，何需陶令墓碑铭！

（1991年2月）

## 人　道

人弘道耶道弘人，宇宙无垠映寸心；
万象必然自生灭，千秋偶变似无因；
超凡至圣情犹在，首恶元凶性未泯；
飞旋小球尘兆亿，银河倾泻霎时间。

## 迁居有感

屈指成家廿五载，成材两女仍娇痴；
迁居九次多辛苦，破烂三挑慰梦思；
江汉七迁曲折甚，湘潭再造也离奇；
高楼燕去空尘尽，老汉而今暂寄居。

（1990年11月）

## 《陈亮政论词选注》完稿

为在世间留本书，昏花老眼泪将枯；
蝇头行楷熬心血，蝉翼薄纸走玑珠；
不觉已成十万字，眼前忽地一抹糊；
心灵可有藏经洞，亿载斯民立太虚。

（1991 年）

## 自　寿

望断云山忆昔年，天门沃土育痴兰；
闲愁万种心灵苦，跬步千巅步履艰；
蔡子湖滨情未了，燕园塔下梦魂残；
雪泥鸿爪何方住，花甲之年子细看。

（1992 年 1 月）

## 风　骨

桃李三千空自怜，嶙峋孤影立风前；
胸中丘壑凭挥写，袖里乾坤任转旋；
持剑登山花烂漫，添香入梦影婵娟；
平生苦恋思悲切，大海惊涛没晓天。

## 五九初度

不恋鬼神不信天，悠悠长路步行艰；
盘根社会疑无路，错节人生竟有缘；
笔底乾坤谁问字，书中意境自谋篇；
老来兴会青春在，花甲何妨再向前！

（1993 年 1 月）

## 为纤纤起名

鸡鸣癸酉启新年，小小人儿降世间；
灼灼晨曦方在望，呱呱啼语欲闻天；
成龙化凤凡夫愿，立地顶天志者先；
放眼神州新世纪，百业当添女状元。

（1993 年 1 月 25 日）

## 逗小元曦

英雄自古多巾帼，后代何能尽伟男；
道韫拟诗胜乃弟，木兰挥戈守边关；
当今女界多奇杰，济世当权谱壮篇；
自立为人勤创造，娟娟秀女半边天。

（1993 年 2 月 23 日）

## 美人蕉

荒园独放不知愁，雨骤风狂未折腰；
阔叶经霜愈翠绿，繁花沐雨更妖娆；
离愁脉脉春衫湿，倩影亭亭舞袖招；
秀眼含嗔频向说，休随蜂蝶效轻佻。

## 琴　语

曲曲新歌慰渴思，琴中有誓两心知；
青春寂寞灵珠怨，幻境凄凉莽玉痴；
鱼水相亲或有幸，长空比翼永无时；
生离死别十余载，血泪凝成万首诗。

## 约　殇

别梦依稀耳语低，相逢恨在花开时；
诗文海里惊初遇，歌舞台前恨别离；
五载迟疑君笑我，一宵鲁莽咎由谁？
今生只合长相忆，密约迢迢不可期。

## 诗　柬

平生知己莫如君，不意君心海样深；
一纸闲文承错爱，三番软语吐温情；
明眸含泪灯前剪，口角噙香枕畔吟；
梦断巫山悲夜雨，魂游天汉羡双星。

## 寻　春

心旌摇曳赧云飞，恍恍匆匆何处归？
策划经年寻梦苦，迂回万里踏青迷；
春莺耳语凭谁解，秋雨悲歌唤我回；
东去扶桑难再晤，忘年欢乐令人悲。

（1991 年春）

## 春　病

心之广矣实哀哉，知命高龄梦影来；
缥缈惊鸿遮望眼，迷离青鸟愚衷怀；
伤心万里泥牛海，密意千秋玉镜台；
叶绿阴浓春早去，深山鹧鸪苦徘徊。

## 春　误

儒学风姿赤子心，天空海阔自行吟；
无端泽畔惊晓梦，有幸江滨获晚晴；
一片素云浸苦涩，三秋红叶乱飘零；
含丝酿蜜忘辛苦，人世岂容脱俗尘！

（1991 年秋）

## 春　归

一夜南风春已归，槐花乱落子规啼；
心胸隐痛惊诗梦，草稿含悲泣笔犁；
极目望春闻怨府，凝神待夏解痴迷；
东君怯力湘江静，天外落红化蝶飞。

（1992 年春）

## 春　梦

水绿山青春意浓，树摇影动月当空；
分明孤鹤寒塘渡，恍惚双星鹊路通；
昨夕秋容映月镜，今宵瑶姬下云峰；
悄然一曲黄昏梦，花落水流自向东。

（1994 年春）

## 一　面

去国离乡不计年，撕心裂肺苦耶甜？
蓦然回首秋愁在，怅惘他邦月不圆；
珠玉黄金等粪土，声光电色隐凶顽；
侧身异域终难永，梦醒时分有泪痕。

（1996 年夏）

## 题竹亦青墓照

学友仙踪何处寻？东瓯沃野草青青；
江南着意捐灵杰，天府伤心失哲人；
傲骨还乡归故土，雄文遗世笑青云；
燕园不解怜诗客，几度风波直到今。

（1985年）

## 哀姐夫谷夷

一生卑屈自心宽，琴瑟长冲带血弹；
幽谷芝兰呈秀色，伯夷昆仲共阳山；
欣逢盛世离饥馁，乐寓城厢得宴安；
不意积劳成痼疾，伤离手足倍辛酸。

（1989年）

## 悼李明达（二首）

### 一

江陵才子百年身，桃李满蹊路不平；
字若其人严峻极，酒逢知己怨尤深；
谁人究识真金价，何处追寻美玉音？
泪眼高天仙路杳，江滨旧友几人存！

## 二

坎坷书生六十年，无端获罪叹奇冤；
长河落日添伤感，大漠孤烟自媸妍；
晚景辉煌老益壮，文章严谨后争先；
不堪远别音容在，执手江天望月圆。

（1993 年）

# 哀常修植

半世清贫执教鞭，何期释褐入朝班？
芝麻七品抛丢易，阿堵千重超脱难；
改革良谋成画饼，风波错责构奇冤；
弥留神智悲清醒，执手依依话昔年。

# 静

端向南窗似入功，丹田气满任督通；
垂帘好教双明澈，悬顶方能七窍聪；
万籁有声皆地乐，一身无恙尽天封；
心澄似水诸缘绝，笔舞龙蛇向太空。

# 文　章

文章自古号难工，逐浪沉浮八面锋；
万物静观皆自得，四时佳兴与人同；
纵然敏捷诗千首，终究飘零酒一盅；
杜老空悲游子梦，湘江病笃卧孤篷。

## 题九盈《语言学史》

燕园执手话人生，风雨尘寰赖奋争；
曲折湘南千壑路，崔嵬冀北万山城；
登攀跋涉分先后，探索追求通古今；
绝学有成名后世，几人识得功夫深。

## 题《中国电大专家名录》

浩荡春旗舞邓林，神州英杰聚荧屏；
散兵游勇争先进，老树生花播远馨；
谁识生前身后事，笑看纸上眼前评；
人生百岁终将化，巍巍青山万古存。

## 读清诗《舟中有感》

五伦最假是君臣，民主精神何处寻？
血统亲缘结苦果，金元贸易酿灾星；
人间四海皆兄弟，朋友君臣变幻频；
辟地开天共产党，撕开大伪造纯真。

## 望小康

共产均贫三十年，人间争斗几曾闲？
大同理想分真假，温饱承诺有后先；
私有狂潮漫大地，公平暖气息心田；
神州将入小康境，古道中庸步履坚。

## 二　战

血雨腥风未敢忘，嗟来苦果孰先尝？
七强称霸炫残梦，八国联盟凑旧装；
核齿狰狞欺弱小，金元璀璨逞强梁；
鸡鸣风雨悲殷鉴，寰宇三分见曙光。

（1994 年）

## 花甲自嘲（二首）

### 一

天道循环周复始，人生曲折老忘年；
黄昏入梦怜花瘦，瀛海分星盼月圆；
苦恨山盟成往事，难期密约续前缘；
亲人共庆身粗健，挥剑自舞仍向前。

### 二

驱尽缠绵自坦然，人生得失总难权；
三宵欢乐迎新岁，万里相思辞旧年；
月镜蒙尘飞海外，心歌断续荡胸间；
此生见惯天残忍，坐待嫦娥绕大圈。

（1994 年 1 月）

## 购　房

山乡老屋今安在，断壁残垣梦里边；
纵有高楼拔地起，难消块垒塞胸间；
人间几许回环路，世道如斯糊涂篇；
逼我借钱充业主，一厅三室可陶然！

（1994 年 2 月）

## 室内电话开通

人间智慧谱奇篇，缩地升天弹指间；
光缆传声千里近，荧屏绘影笑容鲜；
老来心志多拘限，不敢花钱学少年；
姑且来回潇洒走，千金一掷品甘甜！

（1994 年 3 月）

## 天堂吟

百尺高楼卧北窗，如今我也到天堂；
电灯如雪映霜鬓，电话传声入梦乡；
楼上清阴好避暑，楼旁喧嚣又何妨！
人间变幻欣忘尽，孤胆依然自主张。

## 世纪吟

血雨腥风枉自多，疾雷迅电笑阎罗；
铁丘乱骨千秋泪，荒草流萤一路歌；
垂暮情思怜月镜，青春幻梦晤银河；
赋闲高岭文章在，试问前方几坎坷？

## 书稿遇阻

仿佛当年刀斧手，如今到我眼前来；
呕心沥血十年果，翻白藏青一笔裁；
萁豆相煎老北大，矮人看戏旧楼台；
笑迎挑战当鞭策，细数落花却隐哀。

（1994 年夏）

## 女儿调动成功

人心天理俱无形，细味方知善与真；
舞臂螳车兴迷雾，行空天马驭飞云；
羊城落户花开处，电大迎新弹指间；
老骥舒腰顾峻坂，横飞热泪望东瀛。

（1994 年 12 月）

## 耒阳

城北城南觅旧踪，故乡无处不情浓；
杜陵书院朝晖丽，蔡子湖滨夕照红；
绿水化龙绕彩凤，青麓射虎挽雕弓；
童年伙伴今何在，走马关山类转蓬。

（1995 年春节）

## 老妻病中

贫贱夫妻三十年，相依为命苦中甜；
结缡半载风雷骤，破烂三挑形影牵；
琴碎诗焚余弱女，拖车犁地笑强权；
少时恩爱老时伴，何憾人生失乐园。

（1995 年夏）

## 重聚荆州

龙钟白发喜重逢，半卷新书寄寸衷；
沧海横流见本色，乱云飞渡仍从容；
同舟共济深情在，引火自焚密意浓；
漫话人生添感慨，举杯高唱大江东。

（1996 年 8 月）

## 熊河中学欢聚

阔别熊河十五年，重来老汉见新颜；
繁荣商贸争先手，清雅弦歌有后艰；
为政廉公今古颂，治安整肃子民欢；
雕虫戏笔为相勉，毕集群贤自着鞭。

（1996 年 8 月）

## 一月两手术后

此生行惯逆风船，何惧眼前上险滩！
孤胆切除凭胆管，空肠堪代胃脾全；
嶙峋傲骨风前舞，凛冽冰心脑际悬；
不信今生奇迹去，定将活过千禧年！

（1997 年 2 月）

## 祝莹姐八十大寿（二首）

### 一

舅母慈颜何处寻，石湾新屋梦魂亲，
袪邪呼斫镜中影，学语试惊天上人；
倭奴横添家国恨，流光不减少年心；
欣逢我姐八旬寿，起舞翩跹颂遐龄。

## 二

养气挥拳抗病魔，闲来听唱南风歌；
阜财解愠难双并，先富均贫粥一锅；
辩证人生全谙尽，风雷世纪半蹉跎；
而今迈入新时代，耄耋犹能越坎坷。

（2000 年夏于湘潭）

# 五 律

## 咏 梅

婀娜临风影，峥嵘傲雪姿；
幽香含隐恨，浅笑惹相思；
不怨花开早，但悲攀折迟；
今生难遂愿，辜负两心知。

（1969年冬）

## 望庐山

远望庐山美，迷蒙烟雨中；
云峰驱白象，雾海拥苍龙；
恍惚见仙子，翩跹舞太空；
明朝攀绝壁，直上广寒宫。

（1981年夏）

## 燕园毕业证

人心公道在，奋斗终成功；
奇迹痴人爱，险峰曲径通；
登攀无比乐，苦味不妨浓；
叹我身将老，夕阳难久红！

（1982年冬）

## 武汉漫步

江城展新貌，游子觅旧踪；
倏忽四十载，恍然两三朋；
东湖风光丽，西子鬓发蓬；
蹒跚欲何往，人间尽迷宫！

（1986 年夏）

## 《龙川集》

细读龙川集，似登褒禅山；
瑰奇诚险远，往昔少人攀；
崇法辨儒道，吕朱难比肩；
哀哉陈同甫，只为未当官。

（1987 年夏）

## 灵　犀

人生何寂寂，四海觅灵犀；
眸子有言语，掌心递信息；
深情藏骨髓，浅笑露端倪；
君子淡如水，天涯共一时。

（1990 年春）

# 老 境

人生有百岁，老至又何妨！
权钱无滞手，诗酒有余香；
闲来阅半卷，兴至陶一觞；
回首无遗憾，坦然向穹苍。

（1996 年夏）

# 写 作

坎坷余半世，老至得平安；
秋肃存胸臆，春温上笔端；
耕耘永不辍，超脱自心宽；
江汉知音在，书生业未阑。

（1996 年夏）

# 五　古

## 长　廊

曲折通幽处，长廊是画廊；
花卉摇秀色，人神共翱翔；
茅庐迎三顾，菊篱陶一觞；
行者离东土，淑女近西厢；
绵绵朱楼梦，凛凛忠义堂；
惜无新意匠，研朱绘春光。

（1963 年春）

## 梦　海

恍惚临大海，惊喜却痴迷；
波涌连天雪，涛吟动地诗；
鹏飞向广宇，鲸动吐云霓；
海市开金扉，蜃楼挂玉梯；
海魂飘然下，碧波万丈随；
言笑冰弦绝，顾盼神采飞；
约我向青霄，并翅不复回；
温馨留宇宙，万古无终期。

（1970 年）

# 株洲告急

世路多曲折，难得见坦途；
一步千峰险，阴晴万壑殊。
亲朋音讯少，子侄捷报疏；
迢迢湘沅路，寂寂故旧居。
谁复念游子，惠赠一蜗庐？
欲归情转怯，天涯羁旅孤。

（1987年夏）

# 三字之争

为争一个字，奋斗需三年；
三三化为九，此生何太艰？
首争一改字，改正假错冤；
甩掉反动帽，赢得公民权。
再争一毕字，毕业于燕园；
虽无学士位，聊沾本科边。
今争一放字，放往大中专；
多铸几铅字，好去见先贤。

（1987年夏）

## 冲出包围

平生爱奇迹，不顾苦味浓；
半百犹未老，又成一新功；
庸人惊咋舌，知音喜举盅；
奋斗翻新页，勇者觅旧踪；
迢迢潇湘路，浩浩衡岳风，
送我登云台，人去业未终！

（1988 年春）

## 办事难

处处赔笑脸，步步遇麻烦；
明知他不对，千万别霸蛮；
话要轻点说，气要肚里吞；
他要你就给，他拖你就看；
关键在人熟，礼多事好办。

（1988 年春）

## 硬骨头

宁死不后退，宁折不弯腰；
血流何所惧，骨碎当柴烧；
冷眼看世界，热心向党交；
俯仰无所愧，天地一沙鸥！

（1988 年春）

# 高岭闲咏

我来竟何事，高卧湘潭城；
诗书敦夙好，园林无世情；
望云惭高鸟，临渊羡锦鳞；
仰观天浩渺，俯视骨嶙峋；
遍地垂钓者，驰骛影纷纷；
匹夫负独志，坦然归沧溟。

（1988 年夏）

# 人生漫观

人生不满百，徒怀千岁忧；
昼夜思来日，常恐愿难酬。
或为事功计，或为名利谋；
有余忘缩手，无路不回头。
事功终须有，血汗写春秋；
名利实虚幻，千万莫强求；
名位与财富，舒适与风流，
追求无止境，不觉白了头；
不用金钱买，即以骗术牟，
费力又费脑，角斗且心勾；
终归好便了，冥顽步难收。
不如随份往，恬淡乐悠悠，
一日三餐足，一夜酣眠休，
闲时勤读写，忙时任沉浮。
洞察生死理，何来得失愁；
百年驹过隙，心静即自由。

（1989 年冬）

## 观人省己

丈夫志四海，我愿不知老；
纷纭人世间，几人舒怀抱？
或惧萧墙祸，或忧断肠草；
钱少恐饥寒，钱多恐贼盗；
欲壑永难填，私囊永难饱；
闲愁换青丝，忙愁死细胞。
无欲则无忧，终日乐陶陶；
无私则无惧，随份通大道。

（1990 年春）

## 赠陈敷波君

相知贵知心，神交二十春；
相与论天下，慷慨气纵横；
忠肝轻富贵，义胆藐青云；
耕耘凭直道，桃李自成林；
何妨小试手，毋使俗人轻！

（1996 年夏）

# 芳兰赞

南岭千峰峻，耒江九曲湍；
山水钟灵秀，化我天门仙；
天门仙下石，磊磊筑梯田；
云梯接霄汉，幽谷响流泉；
流泉滋沃土，沃土育芳兰；
芳兰聚王氏，大家出名媛。
王门有长女，美慧淑且娴；
慈爱春阳暖，皎容明月圆；
就学衡州府，品格冠全班；
班昭续史志，道蕴咏雪篇；
天孙临机杼，木兰出边关；
常思报家国，解民于倒悬。
国破山河碎，独秀力孤单；
辍学于归日，屈志返家山。
幸有伉俪情，稍慰寂寥心；
姐夫笃学士，成学于昆明；
联大学位重，金融专业精；
星沙就高职，家室亦温馨。
昔我少小时，随姐上省城；
二哥年十六，道中方稚龄；
沿途多惊恐，惟姐独担承；
两弟皆入学，我姐始欢欣。

天不佑善良，风雨摧春光；
姐夫英年逝，儿女哭成行；
长子未十岁，细女发尚黄；
亲故正星散，各在天一方。

人情欺嫠女，世味苦秋荼；
悲辛我大姐，独力抚四孤；
更有诸弟妹，个个皆需扶；
昼夜操缝纫，教子苦攻书；
弟妹来求助，罄瓮亦不恤；
长姐亦慈母，撑持在畏途。
温馨学院巷，足避风和雨；
饥渴得缓解，冻僵亦复苏。
嘘寒又问暖，救死并解难；
悠悠四十载，姐无半日闲；
苦难虽未已，抗志力倍添；
遥望小楼灯，希望在人间！

嗟余幼无能，痴呆一书生；
只爱看小说，不喜富贵经；
十三离故土，南岳习诗文；
十六失怙恃，四海独飘零；
才名漫远播，事业终无成；
倏忽四十载，天地一微尘。
蒙姐长关念，钟爱五十春；
几度星沙过，几度姐垂怜！
漫漫求索路，崎岖路回旋；
天涯咫尺近，总在姐身边。
皇天何严酷，整治无已时；
世人何多妒，浊浪淹良知！
胸中藏万卷，浪迹无立锥；
布衣裹贱体，囊空终如洗；
凛冽朔方雪，凄凉湘南雨；
孤星无旅伴，掩涕长太息。
姐为补衲衣，姐为除虱虮；

姐为心中泣，愿弟出尘泥；
哀哀问苍穹，厄运止何时？

两度病膏肓，辗转斗无常；
断指伤骨髓，切胃搅肝肠；
我姐促诸妹，四出觅良方；
亲为煨汤药，亲为护病床；
生死肉白骨，深情岂敢忘！
小妹盛年逝，念之愈悲怆；
幽明无信使，十载两茫茫。
老来真侥幸，剩我姐弟情。
天公偶开眼，春晖送晚明；
我姐逾古稀，安乐享天伦；
愚弟近花甲，粗健自安宁。
儿女皆长大，诸孙更天真；
人间重晚福，谁忆昔日贫？
絮絮献此曲，曲尽有余音；
兰竹自高洁，梅菊颂坚贞；
春晖沐后代，永葆天地心。

（1990 年）

## 赞莹姐

伟哉我莹姐，女中一丈夫；
寒门育人杰，钗裙胜眉须。
自幼攻经史，长成有宏图；
胸中藏万卷，笔下走玑珠。
助夫事革命，教女苦攻书；
家教垂风范，伉俪共前驱。
盛年失佳侣，独力抚三孤；
含茹四十载，昂首践畏途；
枫松傲霜雪，梅竹凌紫虚。
古稀学不倦，耄耋志更殊；
凛然示大节，衡岳耸天枢。

（1991年春）

## 太极拳歌

无极生太极，太极分两仪；
两仪配天地，天地育万物；
万物皆矛盾，矛盾复统一；
统一于物质，物质归无极。

人生天地间，宇宙一奇迹；
物质孕精神，卓然出尘泥；
生死固必然，福祸相依倚；
虽无长生术，能纳万物气；
祛病求延年，穷通太极理；
摹形追造化，晨昏贵坚持。

全身都放松，百念似摒弃；
空灵实悬顶，任督联百会。
双目似垂帘，头容总正直；
舌尖抵上颚，生津服玉液；
玉液注丹田，腹式深呼吸；
龟蛇效冬眠，吐纳无声息。
含胸并拔背，肩沉肘宜垂；
脏腑皆舒展，脊梁勿弯曲；
手势合阴阳，脚步分虚实；
迈步如猫行，运掌似抽丝。
内外相结合，上下相追随；
用意不用力，求缓莫求急；
动中当求静，静极体自移；
动静相兼得，形意成一体；
因敌施变化，若离还若即；
至柔克至刚，所向必无敌。

（1993 年）

## 戏赠荆妻

甘泉长江水，碧玉小家风；
育我寒门女，清水一芙蓉。
六龄失慈母，养育赖父兄；
无人为梳理，乱发如飞蓬；
七岁拾柴火，八岁守窝棚；
九岁做饭菜，十岁习女红；
十一方入学，语数愿精通；
谁知运不济，学业未全功；

教育闹跃进，办学一窝蜂；
简师再缩短，毕业一春冬；
乡村当教师，人讥红领巾；
一载遭下放，归家务临工。
劳累苦筋骨，悲泪塞心胸；
困居茅檐下，翘首盼春风。

难得嫁夫婿，校园建蜗居；
斗室盈喜气，满架塞琴书；
琴瑟鸣心曲，心曲绘新图，
此生同甘苦，携手赴征途。
夫婿有才名，经历颇特殊；
少年从军伍，转业当干部；
进京读大学，下乡做农夫；
回城教中学，不文又不武；
而立未成婚，能干又迂腐；
能歌又善舞，聪明又糊涂。

结缡甫半载，晴天起霹雳，
文革狂飙起，大地洪流激；
天上群龙斗，人间众庶迷；
六亿批判家，相互揭老底；
批己为批人，批人保自己；
出出惊心戏，昏天又黑地。
一片揪斗声，夫婿现原形：
三代反革命，天生是罪人；
入团假积极，伪装去参军；
北大就反党，主子叫陆平。
满街大字报，张张点其名；

文斗加武斗，昼夜不得宁；
牛棚接干校，劳改六年整；
内专如罪犯，悠悠二十春。
夫荣妻犹贵，夫辱妻愈轻；
孕期遭驱赶，扫地出校门；
哀哀归父处，独力创家庭；
半间茅屋里，艰难待临盆；
威逼不易守，贫贱不变心；
举世皆欲杀，我独怜夫君。
两女呱呱坠，三挑渐丰盈；
否极将逢泰，酷旱有甘霖。
乱世人变鬼，治世鬼变人；
夫婿终平反，九死余一生。
长沙医痼疾，北大补文凭；
一调出熊河，再调离江陵；
奖状年年发，工资步步升；
昔日地狱鬼，今日座上宾；
温饱趋小康，弹指二十春；
虽未大富贵，聊为太平民。

往事何悠悠，相顾渐白头；
儿孙日去远，潇洒四方游；
俩老相依伴，恬淡乐春秋；
一言难尽述，百岁共戚休。

（1996 年夏）

# 耒水源

城北三眼井，城南七家村；
流连忆往昔，思绪乱纷纷。
蔡子湖中水，化龙桥上云；
倏忽六十载，人海几浮沉！
王祠今何在？高楼耸成群；
亲人难再聚，笙歌不复闻；
姐弟皆白首，相逢话难成；
童年多曲折，欲语泪先盈。

最忆少小时，姐弟手足情：
堂前同嬉戏，灯下诵诗文；
寻芳杜甫墓，斗草凤雏亭；
端阳系彩粽，中秋分月明；
除夕争淡肉，过年一身新；
拜年益丰厚，乘车去公平；
石湾新屋里，诸舅笑脸迎；
家家有新酒，最美大塘滨；
舅母最慈爱，春雨润童心；
不识人间险，欢乐享天伦。

稚龄逢战乱，日寇铁蹄凌；
寰宇风雷骤，河溢泰山崩；
漫天流亡曲，遍地鬼子兵；
白昼飞机炸，深夜匪破门；
内战接外战，战火苦黎民；
风雨鸡鸣夜，姐弟渐长成。

社会大变迁，严慈无力承；
深山避世乱，再回天门村；
家破无片瓦，人亡讣告频；
亲故惊四散，各自觅前程。
兄弟着戎衣，姐妹适远人；
手足断若续，骨肉连也分；
熟读阶级论，难为秦妇吟；
抛却朱楼梦，投身解放军。

难得战火熄，天下甫得宁；
大弟卸戎衣，小弟入学门；
老母侥幸活，我姐喜新婚；
夫妻情笃好，从教在山村；
养母育小弟，我姐独担承；
遥寄合家欢，新添小爱平。
运动复运动，左倾更左倾，
革革过命命，批批判人人；
先辈遗祸患，株连及子孙；
姐夫划右派，两弟亦陆沉；
罪名莫须有，才高必无行；
文章同粪土，弦歌失雅音；
牛棚吞铅泪，马路顶覆盆；
悠悠二十载，飘零若碎萍。

我姐女中杰，苦难独支撑；
柔弱岂无骨，一身抚六婴；
辗转穷山壑，携养老母亲；
衣食且不周，尚济夫弟贫。
独力岂无穷，灾变接踵临；

大儿罹急症，抢救奔耒城；
两女暴夭亡，惨状不忍闻；
夫弟远盲流，北溟陷寒冰；
万里寄粮票，积蓄全告罄。
呼天天不应，问地地无声。

苦岁逢寅壬，老母庆生辰，
花甲盼儿媳，何处觅钗裙？
闻名心胆裂，谁敢论嫁婚！
小山小团聚，简陋亦温馨；
否泰寻常事，风波骨肉情。
文革分十载，生死不相闻；
老母含恨逝，不及见爱孙；
探母成奔丧，千里拜新坟；
长冲三家聚，子夜盼黎明；
分袂疑永诀，追车泪倾盆。

红日破层云，黑鬼又做人；
姐夫喜摘帽，两弟亦逢春；
委员参政协，代表属人民；
名师闻江汉，先富冠山村。
天公变戏法，黎庶赖庇荫；
善恶云有报，春晖送晚明；
江陵迎远客，枣子聚新春；
城乡置新屋。儿女皆成人。
方期娱晚景，姐夫忽采薪；
劳瘁成不治，溘然归沧溟。

人生无全璧，豁达随所分；

纵浪大化中，不惧亦不欣；
姐弟上高山，共扫父母坟；
心碑无文字，殷鉴意味深。

山泉涌天门，潺潺若呜咽；
溪流出界石，喧腾化涛声；
淝江绕书院，弦歌向耒城；
耒水荡碧血，浩荡寄北征。
横冲有三姓，王氏独擅文；
世代耕且读，文章冠帝京；
早年农家子，何事入青云？
红袍披拔贡，凤冠赐夫人；
富贵何足羡，转眼化灰尘；
遗祸及数代，子孙久不宁。

絮絮献此曲，姐弟共沉吟；
或有可取者，谆谆戒后生。
昔年风波静，后浪又催人；
相勉自珍摄，永葆岁寒心。

（1996年夏）

# 杂　言

## 杜陵书院即事（二首）

### 一

皎月伴云飞，点点银光泛绿水；瓜船棹舟归去也，惊起沙滩鹭鸶啼。月下促膝谈旧事，童年友伴倍相依；原欲乘月归故里，忽闻澄妹在城畿；千重思绪心如噎，又惊又喜又伤悲。

### 二

犬吠满城北，零落荒鸡啼冷月；月光洒我床头，梦泪凝枕似冰雪。漫步校园心如醉，半天红霞半天月；霞月同映耒河水，恰似一江杜鹃血。浓愁密怨莫名，待与何人说？

（1957年暑假与童年伙伴夜宿耒阳一中）

## 春游香山（二首）

### 碧云寺秋瑾小照

昔闻君是女中英，疑是满目杀气横；今见真容美似玉，宇眉含笑露温存。惟有手中双锋匕，仍使奸邪梦魂惊。

秋风秋雨一扫尽，春草春花爱煞人；君已长眠岂知晓，何由通书告英魂？

## 登鬼见愁

奇峰峭立鬼见愁，捷足先登竞折腰；汗透春衫湿，腿软石乱摇，人人都把牙关咬。

忽闻歌声入云霄，乍见群峰齐点头；山河一览尽，春色画难描，鬼见愁来人见笑。

（1959 年 3 月）

# 车入三江平原

朔风凛冽天欲雪，旷野孤灯半明灭；离愁黯黯不成眠，相伴惟有关山月。关山月，凄欲绝，漫洒泪光满塞北；塞北酷寒人烟少，车声暗哑笛声咽。

（1960 年 10 月）

# 追悼表姐夫陈其瑞

（姐夫去世，已三十二年了）

追忆童稚，就读石湾；莹姐伉俪，启我愚顽；授之以诗，导之以言；古今通变，天上人间。

姐夫博学，文道双全；精明干练，教学兼擅；投笔从戎，敢为士先；献身革命，马列是瞻；游击耒东，执长衡南。心向往之，难见慈颜；一去万里，远别家山。鸿雁有情，诲我谆谆：“家虽倾覆，前途光明；一心为党，莫惧远征。”常期梦见，携我前行；义无反顾，忠我人民。

天胡不公，夺我长兄；中道崩殂，永绝音容。怅望九原，悲泪塞胸；弟妹失恃，各自西东；天涯路断，何处重逢！人生瞬息，自然浩渺；音容如在，悲冢难找；悠悠黄泉，哲人云杳。欲哭泪尽，欲歌谁告！信笔长号，天荒地老！

（1990年5月）

# 鹤唳凌空曲

雏鹤临瀛海，回眸恋旧居，频频南寄梦，飞越洞庭湖。

十三闻天语，十四诵诗书；诗书不易解，娇痴怪人扶。灵犀献女爱，细笔绣心图；心图化为歌，绕梁上天枢；老凤偶闻之，悄然魂魄甦。十五入鹤苑，瞳仁闪清涟；十六试展翅，芳心羡云天。时时花解语，夕夕记铭言；三秋连捷报，一举震方圆。十七喜扬眉，绿裙舞翩跹；羞进感恩酒，愧领激励篇；小镇状元女，乳汁由谁甘？心知不能语，驰笔涌心泉。天外惊雷送雨来，满园桃李带露开；忽闻天上夭桃盛，踊跃争先上高台。海阔天空润肺腑，妙语连珠骋壮怀，呕心沥血琢璞玉，大声疾呼唤人才。江阔秋天孤鸿影，春焕星空明眸排；就中最亮惟一颗，从此情牵百事哀。

燕园风雨三十春，两度欢迎少年人；处处寻觅旧足印，时时如闻耳语声。空绘梦中双星影，痴望故乡孤月轮，中秋月明思愈切，锦笺巩珠吐诗心。纸末初附悄悄语，终身铭记启导情，欲酿百花成甜蜜，涓涓滴滴献与君。

书斋忘我攻东语，夜深灯下铸幽情；絮絮稚语连篇寄，执拗古井索回声；倏忽韶光一载去，灿烂年华十八春。十八十九心花发，日日夜夜织素巾；素巾飞往南天去，痴迷承诺见纯真。素云飞去无回应，忽闻孤影千里行。君行千里无反顾，负我燕园奔波情；灯下抄写几万字，字字句句有泪痕；怨尤不已生责备，痛煞明眸夜夜心。

知君已远去，岁月杳难寻；茫茫人海里，同龄觅替身；同窗早有寄，闯荡多苦辛；不知因何故，终失浪子心。动乱烽烟震京城，东瀛西风染香尘；彷徨四顾迷方向，理想坍塌不欲生；忽见天边冷月影，又忆当年指路人。频频寄婵娟，幽幽问真情；先邮迷君卡，又寄雪子篇；自言已逊色，憔悴多隐言。古井为之动，静水涌波澜；为感三秋恋，抚慰话连绵。念之一年波峰起，绵绵情话迭稿纸；咫尺天涯惊路遇，含羞心跳低头避；尾随身后十余步，疑君竟然不相识；日夜相思见不得，惟恐心愿化为灰；忽接深情诗一首，尘土暗飞泪暗滴；把笔复书心已碎，几番展纸难下笔。精选小照遥寄影，明眸熠熠望浓春。眼空蓄泪泪空流，隔岁槐花放未收；万里云天共绮梦，相拥飞向天尽头；天尽头、何处有高丘，供我忘年俊侣游？蜡炬春蚕丝泪尽，一方净土共白头；柔肠寸断晓梦醒，怕只怕、待到重逢鬓全秋。

念之二岁好年华，天涯何处可安家？京华处处人物好，海外王子艳堪夸；江汉几多同窗友，谁人不羡燕园花？寻寻觅觅无休止，时或回眸不忍去；又闻湘水碧如染，霜叶满山秋色里。约会潇湘为何事？永生永别两不知；只为一睹当年面，稍慰七年苦相思。心慌意乱南归路，喧哗春节跋涉时；祈愿一切皆如愿，纵然如愿又何之？

千里跋涉费苦辛，江汉潇湘弹指程；为觅少年初苞梦，佯为结伴万山寻。袒露心灵留日记，星空迷乱黯春云；解事偏多苦询问，几人曾有好青春！怵目飞红随蝶去，伤心茸碧绕阶零；不知春将归何处，但闻私语颠倒声；天马行空巾帼梦，黄花瘦损女儿身；身心反差眩我目，悬崖百丈惊我心。天于绝代偏多害，时将诀别倍伤情；虔诚祝福终何用，徒增怨尤带嘲音。

哀歌未竟心难静，遥寄湖滨塔下人；此会双心同碎粉，仰望苍天泪纵横；长歌当哭悲何限，拔剑自舞入沧溟。

（1991 年春节后）

## 黄昏别（三首）

### 一

扶肩携手步高丘，黯黯夕阳驻心头；几多美梦成虚幻，今夕何夕小同游。晚秋悲风拂柔发，初冬春意漾明眸；素手纤纤融温软，心音絮絮诉忧愁。山路权充林阴道，橘亭且作栖鹤楼；千里来寻惟一梦，离歌三唱恨悠悠。

## 二

池塘薄雾浮清晨，终宵期待怨尤深；星眸半闭凝失望，丹唇不启隐娇嗔；十年一觉青春梦，才得寒冰一片心；当年疏忽君怪我，今番错过怨谁人？欢歌难掩深寂寞，畅游岂慰两地心！神疲力倦归来处，熏香沐浴待浓春。

## 三

送君千里终须别，何况东瀛万里遥。归路难期惟决绝，诗心不老死悲愁。青春月镜当铭记，故园秋影莫轻抛；音书经岁或一达，互告今生尚未休。文章诚然同粪土，珠玉岂能买风流！人世何来真上帝，全凭睿智展新猷。

（1993 年 12 月）

# 长短句

## 如梦令·星沙雁语

昨夜离歌三遍，梦绕离魂不散；魂断啼声残，却是天边孤雁。孤雁，孤雁，亲友何年再见？

（1950年冬于长沙参军前）

## 蝶恋花·早春

夜半喜闻窗外雨，丁丁冬冬，恰似催花鼓。鼓静风阑天欲曙，桃花万朵临窗舞。

今年春至心情舒，万里东风，吹散愁和苦；昂首挺胸莫反顾，红专道上越险阻。

（1959年春于北大）

## 十六字令（三首）

### 一

难，怪路崎岖顶上盘；惊俯首，脚在鬼门关！

二

难，仰视山尖路漫漫；知险阻，肝胆阵阵寒！

三

难，知难而退非好汉；心如铁，青天犹可攀！

## 平韵蝶恋花·国庆（二首）

一

东风卷尽故园秋，红旗如画，春色满神州；绿阴千里隐红楼，金波万顷竞龙舟。

愧对江山满面羞，闲愁乱结，未老先白头；青春一去万事休，忍把韶光付水流！

二

碧海青天波欲流，笙歌隐隐，飘来桂叶舟；嫦娥捧酒下云头，半含微笑半含羞。

笑问一别何悠悠，仙凡路杳，音容无计求；穿云火箭递仙邮，新酿桂花慰汝愁。

（1959年秋于北大）

## 浣溪沙·过牡丹江

野旷天低雪意催，纷纷北鸟竞南归；失行孤雁逆风飞。
路杳江南烟树迷，欲抛家书托云霓；天涯不见无归期。

## 沁园春·同江吟

陋室空寒，窗飘雪屑，壁透霜花。正颓垣内外，寒蛩凄切；断梁上下，饥鼠叽喳。枕垫坚钢，被覆薄铁；病卧寒床一冻虾。思往事，觉头晕似醉，心乱如麻。

惭愧青春年华，早抛却橘颂赋怀沙。纵胸藏万卷，惟余哀史；口度千曲，尽付悲笳；投笔从戎，蟾宫折桂；云翮折尽化归鸦。鹏程断，但一身飘泊，四海为家！

（1960年秋于黑龙江同江县）

## 蝶恋花·给澄妹

往事辛酸休提起；会少离多，长是人千里。蔡子湖滨伤心泪，今番汇入湘江水。

辗转通宵难入寐；曙色无情，不察离人意。今朝此处重分携，何地何年再别离？

（1960年秋途经长沙）

## 满江红·端午

千古高风，鼓舞了，几多灵杰。秉浩气，长歌短剑，纵横诗国。万里江天飞泪雨，一身耿介存忠魄；任夜气如磐西风恶，腰不折。

金鸡啼，鬼影灭；东风笑，悲歌歇。正五湖四海，龙舟竞发。旗舞长空平逆浪，鼓激奔雷扫妖孽。看贞风浩荡满乾坤，昭日月。

（1964年于江陵熊河中学）

## 水调歌头·红氢弹（三首）

### 一

火炬冲天笑，江山一片红。四海金波汹涌，霹雳震长空。赤子心潮澎湃，革命豪情迸发，擂鼓助东风。万吨红氢弹，呼啸入云中。

心愈赤，胆益壮，气若虹。精神化为物质，实践挺神功。戳穿南大纸虎，吓瘫北海狗熊，粉碎霸王梦。六洲齐侧目，翘指毛泽东。

### 二

闪光劈霄汉，烟云展蘑菇。万壑春雷滚动，亿众齐欢呼。伏虎英雄壮志，擒龙长缨在手，谈笑展宏图。足踏白骨怪，手捧红宝书。

导师语，牢记取，要谦虚。胸怀工农卅亿，昂首上征途。放眼六洲风雨，蔑视帝修刀斧，万难决不屈。马翁应笑慰，神州世界殊。

### 三

核弹连珠发，红花并蒂开。礼炮冲天而起，凯歌动地来。赤县火旗飞舞，蘑菇层云迭现，地底有奔雷。舵手指航向，大海立灯台。

欢声动，天兵奋，熊虎呆。世界分赃迷梦，呜呼已哀哉！正义战旗高举，革命怒潮澎湃，剑戟满蒿莱。奋起千钧棒，澄清万里埃。

（1967—1969 年）

# 沁园春（二首）

## 高考恢复

桃李争妍，苍松吐翠，新竹拔尖。喜春晖送暖，寒冰尽化；东风拂煦，冻土全翻。领袖情深，前辈意重，滴滴春雨润心田。攻关鼓，正震撼大地，响彻长天。

宏图展现眼帘；成才路，争挥跃马鞭。将人梯精神，付诸实践；园丁品格，纳入胸间。重任千钧，征程万里，岂可偷闲学少年！为四化，应呕心沥血，一往无前。

## 梅

婀娜临风，峥嵘傲雪，旖旎迎春。忆霜露侵肌，含苞欲吐；冰凌刺骨，昂首高吟。高洁绝尘，红香独占，荒园竞放数枝春。凭谁问，尔东君何事，不让春临？

而今四海芳馨，百花绕，何人不识君？愿韶华不老，丰姿依旧；阳光永驻，倩影长青。艺海欢歌，文丛笑语，三生有幸结知音。人间世，有孤松峻竹，与结同心。

（1978 年春于江陵熊河中学）

# 满江红·七一

禹斧羿弓，开辟了、神州天地。五千年、文明灿烂，怎离蒙昧？一唱雄鸡驱暗夜，千钧霹雳开新宇；有导师，掣炬亮东方，晨曦丽。

湘江浪，南湖水；旌旗奋，锤镰举。看浴血苦斗，辉煌世纪。梧凤欢歌胜利曲，云鹏舒展垂天翼。党指挥，四化起宏图，春潮急。

（1981 年于调动中）

# 水龙吟·通天塔

（读耀邦致华罗庚书）

碧空深处凝眸，茫茫宇宙惊无路。巴比伦人，造塔通天，匠心独具。未竟奇功，天威难克，岁月虚度。叹辉煌古族，分崩离析；神之都，化焦土。

壮截轩辕儿女，藐视天威人无数。射乌后羿，奔月嫦娥，逐日夸父。当代英雄，济济十亿，众擎必举。看通天伟塔，计日程功，银汉龙舞。

（1983 年秋于郝穴中学）

## 贺新郎·中国首届教师节

喜事逢人说，算而今、碌碌园丁，也有佳节。三尺讲台千里路，消磨几多灵杰？有谁识，舌耕倦客？劳心劳力本同根，却缘何、彼此弯弓月？萁豆泣，兄弟血。

劫波历尽东方白。携手处，虹霓献舞，风雷奋发。广厦千幢拔地起，谁争捷足先得！再休叹，杜翁茅屋。灿烂文明凭接力，又何惜，青丝化飞雪！同心干，千秋业。

（1985 年于江陵二中）

## 减字木兰花（三首）

### 一

人生自古知音少，忍受凄凉；任尔凄凉，天马行空自主张。
文章熔铸有何用？空谷兰香；赖有兰香，诗苑千秋百卉芳。

### 二

从来天意高难问，枉自悲伤；纵使悲伤，百岁年华有乐章。
百年生死两茫茫，颇费思量；不用思量，炙手权威不久长。

### 三

从来天意高难问，愚弄人寰；奋起人寰，后浪催涛勇向前。
生生不息寻常事，一样悲欢；不计悲欢，益寿延年仗达观。

（1986 年秋调动受阻）

## 水调歌头·旧作发现

笔锋幸犹健，文思尚联翩；三十年前旧事，红楼立燕园。擂响进军战鼓，吹起嘹亮铜号，飞笔谱新篇。朋辈惊侧目，“天才”暗里传。

人间事，多曲折，恨连绵。戴枷犹铸雄文，四海播真言。而今鬓秃齿缺，半生光阴虚掷，何事尚流连？春光无限意，后浪催向前。

（1987 年 4 月）

## 蝶恋花·寄湘中诸友

三湘四水绕离魂，天涯孤旅，何处是归程？落花时节又逢君，杜宇声声不忍闻。

人生难得一知音，云泥千里，不隔手足情。欲将心事付瑶筝，共谱新声慰故人。

（1987 年夏）

## 临江仙（五首）

### 一

千里江湘寻梦路，匆匆风雨兼程。山头孤影立黄昏；凌波步履重，镜靥赧云深。

青鸟殷勤无限怨，七年难聚难分。今番再晤若为情？朝霞温初忆，夕阳已断魂。

## 二

游倦归来云鬓乱，痴梅误解因缘。欲将绝代慰衰兰；今宵将对坐，特意卷高鬟。

横竖诗文早见惯，心灵袒露悲欢。谈锋闪烁夜将阑；慵眼觑新草，索去慰孤寒。

## 三

四字心声和泪裹，伤心红叶飘零。深红浅紫悄无声；情义千钧重，俗念鸿毛轻。

回赠描春金不换，疏梅伴子晨昏。诗心应有玑珠文；奋笔争分秒，不负燕园名。

## 四

子夜孤灯对水仙，温馨透枕难眠，愀然一梦到山间；相携同漫步，缓缓到天边。

美梦成真原瞬息，凄然相向无言。电光石火掠窗前；额头留烙印，海底涌甘泉。

## 五

瞬间从来即永远，阳台小叙离情。相依留影显心音；仰面承欢乐，俯首化哀矜。

临别门前留隐语，此心失落难寻。天涯一去恐无凭；相约志删述，朝晖映晚春。

（1991年春节）

## 虞美人·自寿

千年铁槛谁能躲，何苦相思错！黄花瘦损自飘零，惟有心歌伴我度黄昏。

文章断续无人读，独自向天哭。茫茫宇宙听回声，百世寻人心事总难平。

（1994年元月）

## 水调歌头·熊河中学

青春随逝水，栖息古荆州。三十年前旧事，蓦然上心头。熊河搏风击浪，燃起冲天大火，焚断旧恩仇。江汉风波恶，浪里有孤舟。

黑权威，反革命，封资修；帽子铺天盖地，利刃逼咽喉。谁识阴阳变化，一管柔条在手，沉冤顿时勾。血性文章在，清名世上留。

（1996年8月）

## 青玉案·手术后

鬼门关上盘陀路，又匆匆，两飞渡。回首黯然魂断处；漫天飞雪，遍地缟素，哲人正归去。

梦回依约闻天语，殷勤问我归何处。我亦路长嗟日暮；奇文几则，歪诗半卷，逐浪随波舞。

（1997年2月于长沙湘雅二医院）

# 西江月·熊河中学建校四十年

四十年间风雨，几度桃李春浓；参天一树正葱茏，任尔霜寒露重。
侧耳试听天际，又有电闪雷鸣；内忧外患醒时钟，强国富民同梦。

（1999年5月）

# 中　编

# 教学论文

## 试谈中学生议论能力的培养

大家都承认，作文教学在语文教学中占有重要地位，因为作文能力是学生读写活动的结晶。实际上，学生作文能力的形成和发展并不单单取决于语文教学，它是学生观察能力和思维能力、思想水平和语文水平的综合体现。但是，由于学生作文主要在语文课内进行，提高作文能力这一复杂而困难的任务就“历史地”落在语文教师肩上了。教育部审定的《中学语文教学大纲》提出：“为了有效地提高学生的作文能力，要研究中学生作文能力发展提高的一般过程和规律，研究作文训练的途径、步骤和方法，使作文更有科学性和计划性。”这种提法是稳妥的，因为要克服作文教学中长期存在的盲目性和随意性，简单化地规定一些条条框框是无济于事的；需要的是极艰苦的研究和多方面的探索。笔者在实践中的粗浅体会：一方面还是“文无定法”，文章的内容日新月异，文章的形式千变万化；因此，切忌采用死板的、八股式的训练方式，应当教育学生摒弃死背范文、剪贴文摘的习作方法。另一方面是教有常规，学生作文能力的形成和发展并非不可认识的“自在之物”，而是可以认识的客观存在；教师的任务就在于努力探索学生作文能力形成和发展的客观规律，力求找到符合这种规律的训练序列。近几年来，笔者在学生较复杂议论能力的培养方面作了一些初步尝试，得到了下述一些粗浅的认识。

### 学生议论能力飞跃的秘密

语文教师最怕改作文，这是容易理解的。面对大量字体歪斜、词不达意、语言杂乱、思想简单而又千篇一律的习作，有时真比“啃酸果”还难受。然而，你是否有过这样的体验：在大片的沙砾中时而会有黄金的闪光跃入你疲倦的眼帘；你陡然兴奋起来，就像在沙漠中跋涉的旅人看见了绿洲一样，不禁反复吟咏起眼前的佳句，甚至拍案叫起绝来。这时，在欣喜之余，你也许会痛感改造沙漠、栽培甜果的必要。可是，那大片的沙砾、难咽的酸果是怎么来的呢？稍加思索就不难发现，沙砾的制造者和酸果的栽培人中竟包括着我们自己；原来我们是在扩大沙漠和自食其果哩！

把提高学生作文能力喻为改造沙漠，当然是一种夸张；酸果可以改造成甜果，而甜蜜的果实有待于我们自己去栽培，却恐怕是一个事实。要证实这个事实，关键在于抓住学生习作中时而出现的佳句，去探索学生作文能力飞跃的秘密。在一次议论文批改中，我偶然在歪斜的字堆里读到这样几句：“目前，社会上有些角落里刮起了一股股‘向钱看’的邪风，虽说它还没有弥漫五湖四海，但已玷污了不少幼稚的心灵，使他们整天沉迷于‘寻金热’的海市蜃楼似的幻想中。为了金钱，他们偷，他们抢，他们甚至杀人，真是无所不为。结果呢？他们一个个走上了各自的‘光荣岗位’：拘留所、劳改队、‘吃花生米’……‘向钱看’，行不通！有这么一个笑话……”下面是一个很有趣的论据，恕我不引用了。这篇题为《在金钱面前》的短文泼辣而有虎气，令人耳目一新，但它却是一位平时“很不起眼”的学生写的。了解这位学生的情况，发现下述诸点：（一）曾担任班干部，一向关心国事、要求进步；（二）口头表达能力强，常在宿舍里谈笑风生；（三）爱看课外书报杂志；（四）往常命题作文，他多感极受拘束，只好胡乱交卷；（五）这次选择社会现实问题自由议论，他觉得有点意思。我感到这个学生的议论能力正在发生质变，有可能出现一次飞跃。前三点透露了这种飞跃的基础，后两点从正反两面表明了这种飞跃所急需的外部条件。于是，我有意识地在班上组织围绕社会现实问题的议论文系列训练，并对这个学生作了几次充分肯定和适当点拨，这种飞跃果真出现了。两个多月中，他的优秀作文连篇涌出，跃居全班之冠，在高考中语文一科也夺得全校第一。这个例子有没有代表性呢？后来我研究了十几个学生的情况，也得到了类似的结果。我认识到，如同任何事物的发展过程一样，学生的作文能力也有一个从量变到质变的过程。青少年生活积累、思想充实和语言丰富的过程，虽然极其复杂，但它有一个实在的过程则是毋庸置疑的。因此，从理论上说，任何一个学生不仅有着实现这种飞跃的可能性，而且简直是有着实现这种飞跃的必然性。问题是需要具体地研究这种飞跃的客观基础，科学地认识这种飞跃的实质，准确地把握实现这种飞跃的有利时机，并采取适当的措施有效地诱发它的出现和促进它的完成。这就是语文教师的任务。

基于上述认识，我对议论文训练序列作了若干改变，以诱发这种飞跃在成批学生身上出现为主要目的，并企图在实践中探讨某些问题的正确答案。从不同程度地先后实现了议论能力飞跃的几十个学生作文能力提高的过程中，我初步体会到如下几点：学生议论能力飞跃的基础是生活素材、语言材料和社会经验的积累，而其中有决定意义的因素是对社会人生认识的深化。青年时期是人的世界观迅速形成的时期，初步形成的世界观促使学生对种种历史的、现实的自然现象和社会问题表明自己的态度，这就是议论。这种飞跃的实质是感性认识的大量积累引起了认识向理性阶段的突变，是大量客观事物在青少年头脑中形成的无数概念、判断趋向联系的推理能力的发展，是形象思维跃向逻辑思维、逻辑思维又反过来加速形象思维的清晰化和深刻化的结果。实现这种飞跃的有利时机是高中毕业前的一两年中，因为按我国的学制，这时学生的年龄在十六七岁左右。这个年龄是不是学习议论的最佳年龄呢？我国历史上有过许多童年能诗的神童，但留下深刻议论文的似乎没有。马克思就选择职业发表精辟见解是在中学毕业时，那年他十七岁，他的语文老师说："他的作文富于思想，对事物有深刻的了解；但有时还夹杂着较多与中心无关的内容。"可见马克思的议论能力是在中学毕业前实现飞跃的。毛泽东在湘乡东山学校写出优秀议论文《言志》，被誉为“建国才”，年龄也是十七岁。周恩来十四岁写《东关模范小学校庆感言》，那是比较早熟的了。看来，探索中学生议论能力飞跃的秘密，抓紧和改进高中阶段的议论文教学，对中学生整个作文能力的巩固和发展，可能确实具有决定意义。

## 为学生议论能力的飞跃创造条件

如果承认议论文训练的中心课题是为诱发和实现学生议论能力的飞跃而努力，而且认识到这种努力无论如何不能代替学生自身能力的发展；那么，我们就会发现，目前普遍采用的教学方法：即从抽象论点出发、以范文为纲的系列和以议论方式方法为纲、分别提供素材的系列，都是有严重缺陷的。

选编若干“葫芦文章”组成让学生“照葫芦画瓢”的体系，或者根据课文及形势拟定若干直接的孤立的出示中心论点的命题组成教学系列，是我们长期采用的方法，也是我国传统议论教学的继承和系统化。可惜这种方法往往费力极大而收效甚微，因为学生根本不知道范文和老师的论点是从哪里来的，却不得不勉为其难地论它一通，“少年不识愁滋味，为赋新诗强说愁”，鹦鹉学舌的空话就难以避免了。我曾在一个文科班出了一道《我为什么学文科》的题目，规定立“四化建设需要文科”的论点，并板书了若干名言和事例，整整指导了一节课。可是由于学生毫无准备，结果只有少数几个学生照抄了几段空话；半数以上根本没有论点，只在文中大谈进文科班的经过；甚至还有十几篇大论“学文科虽然危险，但总可以学点知识”、“文科靠死记硬背，比理科容易学”、“理科成绩差，不学文科就进不了大学”的奇文。啼笑皆非的处境，迫使我思考失败的原因。结论是：这种指导根本违背了认识形成的客观规律。辩证唯物主义的认识论告诉我们：离开了丰富的感性认识，理性认识就成了无源之水、无本之木。议论文的论点无疑应当是一种理性认识，它脱离了产生它的大量感性材料，怎么可能不是干枯和苍白的呢？尽管教师提出一个论点不一定是毫无材料基础的，但教师的思索过程又怎么能取代学生的思索过程呢？因此，要引导学生对某一问题真实地形成正确的见解，首先就应当引导他们自己动手去搜集材料。是否可以把指导学生搜集材料当做指导议论的基础呢？我决心尝试一下。我组织学生重新从四个方面分组去搜集材料：(1)关于文理关系的各种见解；(2)社会上和学校内人们对待文理科的不同态度；(3)对待文理关系产生片面认识和错误态度的原因；(4)怎样才能克服认识上的片面性，认清文科在社会主义事业中的作用。学生的兴趣远远超出了我的预料，他们不仅辑录了马恩列斯、毛泽东、鲁迅等革命家的大量名言，搜集了包括郭沫若、华罗庚在内的大量名人逸事，而且还找到了欧美国家一些有关文理科人才比例的数据。从大量生动具体的材料中，学生认识到“重理轻文”是我国当前一种普遍倾向，而这种倾向是不利于四化特别是不利于精神文明建设的。大家纷纷动笔，以《社会科学和四化》、《精神文明最重要》、《跛足岂能远行》、《明知山有虎，偏向虎山行》、《力排众议，矢志学文》为题写出了一批有内容的文章。事实使我想起了巴甫洛夫的一个比方：“不管鸟的翅膀多么完美，如果不凭借空气，鸟就永远也不能飞上高空。”事实是科学家的空气也是任何正确观点借以飞翔的空气。

一般抽象的论点虽然难于为学生接受，但它与论证方法之类的定义比较起来还是具体一些。近年来关于立论和驳论、提论点选论据和组织论证等上十种方法的教学逐渐风行，不少教师企图以此为纲组织训练序列，就更是难以奏效了。老实说这些实质上属于形式逻辑乃至辩证逻辑的思维规律问题，许多教师都不甚了然，却试图用它们来规范学生的习作，岂不纯属空中楼阁？而且这类序列选辑的材料涉及古今中外、天文地理，都是些内容毫不相干的片断，又怎样让学生去消化呢？比较现实的设想是另辟蹊径，在引导学生讨论有兴趣的现实问题的过程中，有限度的认识几种常见的论证方法。例如，我们在“共产主义与我国四化”的专题讨论中，先后以《席卷全球的伟大革命运动》、《我国四化是共产主义运动的一部分》、《共产主义就在我们身边》、《谁说共产主义是海市蜃楼》、《攀上南天门，直上玉皇顶》、《我为共产主义献青春》为题，让学生在习作实践中领会归纳论证与演绎论证、立论与驳论以及设喻、对比、引用、举例等论证方法的一般特点。事实证明，这样的训练学生不是从抽象的概念、而是从论述问题的需要出发去掌握各种方法，比较容易落实。也许有的学生还记不住演绎论证之类的定义，但是只要能实际应用，就是一个真正的进步。例如在总结性的习作《我为共产主义献青春》时，有位同学写道："如果说共产主义的最终胜利是人类历史上最辉煌壮丽的日出，那么，我国四化大业的成功就是在东方升起的预告黎明的金灿灿的启明星。当这颗金星从广阔的地平线上升起的时候，火红的太阳照遍全球的日子就不远了。年轻的朋友们，把青春献给我国的四化大业吧，你将在振兴中华的实践中，成长为一个真正的青年共产主义者。"这样的文章难道不足以证明他已基本上学到了演绎和比喻的论证方法吗？

把学生的议论文习作纳入围绕一定专题对社会现实问题发表意见的轨道，不仅可以提高写作能力，而且可以开拓学生视野，提高学生的思想水平。例如在上面谈到的文理关系专题讨论后，有位同学写道："岁月流逝，今非昔比，党的十一届三中全会后，在改革开放政策指引下，我国文化建设出现了建国以来从未有过的繁荣局面。在这种形势下，再谈'学文危险'的老调，不是太合不上我们伟大时代的'奋斗交响曲'了吗?退一步说，就算学文真有点危险，我们又何惧之有！试看小小溪流尚且能冲破重重障碍奔向大海，我们又为什么不能为事业作出牺牲，为祖国文化的繁荣献出一颗赤心呢？总而言之，不管前途似锦，还是道路坎坷，我矢志学文的决心是坚定不移的。"不久后这位同学考入了重点大学中文系，正在为自己的理想而奋斗。由此可见，引导学生对一定时期的社会人生问题进行探讨，不是为议论而议论，而是有为而作，真正把认识水平和思想素质提高一步；这是语文教师双重任务的要求，符合文道统一的原则。学生在大量材料的基础上整理、分析、综合，形成观点；再通过讨论、习作，使观点明朗化、深刻化，就能改变“为学新词强说愁”的尴尬局面了。

归纳我们的尝试，大体步骤是：师生共同拟定一个议论的专题，分组搜集材料在全班集中；形成观点后展开讨论，以不同侧面的观点为中心分题习作；随着讨论的步步深入，安排不同议论方式方法的落实；最后评选优秀作文，以一次综合性的采用较复杂议论方式的作文为总结。我们姑且称之为“专题化议论能力训练序列”，简称“专题攻关”。经过几次试验，证明这种方法有助于诱发和实现学生议论能力的飞跃，是为这种飞跃创造良好条件的基本途径之一。

## 带领学生飞向思维的高空

不难看出，这种“专题攻关”的议论能力训练，对教师提出了更高的要求。

首先，专题的选择既要切合学生的思想实际，又要符合社会前进运动对青年的要求，还要适合于上十种议论能力的单项训练和综合训练。这种“一石三鸟”的选择主要是教师作出的。这就是说，教师要在不倦地学习马克思主义、学习社会的过程中永不停止的前进，并且要努力与学生打成一片，保持自己的赤子之心。20 世纪 80 年代初，我们曾联系社会上的正反典型组织“青年应立志做什么样的人”的专题讨论，从分题习作到全面总结产生了《大有希望的一代》、《歧路与深渊》、《胸怀大志，铸造灵魂》、《脚踏实地，志在千里》、《一定要有真才实学》、《“主观为自己”通向何处？》、《品质优秀和成绩优异》等优秀作文，对提高学生的议论能力和思想水平都起了一定作用。这类专题可否在高中阶段相对固定下来，是可以考虑的。

其次，在整个“专题攻关”的过程中，教师的思维和写作活动是非常紧张的。不仅要胸怀全局、大致上形成一系列作文的轮廓，而且要及时回答学生在讨论中提出的各种问题，实际上重要的题目需要教师归纳成议论提纲甚至铺展成文。当然，这种提纲和范文决不应成为束缚学生思想的桎梏，而应当成为学生在深入思索、充分表达过程中的一种鼓舞性的示范。

最后，“专题攻关”的过程，也是教师向学生学习的过程。教师的主导作用，也应表现在虚怀若谷、不耻下问，诲人不倦、学而不厌方面。事实上，学生的思维一旦活跃起来向着某一专题突进时，往往是能给教师许多启迪的。有一次，一位同学在论证立志的重要时举出了少年李白受老妪磨针启示的故事做论据，我认为不够贴切，指出论据一定要有力地证明论点。不料，另一位同学不同意我的批评，特意写了下面一段文章：“铁杵磨针的故事难道只能证明毅力的重要吗？试想，当整个世界还没有一枚绣花针的时候，创造出的一枚绣花针能说是一件微不足道的事情吗？如果问题是需要绣花针，决心把一根铁杵磨成绣花针也就是立志了，这就像愚公决心把太行、王屋两座大山搬掉，开辟出一条康庄大道一样，是一项造福于人的事情。少年李白也许正是从老妪的行动中领悟了笃志求学的必要，立下了“大济苍生”的志向，面对唐代灿烂的文学艺术，发出了“我志在删述，垂辉映千春”的誓言，才终于磨炼出一支巧绘祖国山河的神来之笔，给世界留下了不朽的瑰宝的呢！

不能说这种论证是完美无缺的，但字里行间活泼的思想和丰富的知识的确令人欣慰，“雏凤清于老凤声”，这是新陈代谢的必然规律。如果我们以小学生的态度，向生活学习，向学生学习，始终保持思维的活跃状态，努力保持高瞻远瞩的思想高度；我们就一定能如同栖梧食楝的老凤一样，带领着一大群一大群的雏凤，从感知的大地凌空而起、跃向思维的高空。

（原载《江陵教育学会会刊》1984年第1期，转载于《荆州教研》1984年第4期，又载于山东《语文教学》1984年第3期）

# 黄鹤楼古联句读辨正

近读《古黄鹤楼楹联拾零》（载《湖北日报》1983 年 10 月 16 日第 4 版《文化之友》），文中有如下一副楹联：

太白诗中龙讵让，崔生独步看，数百里洞庭，江汉如许奇观，教世人休轻疥壁。

费仙云外鹤偶来，辛氏停骖叹，千余年城郭，沧桑几经浩劫，到今日依旧巍楼。

据作者介绍："这是长沙郭敦佑所题，对黄鹤楼的历史情况、神话传说，都有所叙述；并提醒人们，应该如何珍视这如画的江山美景。"尽管有了这样的说明，楹联的意思还是极为费解。最难解的是劈头一句，"太白诗中龙讵让"中的"讵"字，念 (ju)，古训为"岂"，相当于反诘副词"难道"。全句勉强译出来，就是"李白的诗里面龙难道会让步吗？"谁能说清楚这是什么热昏话呢！"崔生独步看"，当然是赞扬《登黄鹤楼》一诗的作者崔颢了，可是"一个人走着观看"，又是赞扬的什么玩意儿呢？综观全联十句，除最后一句还算明白外，整个给人的印象是朦朦胧胧，不知所云。不管念多少遍，总之是不懂。我惊愕极了，以为自己遇到了一副绝对理解不了的"绝对"，不信请你念上一百遍试试。

大概在念到一百零一遍的时候，我才终于恍然大悟，原来句读出了问题。妙在何处呢？原来断句者一心只想着崔颢值得赞扬，又没有读懂"讵"字，就整个地把原文理解错了。

旧说李白登黄鹤楼时，曾经慨叹："眼前有景道不得，崔颢题诗在上头。"在许多人心目中，好像崔颢一首"昔人已乘黄鹤去"已道尽了黄鹤楼的景物，达到顶峰、成为绝唱了。其实，这种认识既过分地夸大了崔诗的成就，又违背了诗歌发展的客观规律，而且还不尽符合历史事实。李白在唐代诗坛上达到的思想水平和艺术成就，远非崔颢可比。即以写景诗而论，《登金陵凤凰台》虽有借鉴崔诗的痕迹，但忧国忧民的思想却深刻得多；直接写黄鹤楼的诗中，“孤帆远影碧空尽，唯见长江天际流”的境界也比“日暮乡关何处是？烟波江上使人愁”开阔明朗一些；“黄鹤楼中吹玉笛，江城五月落梅花”也写得很美。伟大的诗人李白不可能也没有被崔颢的一首好诗吓倒，传说终归是传说而已。这是不少唐诗研究者的见解，楹联的作者正是赞赏这种见解的。“太白诗中龙，讵让崔生独步？”才是他要说的话。

上联结句“狝壁”一词，指的是游览胜地题满诗画的墙壁。“狝壁留诗”是古代文人的雅趣，这种习惯现代虽不足取，但在古代却确实起过传播佳作的作用，是无可厚非的。细味上联，作者一反旧说，提出“李白是诗海的蛟龙，难道会让崔颢独占鳌头吗？”的反诘，还有另一层意思。那弦外之音是：凡是登上黄鹤楼的诗人，看到方圆数百里洞庭平原和江汉平原如此色彩纷呈的奇丽风光，都会触发灵感，写出新的作品；后来者不一定逊于崔颢，更不会被崔诗吓倒而噤若寒蝉；因此，楼上万千题咏，也包括这副楹联在内，不乏佳品，千万不能轻视。

下联用的是《太平寰宇记》中“昔费祎登仙，每乘黄鹤于此憩驾，故号为黄鹤楼”的典故。费祎字文伟，就是诸葛亮在《出师表》中提到的蜀汉名臣。史载他并非死于武昌，而且死在建楼之后。大概因为人民怀念他，才编出了登仙之类的神话。他乘鹤游于武昌是偶然的，所以说“偶来”；“停骖”就是“憩驾”，短暂逗留的意思。至于“辛氏”，则出自有关黄鹤楼成因的另一传说。据《武昌志》记载：“江夏郡辛氏者，沽酒为业。一先生来，从容谓辛氏曰：‘许饮酒否？’辛氏不敢辞，饮以巨杯。如此半岁，辛氏略无倦色。一日，先生谓辛氏曰：‘多负酒债，无可酬汝。’遂取小篮橘皮，画鹤于壁，乃为黄色。坐者拍而歌之黄鹤翩跹而舞，合律应节。故众人费钱观之，十年整，辛氏累巨万。后先生飘然而至，辛氏谢曰：‘愿为先生供给如意。’先生笑曰：‘吾岂为此？’忽取笛数弄，须臾，白云自空下，黄鹤飞来先生前，遂跨鹤乘云而去。于此，辛氏建楼，名曰‘黄鹤’。”这一有趣传说中的画鹤先生并不一定是费祎，但他的行踪恍惚迷离，说是费祎一流的天外神仙亦无不可。楹联的作者把两个传说联系起来，意在赞美黄鹤楼本身,说它在周围城郭乡村历经多次巨大的社会灾难之后，还是危楼高耸，巍然独存。这一人间奇迹，就是费祎那样的天外神仙见了，也会赞叹不已。

综上所述，可知这副楹联正确的句读如下：

太白诗中龙，讵让崔生独步？看数百里洞庭、江汉，如许奇观，教世人休轻疥壁；

费仙云外鹤，偶来辛氏停骖；叹千余年城郭、沧桑，几经浩劫，到今日依旧巍楼。

总共十二处标点，错了八处，真可谓奇观矣。呜呼！句读不可不慎，切勿姑妄为之。

（原载《江陵教研》1985 年第 1 期，山东《语文教学》1986 年第 1 期）

# 新黄鹤楼古联辨误

离开武汉三十二年了，今年暑假趁高考阅卷之便，有幸游览了重建的黄鹤楼。

汽车缓缓地驶过熟悉的长江大桥，金碧辉煌的新黄鹤楼以崭新的气派呈现眼帘。五层的宫殿式主楼矗立云霄，竟让附近无数现代化楼群黯然失色。真是名副其实的“天下第一楼”啊！他填补了整整三十年我记忆中武昌桥头的一块空白，也冲淡了我心灵深处保存的五十年代初留下过戎装小影的奥略楼的印象；那时，古黄鹤楼早已毁于清末兵燹，但还有三座古楼冒着她的名字聊慰仰慕者的渴念，而我们一群刚穿上军装的少男少女，就是这里的常客。后来兴建武汉长江大桥，三座旧楼当然拆去了，说是迁址重建，可一拖就是三十年。就在人们快要将她忘却的时候，新的伟大时代终于记起了她；于是她终于以亘古未有的雄伟与富丽，容光焕发地又回到了大江之滨。

无论如何，我得去仔细看看；旧梦虽然难寻，新知总不会少。于是，约同行的龙君一起下车，顶着烈日步入园中。登上几层台阶，顾不得擦一下汗，我们一口气爬上了最高层。迎爽气西来，吹干了浑身汗水；看大江东去，饱览了吴楚大地的绮丽风光。然后，欣然回到底层南面的走廊上休息。我俩一面吮吸冰激凌，一面欣赏廊柱上的楹联。这是一副古联，由书法家王美之挥写；全部烫金字，光熠熠地射入游人眼底。那字体浑圆遒劲，令人悦目舒心；周围一片啧啧的赞赏声，似在催促我们细心领会那两行文字：

“突兀诧奇观西控岳阳东凌滕阁却想一层更上仗几人奋武历几载修文始复睹绕栋虹垂当窗凤翥

登临豁幽抱左携蜀相右拍唐贤依然独立寡俦览半壁屏藩通半天呼吸莫但跨传觞鹤舞撅笛龙听” （原文无着重号）

"王老师，这个字是不是写错了？"龙君忽然指着下联中的"跨"字问我，引来了几道惊奇的目光。我还来不及回答，他又大声说："肯定错了！'莫但跨传觞鹤舞'？不要一味骑着传杯的仙鹤跳舞？简直无法理解！何况后面还有'攧笛龙听'呢？这'攧笛龙'也是可以骑的怪物么？"

龙君越说越来劲，我也有所触动，紧张地思考着。但我感到周围不以为然的目光愈来愈严厉，而且小声的嘲弄也开始了。连忙拉了一下龙君的衣袖，轻声说："走吧，我们去买几本书研究研究。"

离开了用惊异或藐视的目光注视我俩的人群，我们买到了几本有关黄鹤楼诗词楹联的书籍，回到寓所考据起来。

这副楹联的作者许赓藻自题浙西人，生平不详。从上联可以看出，此联作于黄鹤楼某次重修之后。诗人充满自豪以黄鹤楼为主体赞美其岿然雄姿和兴废历程。开头一句"诧"字训为"惊奇"，欠贴切；应为"突兀现奇观"，"现"字与"控"、"凌"、"想"保持主体的一致性。下联重在抒发诗人自己登临的感受和怀抱。"蜀相"指费祎，"唐贤"则指崔灏、李白、吕岩等人。"右拍唐贤"的"拍"字颇不庄重，应为"右挈唐贤"，"挈"为携带、率领之意。最后一长句运用了辛氏酒家黄鹤起舞和吕洞宾吹铁笛而蛟隐龙潜的典故，否定其虚幻性，反衬出诗人热爱故国山河、关怀现实的广阔胸怀。"跨"为"夸"之误，盖"言"旁误为"足"旁也。

典故文字考定之后，楹联大意可疏通如下：

"黄鹤楼啊！你巍然高耸，向人间显现出奇特的雄姿：你向西压倒了岳阳楼，向东超过了滕王阁，还想更上一层楼、直矗蓝天；凭借着多少人奋勇争先的武装保卫，经历了多少年修明政治的文化建设，你终于再一次看到了环绕画栋的垂天长虹、面对绮窗的翻飞彩凤。

"如今，我登上这天下名楼来舒散一下幽深的郁闷：即使左边伴随着蜀汉名相费祎，右边携带着唐代崔颢、李白和吕岩等贤者，也还会像他们一样孤独寂寞、缺少知音；不过，我放眼观看这祖国壮丽的半壁山河，思绪连接着白云深处的历史召唤，顿觉庄严肃穆、心旷神怡，再不需要一味地去夸赞那随着传杯的拍节跳舞的仙鹤和追随吕洞宾笛声浮沉的蛟龙了吧！”

这副为新的“天下第一楼”装饰门面的古联，其正确文字及句读似乎是：

突兀现奇观：西控岳阳，东凌滕阁，却想一层更上；仗几人奋武，历几载修文，始复睹绕栋虹垂、当窗凤翥。

登临豁幽抱：左携蜀相，右挈唐贤，依然独立寡俦；览半壁屏藩，通半天呼吸，莫但夸传觞鹤舞、擫笛龙听。

是不是我们弄错了呢?我不知道。

（1986年8月于武昌华师招待所）

# 晏婴——机智的诡辩家

近来连续读到两篇谈晏子的文章，不约而同地推崇晏子在出使楚国时运用了严密的逻辑推理。一篇称“桔枳之喻”为类比推理，另一篇则说“狗国狗门”是三段推理。总之是非常严密，好得不得了。

“狗国狗门”一例，文字不多，不妨引用一下：

> 晏子使楚。楚人以晏子短，为小门于大门之侧而延之。晏子不入，曰：“使狗国者从狗门入，今臣使楚，不当从此门入。”傧者更道，从大门入。

某中学的一位语文老师把晏子的原话改动了一下，称赞说：“晏子用严密的三段推理——使狗国，则从狗门入；不使狗国，不当从狗门入——有力地驳倒了楚人。”这一改动的作用是把晏子的推理过程明朗化了，可是，它同时尖锐地提出了一个问题：这是一个正确而严密的推理吗？有趣的是，当这位老师不遗余力地肯定这个推理时，我们却清楚地看到他展示的推理过程是完全错误的；因而我们对上述问题的回答也是完全否定的。

这位老师把晏子的话正确地换成了一个“三段推理”，可这是一个什么样的“三段推理”呢？作者没有说。根据作者的表述和“狗国狗门”的实际关系，这只能是一个充分条件的假言演绎推理，其完整表述应当如下：

大前提：如果我出使狗国，就从狗门入；

小前提：我不是出使狗国，

结　论：我不从狗门入。

这个推理错在那里呢？举一个简单的例子就明白了。譬如有人说：“如果坐火车，就可上北京；不坐火车，就不能上北京。”你一定会捧腹大笑，反驳他说：“难道不能坐汽车或飞机去吗？步行不也可以上北京吗！”很明显，在充分条件的假言判断中，否定了前件，并不能否定后件。如果以否定前件来否定后件，就会引出错误的结论。否定了楚国是狗国，并不能否定楚国可能有狗门，这道理是很简单的。

其实，晏子的原话，也可以表述成一个直言演绎推理（三段论），只需把前述假言推理的大前提变成全称肯定判断就行了。（顺便说一下，所有的充分条件假言判断都可以变成以前件为主项的肯定直言判断，而必要条件的假言判断则不能。这好像是一条规律。）这个推理过程是：

大前提：凡出使狗国者从狗门入，

小前提：我不是出使狗国者，

结　论：我不从狗门入。

这个三段论成立吗？否！运用直言演绎推理有一条规则：“前提中不周延的词，在结论中也不能周延；否则称为非法周延。”上述大前提既然是一个全称肯定判断，它的宾词“从狗门入”当然是不周延的；也就是说不只是出使狗国者“从狗门入”，出使非狗国（人国、神国、鸟国等等）者也可能“从狗门入”。可是到了结论里的单称否定判断中，“从狗门入”却包括一切“从狗门入”的人或物了，大词非法周延了。这样荒谬的推理在日常生活中是不难识破的。例如说：“凡学生都应遵守纪律，我不是学生，我不应遵守纪律。”谁会称赞这是个正确而严密的推理呢？除非他是有意进行诡辩。

千百年来，人们只觉得晏子使楚的几场辩论有趣，却很少有人去注意他使用的逻辑问题。从上述分析可以看到，思索晏子克敌制胜的逻辑，也许是个有趣的题目。这个题目可以做许多饶有兴味的文章，本文就权当引玉之砖吧。

（原载山东《语文教学》1984年第6期）

# 再谈晏子使楚中的逻辑问题

晏子使楚中的逻辑问题引起了许多同志的兴趣，并出现了针锋相对的异议，令人高兴。真理是愈辩愈明的。如果争论有助于破除对古人的迷信和我们思维的缜密化，笔者将乐意奉陪。

持异议的同志们深信“具有浩然正气”的晏子不可能有任何逻辑错误，认为笔者的分析有悖于“多数人的看法”，“侮辱了齐人的先哲”。《晏子——机智的论辩家》一文的作者陈书仪更运用“意合法”把大前提改为“只有出使狗国，才从狗门入”，并得出结论说：“狗国狗门是一个完整的必要条件假言推理的否定前件式，它无疑是一个正确的推理。”这些同志自以为代表“齐人”，自居为晏子的后代。以为这样一“更道”，就可以令笔者“难堪”，从而“扬眉吐气”地得胜而归了。且不说这类揶揄中的种种暗示实属多余，就是从常识的角度说，这种想法也有点天真。难道笔者连“意合法”都不懂吗?

问题恰恰在于，作为假言推理大前提的双元件假言判断，并不是可以随心所欲地去“意合”的。只有合乎实际、即合乎两元件的客观逻辑关系的“意合”，才是正确的；反之，无论念起来多么顺口，也不可能正确。笔者曾经清楚指明：“使狗国”和“入狗门”的实际关系，决定了“前者只能是后者的充分条件，而不可能是必要条件”；理由之一是“必要条件的假言判断，是绝对不能换成以前件为主项的全称肯定判断的”。狙击者未能从这里突破，难免白费力气。

为什么“使狗国”只能是“入狗门”的充分条件呢？这里再举一个类似的例子。现代各国驻美大使都要入白宫递交国书，就不经过白宫的正式仪式就不算完整意义上的出使美国而言，“使美国”和“入白宫”是一种什么逻辑关系呢？显然，由于所有驻美大使至少要进一次白宫，而白宫又绝不是专供外国使者出入的场所；因此，“使美国”就只能是“入白宫”的充分条件，而“入白宫”则仅仅是“使美国”

的一个必要而不充分的条件而已。它们之间的关系难道能够颠倒吗？现代逻辑学早已发现，持异议者也无意中提到：一切充分条件的假言判断，其后件一定是前件的必要条件；反之亦然。这是因为充分条件假言判断的前件蕴含着后件，后件则被前件所蕴含；这种蕴含与被蕴含的关系，对于除充要条件假言判断以外的任何一个双元件假言判断来说，都是不能随意颠倒的。也就是说，当"使美国"蕴含着"入白宫"、"如果使美国，就要入白宫"的说法真实时，"入白宫"被"使美国"所蕴含、"只有入白宫，才算使美国"的说法也真实。反之，承认"如果入白宫，就是使美国"是个虚假的判断，也就要承认"只有使美国，才能入白宫"是虚假的。另外，既然充分条件意味着前件蕴含后件，即凡是具备前件就必然具备后件，充分条件假言判断就可以换用全称肯定判断来表述；而必要条件既然是不充分的，换成全称肯定判断就一定是错误的。这一方法可以作为识别假言判断两元件之间真实联系的辅助手段。归纳起来，"使美国"和"入白宫"组成的六个判断中，只有三个是真实的，另外三个则是虚假的。

（1）如果使美国，就要入白宫。（√）

（2）如果入白宫，就是使美国。（×）

（3）只有入白宫，才算使美国。（√）

（4）只有使美国，才能入白宫。（×）

（5）凡使美国者，都要入白宫。（√）

（6）凡入白宫者，都是使美国。（×）

这三真三假的比较准确无误地指明："使美国"只能是"入白宫"的充分条件，而不可能是必要条件。这一方法可以用来检验任何双元件假言判断，例如"三好学生"与"学习好"、"电灯亮"与"电路有电"和"猪多肥多、肥多粮多、粮多猪多"等等，"使狗国"与"入狗门"也不例外，有兴趣的同志不妨一试。如果真如陈书仪所言，"使狗国"是"入狗门"的必要条件，那么，"入狗门"就成了"使狗国"的充分条件；也就是说，所有"入狗门"者，无论是君是臣、是人是物、是狗国人还是楚国人，统统都是“出使狗国”了。这难道是可能的吗！

其实，在晏子使楚的几场辩论中，类似的逻辑错误不止一处。就说第二次交锋吧，楚王以貌取人、嘲弄国使的逻辑当然是荒谬的；可晏子把“人才”的含义变成“人口”，不是也违反了论战中应保持概念同一的逻辑规则，犯了偷换概念的错误吗？又如最后一场“桔枳之喻”不过是一个比喻，“桔变为枳”与“齐人善盗”并非同一大类中的并列事物，其间没有什么必然联系，根本谈不上“严密的类比推理”。而且，即使一个齐人变成了盗，也不足以证实“楚之水土使人善盗”的结论。因此，早有学者正确指出：“楚王和晏子都是以偶然性代替必然性，以个别代替一般，犯了逻辑上的错误。”（严北溟《中国古代哲学寓言故事选》）

研究晏子使楚中的逻辑问题绝非为楚人张目。因为楚王作为整个辩论的发难者，其出发点是狂妄的，其思维方式是荒谬的。这一点早已为其不堪一击的结果所证实，千百年来人们对此洞若观火，无需赘述。但是对于晏子机智的答辩，却有一种过于神化的倾向，大有“句句是真理”的味道。笔者以为：对晏子“以其人之道还治其人之身”的答辩艺术，需要从整体上去把握，在归谬法的范畴内去探讨；任何牵强附会的神吹只能起帮倒忙的作用。同时不应忘记，晏子尽管是一代名相，终究还是两千多年前的剥削阶级代表人物，加上他所面对的并非严密的科学论战，某些有意的逻辑错误是不能绝对排除的。至于这类有意的逻辑错误能否称之为“诡辩”，“诡辩”一词可否作为中性词使用，当然可以商榷。总之提出问题毫无讥刺之意，狙击诸君可以放心。

“我已经说了，我拯救了自己的灵魂。”

（1985 年 7 月于荆州古城）

# “类比论证”质疑

作为抽象思维的表现形式，议论文的论证方法和方式灵活多变、极其复杂；因此，某些说明文字不够严密是难免的。然而，为了帮助学生认识和掌握几种常见的论证方法，在进行概括性说明的时候，应力求概念明确、界线清楚，而不应含糊其辞、模棱两可。

教育部编的高中语文第三册《论证方法》一文中，对“类比论证”是这样概说的：

> 类比，就是用某些属性相同的事物进行比较来阐明问题。例如《善于建设一个新世界》里，用南郭先生吹竽比方有人在革命队伍里装腔作势、不懂装懂、冒充内行。这样比方，能把抽象道理具体化，文章显得形象生动，收到较好的论证效果。

这段文字就犯了界线不清、模棱两可的毛病，它引出了许多疑问：什么是类比论证？它的基础、目的和特点是什么？类比就是“打比方”吗？用寓言说明道理是类比还是比喻？“类比论证”与“比喻论证”是一回事吗？所有这些问题都是可以而且必须回答的。本文就试着作一些初步探讨。

论证的本质是用论据证明论点的过程，因此可以说，用已知判断证明新的判断的各种推理方法是论证的灵魂。现代逻辑学把类比推理与演绎推理、归纳推理并列为三种基本推理方法，是符合人类思维的实际情况的。如同演绎论证和归纳论证是两种基本的论证方法一样，类比论证应当是以类比推理为基础的第三种基本论证方法。这种论证方法毛泽东同志经常运用，试看下列例子：

“美国只有一亿七千万人口，我国人口比它多几倍，资源也丰富，气候条件跟它差不多，赶上是可能的。应不应该赶上呢？完全应该。你六亿人口干什么呢？在睡觉呀？是睡觉应该，还是做工作应该？人家一亿七千万人口有一万万吨钢，你六亿人口不能搞它两万万吨、三万万吨呀？你赶不上，那你就没有理由，那你就不那么光荣，也就不那么伟大。美国建国只有一百八十年，它的钢在六十年前也只有四百万吨，我们比它落后六十年。假如我们再有五十年、六十年，就完全应该赶过它。这是一种责任。你有那么多人，你有那么一块大地方，资源那么丰富，又听说搞了社会主义，据说是有优越性；结果你搞了五六十年还不能超过美国，你像个什么样子呢？那就要从地球上开除你的球籍。所以，超过美国，不仅有可能，而且完全必要，完全应该。”（《增强党的团结，继承党的传统》）

这是一个完整而有力的类比论证。它的论点是：我国在五六十年内建成伟大的社会主义现代化强国，不仅是可能的，而且是必要的。为了证明这一论点，作者主要列举美国的人口、资源、气候条件、建国时间和发展速度作为论据，通过从上述诸方面同我国的比较，不仅从相同的方面（资源、气候、建国时间）推出了论点，而且也从不同的方面（人口、社会制度、发展速度）推出了论点。尽管这种或然性的结论有待于实践的证实，但是由于类比的是确凿不移的事实，并且是从本质上比较的，所以，它的正确性几乎是毋庸置疑的。由此可知，类比论证是这样一种论证：它以某一个别事物的已知属性作为论据，通过这一事物与同类中并列的另一个别事物的已知属性的比较，推导出后一事物的未知属性。它的基础是类比推理，它的目的是推出新的结论，他的特点是“从个别到个别”，它的前提必须是已然的确凿事实，它的结论是或然的，等等。又如《惊人相似的一幕》一文中，用希特勒入侵捷克的事实做论据，通过希特勒同勃列日涅夫的多方面比较，推导出勃列日涅夫政权必将与希特勒政权一样失败的结论，也是用的类比论证。还有《纪念孙中山》一文，为了论证我国在二十世纪后五十年必将发生伟大变化，毛泽东不仅以“事物总是发展的”做大前提，运用了演绎论证；而且以从辛亥革命到一九五六年的四十五年间我国社会巨变的事实为论据，推出了对后四十五年的预测，实际上又运用了类比论证。总之，类比论证是一种基本的、常见的、科学的论证方法，必须给予充分注意。

应该说，《论证方法》中的第一句话基本正确，但不够严密。因为类比的两事物不只有相同的属性，而且应属于同一大概念，有一共同的邻近属概念。如美国和中国都是“国家”、地球和火星都是“行星”、希特勒和勃列日涅夫都是“侵略者”等等。

令人迷惑的是关于《善于建设一个新世界》一文论证方法的说明，出现了明显的混乱。首先，这一段说明赋予“类比”一词以“打比方”的含义，无形中偷换了概念；其次，结尾所谓“把抽象道理具体化，是文章形象生动”与类比论证的目的特点大相径庭。看来，作者是想把类比和比喻结合起来说明，这难道是必要和可能的吗？

比喻，或称“打比方”，是一种修辞手法。的确，在论证过程中，为了使某些抽象道理容易为读者理解和接受，这种方法得到了广泛的应用。例如，鲁迅曾用一个穷青年得到一栋大宅子可能采取的三种态度来比喻革命文艺队伍中的成员对待中外文化遗产的三种态度。毛泽东曾用孙行者钻进铁扇公主肚皮里去的战术比喻特务混入革命阵营的破坏活动；又曾用《阿 Q 正传》中不准阿 Q 革命的假洋鬼子比喻左倾机会主义分子（此例也被课本编者当成类比论证了）。此外，许多抒情气息很浓的议论文往往选用某些具体事物来比喻人类社会中美的事物，如松树喻战士、春蚕喻学者、路标喻典范、野草喻人民，都应归入比喻论证的范畴。严格地说，比喻论证的喻体，有的并非实际存在的事物（如孙悟空），有的虽然实际存在但与作者所要证明的论点并无必然联系，而只有相似之点，因此，很难说它是一个论据。不过，有的喻体本身已象征了某种抽象道理，而且几乎到了众所周知的程度；在这种情况下，作者引用它并不是要用它本身的特性来类比自己所要证明的具体事物的新属性，而是取其抽象道理，实际上是一种演绎论证。这类喻体往往是一个完整的故事，即寓言。

寓言是比喻的高级形态。如《善于建设一个新世界》所引“滥竽充数”的寓言，就是一个“高级”比喻。所谓“高级”，是说它不是以单个事物设喻，而是以完整的故事为喻体，比喻某一复杂的道理。那么，南郭先生的故事比喻什么呢？无论它的最初含义，还是它后来的引申意义，都是比喻不懂装懂、冒充内行的人没有好结果这个道理的。尽管《人民日报》引用这一古老寓言时，从多方面作了新的开掘，使之又放异彩；但其主要意图仍然是引喻劝诫，从反面敦促我们的同志重新学习，而不是要证明我们会和南郭先生一样弄个不光彩的结局。我们觉得，议论文中使用寓言，实乃取其所蕴含的哲理作为论据，然后通过演绎证明论点。从全过程看来，它是先由个别（故事）到一般（道理），再由一般（道理）到个别（论点）的，但由于前一过程已经因寓言的长期流传而不言而喻了，所以我们看到的只是后半截的演绎论证。

综上所述，比喻论证是一种以“打比方”的修辞手法的论证方式；它的目的是使抽象道理具体化，使议论生动形象、富于感染力；比喻本身不能构成论据，只有当它由于社会公认而象征着某一抽象道理时，才相当于一个理论论据。

把类比论证与比喻论证区别开来，不仅对于帮助学生分析和写作议论文有实际意义，而且还可以把三种基本的论证方法与多种多样的议论文组织方式（可称论证方式）加以区别。这对于训练学生的逻辑思维能力也是有益的。

（1986年于江陵县郝穴中学）

# 意动用法界说

我们的祖国有着地球上最古老的文化，历史上留下了许多千古之谜。近来上海《文汇报》组织“中华文化之谜”的征文，提出了许多值得穷根究底的问题，激起了人们浓厚的兴趣。不过，其中也有的不解之谜是古代文献记载的含糊造成的。例如春秋时绝代佳人西施的结局如何，就与人们对“鸱夷”一词的解释有关。有人说“鸱夷”指盛酒的皮袋，西施是被装进皮袋沉到江里去了；有人则说“鸱夷”是范蠡的别称，西施是追随他泛舟五湖去了。这一类争执究竟有多大意义，实在很难说。倒不如像曹雪芹借林黛玉的笔那样，用“一代倾城逐浪花，吴宫空自忆儿家”的模糊描写，去代替无谓的争吵。类似的不解之谜在语文界特别多，简直不胜枚举；而且有的争了上千年，往往给人以陈旧之感。近两年来，北京《中学语文教学》围绕着司马迁记录的一句话，发表了一系列文章，依我看就是这类争执中的一个典型例子。

## 一场陈旧的争执

这场争执的焦点是秦末义军拥立的楚怀王说过的一句话。据《史记》所载，当义军分兵直捣咸阳之前，怀王曾与部下诸将约定说：“先破秦入咸阳者王之。”这句话是什么意思呢？如果不死抠字眼，本来不难理解。根据封建时代的一般政治关系，这句话的完整意思当然是：“谁最先攻破秦国进入咸阳，我就封他在秦地做王。”可是，由于对“王之”两字的不同解释和对句子出现条件的不同分析，这句话有种种译文。最常见的有以下四种：

（1）最先攻破秦国进入咸阳的人就做那里的王。

（2）最先攻破秦国进入咸阳的人就治理那里。

（3）谁最先攻破秦国进入咸阳，我就封他做王。

（4）谁最先攻破秦国进入咸阳，我们就让他做王。

不难看出，上列译文的区别主要在于对原句结构的两类基本理解。（1）（2）是标准的直译，把“先破秦入咸阳者”看成主语，“王之”作为谓语部分，无论它是动宾结构还是动补结构，“王”都是一般的名词动化，“之”则是指代秦地的指示代词。单以原句本身而论，这种分析是完整而清楚的。不过，仔细捉摸怀王说话时的语气，则“王之”的主动权似乎尚未授予将率先攻入咸阳的将军本人，而仍然属于宣布这一庄严诺言的他自己。因此，（3）（4）两种译文实际上在“王之”前面补上了主语，使原句变成“先破秦入咸阳者吾将王之”。这样一来，“王之”就成为名词使动用法和人称代词组成的特殊动宾结构了。其实，就准确理解怀王语意而言，这四种译文均可成立，完全没有相互攻讦，争个你死我活的必要。不幸的是人们却在这方面浪费了大量的笔墨，更不幸的是这场争执近几年又有了新的发展。

教育部编定的高中语文课本第二册《鸿门宴》一文的注释，把这句话中的“王之”对译为“以他为王”，引起了人们新的怀疑。“以…为…”不是课本编者所认定的意动用法的典型对译公式么？难道楚怀王这句话中的“王”字竟是意动用法吗？怀疑引出探讨，探讨引出新的论战。于是，从前年初到去年六月，《中学语文教学》又就这个问题展开了讨论，最后在八四年第六期上以赵可壁的文章，宣布争执“告一段落”，实际上起了作总结的作用。

## 一个新奇的结论

赵可壁《“动化名词+之”可以是动补结构吗？》一文（以下简称“赵文”），重点反驳了“王之”是动补结构的说法，同时也就否定了前述（1）（2）两种译文，这一点姑且置之不论。

值得注意的是，赵文为了维护部定课本注释的权威性，在反驳“王”是使动用法、即否定前述（3）（4）两种译文时用了整整四段文字，提出了一种崭新而奇特的见解。为避免断章取义，需要摘录一点原文。赵文提出：

“对于意动、使动的识别关键，众家都认定取决于用作动词的词对其后宾语的关系；但关键并非唯一的标准，正确与否，还需要放回原语境，通过比较，哪一种符合原意，就肯定是哪一种。”

这里说的“原语境”指什么呢？从下文看，它并不是指“王之”这一结构出现的句子，也不是楚怀王说话的语气；而是指楚汉相争前后有关怀王之约的全部历史事实，甚至是转述、援引或记录这一约言的人（樊哙、刘邦或司马迁）的不可捉摸的心理状态。因为赵文判定“王”不是使动用法的根据是：

“在‘先破秦入咸阳者’之前，有‘怀王与诸将约曰’一语。这表明‘约’已公诸众将之前，成为客观事实；正因为此，樊哙才援引此‘约’来诘难斥责背‘约’的项羽。但‘约’的内容的实施，还未成为事实；不仅怀王与诸将相约之时未成事实，就是后来也未成事实。”接着作者就不厌其详地重复了刘项争王的经过，然后说：“由此可见，‘先破秦入咸阳’的刘邦既未被楚怀王、也未被项羽‘使他为王’，但无论项羽还是楚怀王，都不能抹杀曾有约‘以他为王’。因此，‘王’用作意动比用作使动更符合原意和语言环境。”（原文无着重号，引文中着重号是笔者加的）

赵文的结论虽然表述含混，颇为难懂，但有两层意思却是非常明白的。

其一，他认定“王”是意动用法。那么，按照用语体翻译文言的原则和意动用法的习惯译法，我们又可以得到两种译文：

（1）谁最先攻破秦国进入咸阳，我就认为他是王。

（2）谁最先攻破秦国进入咸阳，我们就把他看成王。

如果将补入的主语互换，还可以繁衍出两种译文。但是，这四种译文符合楚怀王宣布约言的“原语境”吗？稍加思索就会发现，这四种译文都把怀王之约变成了一种非实质性的、不一定付诸实施的空洞许诺；除非刘邦、项羽等一干将领都是白痴，才会对这种空话感兴趣。大家都知道，关于这句约言，刘邦自己也引用过一次，他说："始与项羽俱受命怀王曰：'先入定关中者王之。'项羽负我，王我于蜀汉。"（《史记·高祖本纪》）

不难看出，这段话中的"王我于蜀汉"与"王之"是完全对应的，"王之"就是"王之于秦"的省略式。如果承认"王我"是使动结构，就应当承认"王之"也是使动结构。也许赵可壁认为秦地之王比其他地区之王高一级，甚至就是统治天下的皇帝吧。如果怀王许诺的"王"果真是行将灭亡的秦帝的当然继承者，他为什么不说"先入定关中者帝之"呢？退一步说，就算楚怀王承认自己是一个傀儡，在进军咸阳之前就向自己的部下宣布了臣服于未来胜利者的可怜保证；他的诺言也还是承担了无法回避的实施义务的，因而也不是什么意动用法。战国时期，赵国发生过有名的"鲁仲连义不帝秦"的故事。所谓"不帝秦"乃是阻止赵王采取尊奉秦王称帝的政治步骤，如果赵王仅仅在心理上认为秦王是帝，鲁仲连有什么必要去阻止呢？在严酷的政治斗争中，仅仅在心理活动中表示对某种政治权力的认可，而没有伴随着这种认可而采取的政治行动（决议、宣言和种种仪式），即使在民主制高度发展的现代，也是毫无意义的；更何况在专制政治盛行的古代？所以，"帝秦"也好，"王之"也好，都只能是表示"使之称帝（称王）"的实际政治步骤的使动结构。赵文判定"王"字为意动用法是没有说服力的。

其二，他给识别名词的使动意动规定了一个新的标准：即不仅要看动化名词所表示的内容在当时（是说话的一瞬间，还是包括说完后一段时间？赵文没有说）是否成为事实，而且要考证该词语所表示的内容在以后的全部历史中是否成为事实（是不是只有一直未成事实的词语才算意动用法？赵文也没说清楚）。这真是一个奇特而可怕的标准！因为它将文言语法的研究，带进了核实历史事实的无穷无尽的争吵；谁能把浩如烟海的文言文中每一处动化名词所表示的内容是否在以后成为事实的问题搞得一清二楚呢？看来，我们只好马虎一点，把视野缩小到动化名词出现的“当时”来检验一下这个新标准的实用性了。我们再研究几个例句，看看能得到什么。

（1）“（侯犯使圉人杀公若，）公若曰：‘尔欲吴王我乎？’遂杀公若。”（《左传·定公十年》）

（2）“使赵不将括即已，若必将之，破赵军者必括也。”（《史记·廉颇蔺相如列传》）

（3）“齐王欲将孙膑，膑辞谢。……乃以田忌为将。”（《史记·孙膑吴起列传》）

例（1）是春秋时鲁国公若藐被刺身死前说的话，“吴王”借代遇刺者。原意到底是“你想使我变成吴王吗”，还是“你想把我看成吴王吗”？很难说。可是，公若藐当即被刺死了是事实，“吴王”可以判为使动用法了。

例（2）是赵奢对其子赵括的评语，是推测语气，因为赵括当时尚少，谈不到做主将，按标准应判为意动用法。但是，赵括后来确实做了主将，造成了赵兵四十万被坑于长平的惨剧。赵奢的预言成了千真万确的事实，这样一来，“将”又应归入使动用法了。

例（3）结果很清楚，孙膑无论在当时还是以后都没有当成齐国的主将，“将”字是意动用法无疑了。可是，迄今为止，判“将孙膑”为意动结构的似乎还没有。相反，大家公认它是使动结构。

试用新标准的结果，使我们如坠五里烟雾之中，除了一片茫然，什么也没有得到。不过，我们却意外地发现：原来文言中有相当多特殊动宾结构，既可以换成“以…为…”的形式，也可以换成“使…为…”的形式，意思却基本或完全没有变化。请看下表：

| 序号 | 特殊动宾结构 | 变换形式一 | 变换形式二 | 语 意 |
|---|---|---|---|---|
| 1 | 王之 | 以之为王 | 使之为王 | 不变 |
| 2 | 王我 | 以我为王 | 使我为王 | 不变 |
| 3 | 吴王我 | 以我为吴王 | 使我为吴王 | 基本不变 |
| 4 | 将括 | 以括为将 | 使括为将 | 不变 |
| 5 | 将之 | 以之为将 | 使之为将 | 不变 |
| 6 | 将孙膑 | 以孙膑为将 | 使孙膑为将 | 不变 |

最后一例更有“（齐王）乃以田忌为将”一句作直接证据，看来，“以…为…”和“使…为…”两种形式之间有着某种微妙的联系。问题的症结正是在这里。

## 一条隐秘的通道

赵文对“王之”这一结构的分析和论断，始终没有离开“以他为王”与“使他为王”的对立，好像二者之间有一条不可逾越的鸿沟；而上表中六个例子却清楚地告诉我们，事实恰恰相反。这一奇怪的事实说明了什么呢？存在着三种可能性。或者是某些动宾结构既是使动又是意动，一身而二任焉；那么，不仅这些句子本身成了不可理解的胡话，而且连使动意动的区分也成为不必要的了。这当然是不可能的。剩下两种可能：要么是使动误解为意动，要么是意动误解为使动，二者必居其一。

在解决这个问题时，必须注意两个相互联系的事实。一是历来在文言特殊动宾结构的研究中，存在一种文白杂糅得的倾向。严格地说，用文言翻译文言是很不科学的；可是，由于现代汉语与古代汉语的传承关系，这种做法又难以完全避免。二是用“以…为…”的格式对译意动用法，在许多情况下是讲得通的，并未造成误解。这是因为文言文中的使动句和意动句，除了往往采用动宾结构的形式外，都还保留着自己的本来面目，即使令式兼语句（如“天不能使之贫”《荀子》）和主谓宾语句（如“臣窃以为其人勇士”《史记》）。而采用“以…为…”格式的文言句子确实有不少是意动句，例如“民以吏为师”、“民以食为天”之类；特别是当人们把动化形容词带宾语的结构对译为“以…为…”的格式，如把“大天”译成“以天为大”、把“美我”译成“以我为美”时，都觉得颇为贴切（其实，先秦文言中“以之为（形）”的例句极为罕见）。因此，把“以之为名（形）”看成对译意动用法的简便公式，进而把一切能用“以…为…”对译的动化名词、动化形容词、甚至一部分动词统统判为意动用法的做法，就风靡一时了。据初步统计，采用这一公式的全国性权威著作（包括大部分中学和大学教材）就在十种以上，部编高中课本不过是沿用了这一公式罢了。问题恰恰在于，这一公式即使从文言翻译文言的角度，也是不可靠的；因为文言中有许多用“以…为…”构成的句子根本不是意动句，其中还有的根本不能换成动宾结构。请再看下列表格：

| 序号 | 例　句 | 出 处 | 相应动宾结构 | 出　处 | 动化词译文 | 用 法 |
|---|---|---|---|---|---|---|
| 1 | 乃以田忌为将 | 史 记 | 齐王欲将孙膑 | 史 记 | 使…做将军 | 使 动 |
| 2 | 以故相为上将 | 战国策 | | | | 使 动 |
| 3 | 以长安君为质 | 战国策 | 犹质其首 | 狱中杂记 | 用…作抵押 | 使 动 |
| 4 | 赵以王孙为质 | 史 记 | | | | 使 动 |
| 5 | 以义为后 | 译 文 | 后义而先利 | 孟 子 | 把…放在后 | 处 置 |
| 6 | 以利为先 | | | | 把…放在先 | 处 置 |
| 7 | 梅以曲为美 | 病梅馆记 | 文贵质朴 | 成 语 | 因…而可贵 | 尚待归类 |
| 8 | 物以稀为贵 | 谚 语 | 兵贵神速 | 成 语 | 因…而可贵 | |
| 9 | 以民力为台 | 孟 子 | 无 | | | |
| 10 | 曹操以弱为强 | 隆中对 | 无 | | | |

很明显，表中分属五类的十个例句都不是意动句，但都采取了

“以…为…”的格式；而部编课本正是把与前三类相对应的动宾结构，统统误判为意动用法了。既然用“以…为…”的公式来判断意动用法，即使从文言互换的角度都靠不住，我们又怎么能把这个公式当成语体对译意动用法的灵丹妙药呢？

更有趣的是，在先秦古籍里，我们还看到了典型的使令式兼语句，只要换一个字就变成了“以…为…”的形式：

| 序号 | 例　句 | 出　处 |
|---|---|---|
| 1 | 鲁欲使慎子为将军 | 《孟子·告子下》 |
| 3 | 有复言令长安君为质者 | 《战国策·触龙》 |
| 2 | 鲁欲使乐正子为政 | 《孟子·告子下》 |

例句中加着重号的词难道不是地地道道的使令动词么？这些句子恐怕算得上典型的使动句了。然而，请把所有的使令动词都换成“以”字，看看句意有丝毫变化没有？前表中“将孙膑”和“质其首”两类动宾结构属于使动用法难道还有疑问吗！可以毫不犹豫地断定：在文言中“以”完全可以表示使令的意思，在许多用“以…为…”组成的句子中，“以”就是“使”，它表示了使动。本文所讨论的焦点——“王之”即“以他为王”，就是这种情况。正是这条隐秘的通道，把可以用“以…为…”对译的部分动宾结构，带进了使动用法的领域；而我们有的同志却沿着这条通道，陷入了迷误之中。事实难道不正是这样吗？

## 一点斗胆的建议

针对当前争执中涉及的混乱，笔者的建议是：应当对意动用法的范畴作严格的限定，并取消“以…为…”这一对译它的公式。

使动意动之说，始见于民国初年学者陈承泽所著《国文法草创》，尔后为现代著名学者杨树达、杨伯骏、王力诸先生加以充实，使之臻于完备。关于意动用法，杨伯骏老师在《文言语法》中的提法是：“名词或形容词带宾语，表示主动者对宾语一种认识、一种态度、一种内心状态，总之与主动者的‘意（心理活动）’有关。”王力老师在《古代汉语》中则是分别说明的：“所谓形容词的意动用法，不是说使宾语所代表的人或事物具有这个形容词所表示的性质和状态，而是主观上认为他具有这种性质和状态。”“所谓名词的意动用法，意思是把宾语所代表的人或事物看成这个名词所表示的人或事物。”这些正确的概括也是当今北大中文系诸教授研究的出发点。显然，这里所提示的识别意动用法的关键，并非象赵文所说“取决于用作动词的词对其后宾语的关系”，而主要取决于主动者（在句中表现为主语）的心理状态。在意动用法中，动化名词或形容词所表示的内容虽然体现在宾语所代表的人或事物上，但其动态却发生在主语所代表的人或人格化了的事物的内心。所以，弄清句子的主语乃是识别意动用法的关键。可见，赵文的辩驳并没有射中靶子。不过，用“以…为…”这一公式对译意动用法的滥觞却的确是王、杨两位老师的著作，北大郭锡良等六教授编撰的《古代汉语》也沿用了这一做法。

细读王力老师的《古代汉语》，他似乎没有意识到“以…为…”格式有用于对译使动用法的可能；因为他在举例对译意动结构时，三个例句都用了“以…为…”格式，而把“觉得…”格式一笔带过了。这可能与他认为“古代汉语中名词用于使动的情况非常罕见”有关。王力老师好像不承认“王之”、“将之”是名词的使动用法，大概把它们归入了一般的词类活用。可是，前面举出的“使慎子为将”一组例句难道不明显是使令式宾语句，而且完全可以换成“将慎子”的形式与“将孙膑”的形式一致起来吗？而“将孙膑”后面的“以田忌为将”不是又直接地显示了“以…为…”可以等于“使…为…”的事实、从而证明了用“以…为…”判定意动用法的危险性吗？郭锡良等教授承认项羽说的“纵江东父老怜而王我，我何面目见之”中的“王我”是使动用法，并强调宜采用“认为（以为）＋（主谓词组）”的形式对译意动用法，这是前进了一步。不过，在具体对译时，还是保留了“以…为…”的公式。

上述著作的权威性是毋庸置疑的，但是，这一公式的滥用给文言教学与研究带来了这么多的混乱，可能为王力老师等始料所不及。现在，既然这一公式给青少年学习文言带来了困惑，不利于用语体翻译文言的习惯，而且不尽符合文言事实；那么，提出取消这一对译公式的建议，老师们是一定会欣然颔首的。

综上所述，笔者建议对文言特殊动宾结构中的意动用法，作进一步的界说，其要点如下：

一、动化名词或动化形容词，并不表示主语所代表的人或人格化了的事物的性状、实施性动作或导致某种实际结果的行为，而只表示主语所代表的人或人格化了的事物主观意念中认定宾语所代表的人或事物具有某种性质或发生了某种性状变化，则该词的此种用法称为意动用法，意动词带宾语则称意动结构。

二、意动结构所在的句子可还原为一个主谓词组做宾语的句子。文言中存在这种句式的原型：其格式为“主语＋以（以为）＋主谓词组”。

三、用语体对译意动结构的可靠形式是“主语＋认为（觉得、感到）＋主谓词组”。如果采用介词结构作状语、即“（主语）把（宾语）看成（动化词所表示的内容）”的形式，则不能随意把“看成”一词换为“当作”，因为“当作”一词在口语中，既可表示心理活动，也可表示实际行为。例如把一件东西“当作”抵押品，是“看作”还是“充当”，显然是不同的。忽视了这类细微差别，也会不知不觉扩大了意动用法的范围。

凡不符合上述要求，而又不宜归入使动用法的例子，不放暂时纳入一般词类活用的大圈子中去。这样至少可以减少一些不必要的争执，因为某些概念的模糊永远是难以避免的。

（原载江陵《教学研究》1985年第2期）

# 积跬步以至千里

## ——试谈远程教育中的近程教学

萌芽于19世纪的函授教育，发展到20世纪中叶，随着电力与电子技术的普及和人类信息传播手段的现代化，出现了与之并驾齐驱的广播电视教育。这类规模空前、发展迅猛的远程教育系统，正在深刻地改变着社会的教育观念，瞬息千里地扩展着教育领域。他们的生命力是毋庸置疑的。我国的广播电视教育，在20世纪80年代重新崛起，占据了远程教育的中心位置。据中央广播电视大学统计，十年间我国电视大学毕业生达104.5万，占同期大学毕业生的22%，占同期远程大学毕业生的47%。这确实是一个令人鼓舞的数字。

远程教育已成为我国社会主义教育体系的重要组成部分，远程教育研究也提上了议事日程。关于远程教育特殊规律的探索和国外远程教育模式的引进，关于远程教育应完全摆脱传统教育模式的呼声，正处于众多远研刊物的中心篇幅。然而笔者却想提请大家思考：世界上有完全排除近程教学的远程教育吗？我国的广播电视大学已经是或者应当是纯粹的远程教育机构吗？为了集思广益，本文试图以我国电视大学为对象，就远程教育中近程教学的地位、任务和特点作一些粗略的考察与探讨，以期引起讨论。

### 近程教学在电大教育系统中的地位

我国电大创办十年，建立了遍布全国大小两千余座城镇的教学机构，拥有两万余人的教师队伍；制作了长达两万多课时的音像教材，并以平均每天十五课时的播放量，覆盖着广袤的国土。从理论上说，电大的教育潜力几乎是无限的。可是，十年来电大累计招生仅161万，平均在籍生不到50万，只占全国需要并可能接受电大教育人口的千分之一。这种低微的利用率与电大潜力之间的反差是强烈的。而且，类似的反差还日益表现在电大的教学质量上。虽然电大的主讲教师多是第一流的教授，但因录制方式的某些缺陷，加上基层电大愈来愈忽视音像课的落实，不少教学班以辅导课取代了主讲课；又由于目前电大专职教师的平均教学水平偏低，兼职教师又日渐滋长着单纯经济观点，致使辅导课日益蜕化为印刷教材的简单重复和单调繁琐的习题解答，有的课甚至比传统的“填鸭式”更为枯燥乏味。电大学生多数有一定实践经验，而我国青年在当前文凭热降温中出现求知欲弱化的趋势；电大学生中轻视音像课和挑剔面授课的倾向日益严重，因而导致成绩下降。重庆电大 1989 年下期考试及格率仅 70%，降至十年来的最低点；我校补考人数近两年也在以 10%的比例递增，最近一次超过两千人次，平均每个在籍生有一门课不及格。这一切表明，电大主讲课的高水平与辅导课的低水平、最先进的教学手段与日渐下降的教学质量之间的反差正在加剧。上述种种反差固然有一些是远程教育固有的特点，但任其加剧绝不是电大发展的方向；相反，努力缩小上述反差应是我们面临的基本任务。

问题是缩小反差的基本途径何在？有一种带倾向性的意见认为，我国电大现存的主要问题是音像教材的质量不高，加上传输手段落后，而广大学生在“大锅饭”的人才使用机制中又缺乏如饥似渴的自学积极性；这才导致了教和学之间严重脱节的结果。持这种意见的同志，把电大发展的希望主要寄托在电教信息的制作和传播手段的优化以及人才使用机制的改革上。他们认为只要像英国开放大学那样，在中央电大和各地学生之间，建立起以印刷教材和“家庭软件包”为主的传输纽带，就可以达到“无师（完全取消面授辅导）自通”的美妙境界。这种意见也许不无道理，但他显然脱离了若干基本事实。事实上，我国电大从一开始就没有离开大批兼职教师的面授辅导，十年来，随着大批专职教师的调入，这类近程教学的比重还在逐年增加。是否可以说，这种远近结合的教育机制是适应于我国政治经济体制和社会发展水平而形成的呢？无论考察现状还是预测未来，我们都不宜忽略决定近程教学在我国电大地位的三个基本因素：

第一，社会主义经济的主导地位决定了人才需求的计划性，而有计划的人才培养目标与学生千差万别的思想文化起点的矛盾，与学生在学习过程中复杂变化的矛盾，需要直接的近程教学来及时调整和不断解决。不错，我国经济体制正在向社会主义市场经济过渡，人才的竞争机制也出现了。但这种机制不应当也不可能发展成人才完全商品化的生存竞争，因而不能把电大发展的前途与自由市场的发展等同起来。我国电大的发展必须服从整个国民经济发展的宏观规划和近期计划，因而对学生有着明确的要求和制约力。这是与资本主义的远程教育有本质区别的。

第二，社会主义的思想政治教育有赖于有组织的近程教育和教学活动。现存的教学班与班主任制度，不但不能取消，而且亟待加强。我们的思想教育，根本目的是以科学社会主义理论武装全体学生，而真正科学的社会主义理论即使在现代产业工人中也需要不断灌输才能被接受并转化为实践的物质力量；因此很难设想，单凭几套印刷教材和音像教材的遥控，就能促成上百万学生世界观的根本转变。1989 年春夏之交的政治风波，昭示我们必须把德育提到首位；而社会主义的德育，离开了有组织的集体进行的理论结合实践的政治课教学和社会实践活动，恐怕有沦为空话的危险。

第三，应当看到，以社会主义价值观为核心的集体主义和爱国主义才是我国青年最根本最有前途的学习动力。近些年，由于思想教育的松弛和西方思潮的侵袭，以“自我”为中心的个人主义有所滋长；部分同志误以为电大的发展全靠这种“实现自我”的内驱力，一旦没有了它，就没有人读电大了。这是一种杞忧。早在 60 年代，魏巍在赞美雷锋精神时，就对两种内驱力做过生动的比喻：个人主义不过是一种老掉牙的故障频繁的发动机，集体主义才是崭新的马力无穷的发动机。我们凭借集体英雄主义建立了新中国和社会主义基本制度，也一定能够凭借它使祖国富强起来。只要进一步发扬集体英雄主义和爱国主义精神，我国青年的求知欲是不会衰竭的。当然，这种强大的内驱力的形成与巩固，离开了党领导的以教师言传身教为纽带的近程教学，也是不可思议的。

此外，广播电视教育的单向性本身决定了补充性近程教学的存在，不过这对任何远程教育都是如此，加之论者颇多，不需赘述。笔者想强调的是，近程教学的存在和发展是我国电大的社会主义性质决定的，企图取消它只是一种空想，轻视它也是不正确的。多年来，电大着重于首脑指挥机构的建设，对近程教学的严密组织和必要规范重视不够，这也许正是种种反差不仅未能缩小反而日渐加剧的一个重要原因。

## 电大近程教学的基本任务和主要特点

我们提出改进和加强电大近程教学的问题，绝无否定远程教育特点之意，更不是主张把电大办成封闭式的传统意义上的学校。为此，需要研究电大近程教学的任务和特点，以保证其建设方向不脱离促进远程教育全面发展的轨道。

电大近程教学的首要任务是接受、消化与传播上级电大制作和发出的教学信息，保证统编印刷教材和音像教材最大限度的落实。需要指出的是，印刷教材的使用与普通学校并无本质区别，音像教材才是电大特有的优势。因此，音像教材的落实尤为重要。恰恰是问题的这一方面，长期被相当多的同志严重地忽视了。不仅兼职教师不收视音像教材，专职教师也极少认真收视。电视台播放的教学节目和电大发行的音像教材，几乎有半数被浪费和闲置着，岂不令人痛惜？音像教材本质上是传授科学知识的一种形式，它永远不可能演化成电视剧，而且即使最有诱惑力的电视剧也会有人不愿意看。因此，对“讲台搬家、呆板枯燥”之类的批评要具体分析，决不能盲目地否定一切。电大教师，首先是班主任和专职教师，应当有能力对音像课作出评价，并负有传播的义务。实现这一任务，需要统一认识，更需要建立制度。应当严格规定教师集体收视或和学生一起收视音像课的时间，甚至可以向教师提出上好“音像教材指导课”的具体要求，并把教师的视听研讨活动纳入规定的工作量。如果电大的班主任和专兼职教师大都不能够也不愿意收视和评价音像教材，反而不加分析的轻率地贬低甚至抹杀其价值；那怎么可能扭转学生轻视音像课的错误倾向呢？不提出并落实这一首要任务，电大近程教学就会失去自身的根本特性，而大量音像教学信息的制作和播放，也就有点近似于海市蜃楼中的空中楼阁了。

电大近程教学的中心任务是再现主讲教材的精华并创造足以激发学生求知渴望的直观教学信息。这一任务“看似平常实艰辛”，其主要手段为课堂讲授。对于业已存在十年的电大课堂讲授，社会上和电大内部都有不同的看法，贬之者斥之为纯为捞钱的可有可无的低级辅导，褒之者尊之为比主讲课更重要的高级讲授。这种严重分歧往往导致激烈争论，甚至达到了“群疑满腹、众难塞胸”的程度。确实，从微观角度特别是从少数办学条件优越、师资力量雄厚的教学班看，它似乎与普通高校的班级授课相差无几；而从宏观角度即从某一分校所辖的数以百计的教学班看，则它的多样性和多变性令人目不暇接，它的简陋性有时让人困惑不解，他的散漫性是难以否认的。但是它是一种大量的客观存在，承担着谁也代替不了的任务，我们就应该去正视它。笔者认为，电大课堂面授首先应该是高质量的。它既是主讲课精华部分的生动再现，又是通过启发和答疑以引导学生全面领悟课程内容的强有力的诱因。就某一特定的课程而言，面授教师应先当主讲教师的学生，再当学生的先生；既是学生又是先生，二者统一于具有独特内容和风格的讲义之中。这种讲义可称之为“二级讲授”。这种课堂面授还应该限时定量。所谓限时，即每门课程的面授课时一般不得超出主讲课时的一半；所谓定量，即每位教师每学期只宜担任一定数量的面授课。只有限时定量，辅之以权威的教案审查，才能保证其质量。必须扭转目前实际存在的片面追求课酬的不良倾向，逐步整顿和提高专兼职教师队伍，使之为实现近程教学的中心任务服务。

电大近程教学的另一重要任务是促进和强化教学之间的双向信息反馈。电大主讲教师群与学生相距千里，不可能直接交流。而人类教育目的实现的最基本方式历来是师生的双边活动，“口诵心惟”依赖于“言传身教”，而且“身教重于言教”是为人师表的核心，弥补电大这一缺陷的基本途径是近程教学。分校以下的教师群体应当既是评价主讲课的信息载体，又是综合评估学生学习情况的信息载体。目前，中央电大的主讲教师基本上无法得到来自学生的反馈信息，就是与基层电大教师的联系也很少，这恐怕是主讲课改进迟缓的根本原因。至于学生，从上面下来的仅仅是一个分数，对自己的学习效果一片茫然，又怎能从中获得端正态度、改进方法的学习经验呢？当务之急是建立分校一级教学信息研究中心，可以先从研究上级电大历年公共课的试题入手，进而扩展为对上级电大教学、考试信息和学生作业、答卷情况的全面研究。这一任务的落实必将有助于主讲课的改善和学习质量的提高。

能承担上述基本任务的电大近程教学绝不是传统模式的复归，它至少具有以下最主要的特点：

（一）综合性：它是一种以高水平的电化教学信息为前提、以高质限时的“二级讲授”为主要手段、辅之以课内外学科活动及实践性教学环节的特殊教学。因此，它不能局限在以五十分钟为单位的课堂讲授之中，但也不能成为杂乱无章的“大杂烩”。就“二级讲授”而言，它既要全面再现主讲课的基本内容，实现“面”的浓缩；又要突出主讲课的重点和难点，集中主力于“点”的突破。综合性的另一表现是熔思想政治教育与科学知识教学为一炉，实现二者的统一。因为电大学生分散，没有普通高校那样集中统一的教育环境，在各类科学知识的教学中最大限度地体现出正确的思想熏陶和政治教育，应该是电大教学的突出特点。

（二）灵活性：从形式方面说，“二级讲授”只是一种主要形式，广播（录音）课、电视（录像）课也应有教师参与评议和讨论。从内容方面说，电大课程极多，变化频繁。专业课几乎年年在变，公共课也往往因专业不同而异，如政治经济学、写作、汉语和文学都有两套以上的教材。这种情况增加了备课的难度，提出了不断适应的要求。因此，学校应当确认教师多种多样教学活动的价值，并逐步建立起各种必要的规范。而教师则应当养成不拘一格、尽快适应、与学生打成一片的习惯。

（三）针对性：首先是针对学生的难点和疑点，要千方百计诱导学生把问题提出来，整理集中作为编写“二级讲义”的主要依据。其次是针对学生的需要。一般地说，各门课程的重点，就是学生最根本的需要。特殊地说，考试的命题范围，其实也正是教材重点的部分具体化，更为广大学生所迫切需要。当然，这种针对性与押宝式的猜题有本质区别，因为它是以教学大纲为依据、以启迪学生心智为目的的创造性劳动，为一切讲求实效的教学所共有；不过，电大要求以更少的时间取得更高的实效，所以，这一特点就更加突出了。

## 灿烂的未来召唤坚实的工作

毫无疑问，建设强有力的电大近程教学体系是一项十分复杂而艰难的任务。因为这一崭新体系的建设，全靠我们自己摸索，古今中外都缺乏足资借鉴的现成经验。当前，推进这一任务的主要障碍似乎有两个。其一是指导思想的偏颇，重远轻近的结果使电大有点像一个头重脚轻的巨人，难免步履蹒跚。如果我们重视了近程教学，就能使这一现代教育巨人的双足更坚实地踏在大地上，生根在亿万人民之中，更稳健、更迅速地前进。其二是因建校之初大量聘用兼职教师而形成的课酬制度，对改进和加强近程教学起着严重的牵制作用，亟待彻底改革。但是，无论有多大困难，我们也不应望而却步。我们坚信电大的灿烂前途，就应当用百折不挠的坚实的工作去迎接它。

我党已故高等教育家蒋南翔在电大始创时说过：“电视大学这种办学方式的长处是数量广大，但也容易忽视质量；应该看到，如果不能保证必要的质量，那么数量再多也有名无实。”

质量是一切教育的生命。为现代远程教育服务的、强有力、高水平的近程教学是电大质量的根本保证，因而也可以说，高质量的近程教学是电大的生命。当电大全面抓紧近程教学的落实之日，我国广播电视教育再度蓬勃发展之时也就指日可待了。

（原载《湖南电大学报》1991年第1期）

# 文学论稿

## 评《屈赋考源》

《屈赋考源》是游国恩先生《楚辞论文集》的头一篇论文。顾名思义，这是一篇研究屈原作品来源的论文。但是，这篇论文是否已经回答了这个问题呢？这正是本文想要提出来讨论的。

### 一、“屈赋四大观念”的研究价值如何？

游先生说：“我们研究楚辞若稍肯留心一下，很明显地可以看出屈赋中的四种观念，即：宇宙观念、神仙观念、神怪观念、历史观念。”这里，游先生显然把屈原在作品中运用的天文、地理和神话传说方面的知识当成了作品的思想内容。在这篇论文开头，游先生曾批评清代学者章学诚，说他“泥古”、不懂文学与学术的区别。实际上，游先生自己也犯了同样的毛病。文学是一种意识形态，是社会生活在作家头脑中反映的产物。遵循这一正确的马克思主义原理，不仅可以清楚懂得什么是一部文学作品的思想内容，而且可以正确了解某一文学作品思想内容的来源。游先生没有这样做，却把“四大观念”当成屈赋的思想内容，极力到“古代学术思想流别”中去寻找它们的来源，这就不能不导致种种纰谬。

我们先来看一下，游先生是怎样从屈赋中找到所谓“四大观念”的呢？原来他只根据屈赋中的个别诗句和词语，就得出了屈原有这个观念、那个观念的结论。例如：游先生在屈赋中看到了“摄提”、“孟陬”、“仲春”等词语，屈赋中提出了许多关于天文和地理的有价值的问题，就断定其中有宇宙观念。又如：游先生在《远游》中发现了

“虚静”、“恬愉”、“澹无为”等道家用语，就断定屈原有神仙观念。所谓“神怪观念”和“历史观念”，也都是用类似的方法推论出来的。

其实，用这种方法，在屈赋中仅仅找到四种观念，未免太少了；只要我们再稍加留心，不难从屈赋中找出四十种甚至更多的什么“观念”来。例如屈赋中出现过大量关于花草树木的词语，不是可以说其中有“植物学观念”吗？又如屈赋中还有不少关于飞禽走兽的描写，那不是又可以说其中有“动物学观念”么？事情很明显，游先生所谓“屈赋四大观念”的理论是站不住脚的，其科学价值令人怀疑。

## 二、“四大观念”考源的错误何在？

游先生在考证“四大观念”的来源时，不是到古代楚国的社会生活中去探求，而是从若干古代学术著作中摘取一些名词术语，力图证明屈原某一观念的直接出处。这就必然得出一些主观主义的结论。试简略分析以下几点：

1. “宇宙观念”从何而来呢？游先生先考证出羲和是“古代掌天地四时之官”，而羲和又是“重黎之后”，他们都是“天文学世家”。游先生又考证出“楚国乃重黎之后”，而屈原又是“楚之同姓”。于是，游先生就断定屈原的“宇宙观念”来自重黎，乃是“有家学渊源的”。这种推断实有简单化之嫌。试问：重黎、羲和都是传说中的人物，傅说纷纭，未有定论，怎么能肯定他们就是屈原的祖先呢？即使重黎实有其人，游先生能考出他与屈原相隔多少代么？天文知识本是劳动人民在长期生产斗争中积累起来的，把他归结为个别人物的创造，又认定它只能作为传家之宝，一代一代原封不动的传给子孙，这不是形而上学的观点又是什么？

2. 据游先生考证，“神仙观念”就是道家的出世思想，而“道家者流，盖出于史官”；游先生又说：“古代的史官，就是战国的阴阳家，而且是掌管天文的。”屈原既是天文学家之后，道家鼻祖老子又是他的同乡；而屈原又屡次使齐，与阴阳家有密切关系……于是，屈原的“神仙观念”的来源就这样找出来了。这种论证难道还需要反驳吗！用这类胡乱联系的方法完全可以证明任何一种观念的任何来源，因为一个人的同乡和到过的地方都是很多的。

3. 屈原在《招魂》一诗中，描写了四方上下的各种怪物，如“千仞高的长人、千里长的封狐”等。游先生便说他有“神怪观念”，并说它是从庄周那里来的；因为庄周也讲到了这些东西，而且也与阴阳家有关。游先生又说，《山海经》也写了许多神怪，而“安知《山海经》一类神怪书，非秦汉人杂采衍（邹衍，阴阳家）说，或就阴阳家言推演附会而成的呢？”所以《山海经》既有神怪观念，阴阳家也一定有神怪观念；屈原的神怪观念，当然是阴阳家的传授无疑了。这里的逻辑多么混乱，把文学作品中采用神话传说归之为“神怪观念”，又是多么荒诞！

4. 游先生说屈赋中的“历史观念”就是“善恶因果的观念”，它的来源除了齐国的阴阳家以外，又是那个“屈原的同乡”——老子。证明了主张“清静无为”道家原来是“善恶因果报应律”的始祖，可谓游先生的独特发现。

## 三、“四大观念”说抹杀了屈赋的思想价值

不管游先生主观意图如何，事实上这篇“屈赋四大观念”说及其繁琐考证，只能起到抹杀屈赋思想价值的作用。伟大的诗人和政治家、伟大的积极浪漫主义文学家屈原，在游先生笔下，变成了一个思想杂乱、只会抄袭的平庸文人。这是我们很难同意的。

屈原给我们留下了二十余篇不朽的诗章，其中最伟大的、二千余年来在文学史上放射异彩的是《离骚》。在《离骚》中，屈原叙述了自己的政治理想，揭露了楚国黑暗的现实，倾诉了自己被迫害、被流放的痛苦，表达了“九死不悔”的斗志。通过强烈的浪漫主义幻想，他表现了自己追求光明的渴望和热爱祖国的深情。而游先生是怎样理解这部伟大作品的呢？

首先，游先生在《离骚》中发现了“神仙观念”，说屈原有“出世思想”、想“长生不老”。他把屈原“上下求索”的深沉痛苦说成是“周游四方八极之乐”。又因为《天问》中提到长寿的彭祖，他就说“可见屈子的确是羡慕他们（指神仙）出世的快乐了”。在游先生眼中，屈原又是“浪游”，又是“周游之乐”，又是“羡慕神仙的快乐”，完全成了一个逃避现实、追求个人享乐的方士。《离骚》也成了宣传神仙出世思想的作品。这难道能让人接受吗？为了替屈原申辩，我们不得不在《离骚》中引用几句来看看：

吾令帝阍开关兮，倚阊阖而望余……
世浑浊而不分兮，好蔽美而嫉妒……
忽反顾以流涕兮，哀高丘之无女……

这六句写的都是在天上的情形。原来屈原上天去寻求真理，那天宫的看守却不予理睬，于是屈原便愤愤地说：“天上地下都是一样混浊啊！”并痛苦得流下泪来。这是多么真实的描写，又是多么沉痛的抒发！难道屈原的幻想世界不正是那个黑暗现实的反映吗？难道这里有丝毫逃避现实、出世寻乐的影子吗？没有，绝对没有！

其次，游先生说《离骚》中有“善恶因果观念”，他认为《离骚》叙述大量历史传说，谴责暴君，歌颂贤者，都是“道家的历记成败祸福的主旨”。他又说《天问》对历史上不合理的现象提出质疑，也是“按善恶因果律去劝诫世人”。果真如此吗？屈原在诗作中列举历史故事和提出疑问的意义是什么呢？我们知道，屈原在为理想而作的斗争中不断地失败。分明正确的主张得不到采纳，分明美好的品质得不到了解，使他不能不对腐朽的楚王发生怀疑和不满。他在历史传说中，知道许多贤君能任用贤才，这是符合他的理想的，当然他要歌颂；同时历史上的暴君，信谗远贤，不合乎他的理想，他当然要谴责。这怎能归结为“历记成败祸福”的“善恶因果观念”呢？

在长期的流放中，屈原日益加深了对楚国统治集团的愤恨，发现了许多不公平、不合理的社会现象；于是，他大胆地对一系列事实提出了疑问："天命反测，何罚何佑？齐桓九合，卒然身杀；比干何逆，而抑沉之！"是啊，为什么善良正直的人，却受到了迫害和残杀呢？真理在哪里？光明在哪里？这样的质问实质上是对当时统治阶级的反抗。但是游先生却说："在屈子的意思，是要叫人去学历史上的好模样，不要学那个坏模样；那些出乎因果律的常轨的事，是不可解的例外，千万不要羡慕他。"这就是说，种种黑暗的现实，只是"不可解的例外"，即使不去反抗也会自行消灭；同时，人们不应去追求这个"侥幸"，要去做好事。这种最虔诚的宿命论，到底是屈原的思想，还是游先生自己的思想呢？

## 四、简单的小结

我们从游先生的楚辞研究中深切体会到：用唯心主义的观点和形而上学的方法去研究古典文学，得出的结论是不会正确的。繁琐考证的治学方法，是违反科学的。我们年轻一代应当在党的领导下，冲进古典文学研究领域中去占领阵地，让马克思列宁主义、毛泽东思想的红旗高高飘扬！

注：文中有关引文，都引自游国恩《楚辞论文集》，古典文学出版社，1957年1月版。

（此文与合作者陈键联名发表于《光明日报》1958年8月10日《文学遗产》第221期）

# 浅谈陶渊明的思想及其作品的人民性

《光明日报》的《文学遗产》周刊上展开的关于评价陶渊明的讨论深深地吸引着我们。我们也展开了热烈的讨论，下面就是我们在讨论中得到的一些比较一致的结论。我们是一群年轻的大学生，马克思主义水平很低，文学史的知识也很缺乏，平时对陶渊明又没有系统的研究。见解很粗浅，错误在所难免；但是，这对我们来说也是一种学习。希望同志们批评、指正。

## 陶渊明对当时社会的态度

陶渊明生于东晋末期。那时，统治阶级腐朽透顶，皇室和各大士族之间，各大士族之间，都充满了尖锐的矛盾。贪污成风，争斗不息，政治极端腐败；捐税苛杂，徭役繁重，人民挣扎在水深火热之中。这一时期，许多地方暴发了农民起义，接着刘裕建立了刘宋王朝。陶渊明就在这样动乱不安的社会中，度过了他的一生。陶渊明是贵族的后裔，自幼受封建正统思想的教育。早期，他在儒家思想的影响下，抱着“济世”之志，攻读“六经”，抚剑行游，想做出一番事业，实现自己的理想；同时，他也念念不忘于“攀龙附凤”的追求，有着荣宗耀祖的愿望。在《命子》诗中，他一方面对于祖先的得宠，津津乐道，另一方面又因自己没有为门楣争光而深感惭愧，故有“嗟予寡陋，瞻望弗及”的感叹。所以他把希望寄托在儿子身上，希望他们能继承祖业，效忠皇室，以丕振家声。这充分表现出一个封建文人向统治者靠拢的思想，是陶渊明早期思想的一面。

就在这种思想基础上，他怀着对统治阶级的幻想，第一次踏进了官场。但是，黑暗的现实很快使他的幻想开始破灭，对统治者也就逐渐不满起来。官场的污浊、仕途的险恶和“怀役不遑寐，中宵尚孤征”

的辛苦，使诗人日渐清醒过来。诗人向往光明、追求真理的精神，使他不愿随俗浮沉，同流合污；于是“商歌非吾事，依依在耦耕”，“投冠旋旧墟，不为好爵萦”（《辛丑岁七月赴假还江陵夜行涂口》）的想法就很自然地产生了。不久他便辞官归里。后来，一方面由于幻想尚未彻底破灭，仕途对他还有一定的诱惑力；另一方面也“似为饥所驱”，迫于生活，又再度出仕。做官，归里；再做官，再归里。这样一个反复过程，加深了他对黑暗社会的认识，也加强了他与统治阶级决裂的意志，最后他认为“质性自然，非矫厉所得；饥冻虽切，违己交病”，“悟已往之不谏，知来者之可追，实迷途其未远，觉今是而昨非”。写《归去来辞》以后，不管田父的劝告，也不管官府的征召，更不管饥饿的威胁，他坚决不再做官。一直到生命的最后时刻，他还以“羲皇上人”自居，认为“意浅识罕，谓斯言可保”（《与子俨等疏》）。他终于与统治者彻底决裂了。

由此可知，陶渊明的归隐，既不同于那些想走“终南捷径”的假隐士，也不同于那些爬不上去而被迫隐退的人。他是自动从统治 集团中挣脱出来的。他的归隐是不与统治者合作的表示，是一种反抗。“不为五斗米折腰”、“宠非己荣，涅岂吾缁；捽兀穷庐，酣饮赋诗”（《自祭文》），都集中反映了这种决心。他的“拥孤衾以毕岁，谢良价于朝市”，绝不是一句假话；“宁固穷以济意，不委屈而累己”也是他归隐原因的自白。因此，我们认为陶渊明的归隐是有积极意义的。

陶渊明不仅以归隐的行动表示了一种政治态度，而且写下了大量反映隐居生活的诗篇。他通过对荣子期、张挚、疏广等许多历史人物的赞美，描述了隐者的高尚情操，为自己的行动找到了历史的印证；同时，也宣传了不合作思想。在他的作品中，也常给那些角逐于官场的人泼冷水。那些关于效忠统治者的历史人物悲惨结局的描写，更具有警戒意味。如《读史述九章》提到韩非，告诉人们“巧行居灾，忮辩召患”，在阶级社会中，愈向统治者靠拢，愈显露自己的才能，就愈容易遭受迫害，因为“丰狐隐穴，以文自残”。在《咏三良》一诗中，他描写了三个“服勤尽岁月，常恐功愈微”的忠臣。虽然他们

“忠情谬获露，遂为君所私；出则陪文舆，入必侍丹帷”，得到君王宠爱，似乎十分幸运；但结果却是“厚恩固难忘，君命安可违”，给死人作了殉葬品，功名富贵化为泡影，只剩下“荆棘笼高坟，黄鸟声正悲”的凄凉情景。求宠，得宠，终于惨死，这就是陶渊明展示的封建忠臣的一般命运。

陶渊明不满腐朽的统治阶级，当然也鄙视那些趋膻逐臭、同流合污的人，并为自己的卓然不群、坚贞不屈而自豪。《饮酒》中有一首以青松自喻：“青松在东园，众草没其姿，凝霜殄异类，卓然见高枝。”他告诉那些利欲熏心的人，不要贪图眼前的快乐，如同“众草”一样，一旦严霜落下，难逃被“殄”的结局；只有傲然独立，不随俗浮沉之士，才能像青松一样长存。他对于那些热衷仕途的友人，也表示出直截了当的决绝态度：“语默自殊势，亦知当乖分”（《与殷晋安别》），“逝止判殊路，旋驾怅迟迟”（《于王抚军座送客》），都是说：既然我们追求的目标不同，生活的志趣相反，那就分道扬镳好了。在许多作品中，他还竭力抒写了隐居的快乐，希望得到别人的赞同，一道隐居。“平畴交远风，良苗亦怀新；虽未量事功，即事多所欣。耕种有时息，行者无问津；日入相与归，壶浆劳近邻；长吟掩柴门，聊为陇亩民。”（《癸卯岁始春怀古田舍二首》）在《归去来辞》中，这种愿望表现得尤为显著。他之所以不遗余力地美化隐逸生活，显然是为了招揽同道。特别是在《示周续之，祖企，谢景夷三郎》中，直接提出了“愿言诲诸子，从我颖水滨”的劝告。清楚显示了这类作品的主旨。

总之，陶渊明的归隐和他的隐逸诗文，从客观上看，是和统治者延揽人才，笼络人心的政策唱对台戏。因此，对这种行动和这类作品应予充分肯定。不过，应当指出，陶渊明这种反抗，还只是一种不很有力的反抗。

陶渊明在生活的后期，内心充满错综复杂的矛盾，其中主要的是理想与现实的矛盾。他很想有所作为，可黑暗的现实阻碍着他，使他浸沉在“日月掷人去，有志不获骋”的悲哀中；在无可奈何的情况下他只有借酒消愁、自我麻醉。就是在这种复杂的矛盾中，他背负着黑暗社会加在身上的重压，怀抱着对于美好生活的向往，结束了一生。这件事本身，就显示了一个正直诗人在封建社会中的命运，控诉着封建社会的罪恶。应该说，陶渊明在苦闷中探索出路，追求理想的一面是比较强烈的，而且愈来愈有所发展，这是他思想的主要一面。但是，人生无常、及时行乐的消极思想也时有流露，像《杂诗》中“人生无根蒂，飘如陌上尘”、《游斜川》中的“且极今朝乐，明日非所求”之类。尽管这些东西在他的作品中是较为次要的，而且也带有某些反抗现实的因素，但会引导人们逃避现实，屈服于命运的摆布。这对后世特别是后世的知识分子产生了不好的影响。

陶渊明的思想发展是与他的生活变化相联系的。归隐初期，他的生活还不算坏，所以能有“登东皋以舒啸，临清流而赋诗”的闲情逸致。在《和郭主簿》中还相当得意地描绘这种情况：“园蔬有余滋，旧谷犹储今；营己良有极，过足非所钦，舂秫作美酒，酒熟吾自斟，弱子戏我侧，学语未成音。此事真复乐，聊用忘华簪。”这时他笔下也出现了一些不同程度美化农村的诗篇。以后，随着生活越来越艰难，他的思想中也曾有过斗争——妥协？还是坚持？是高洁的操守和坚定的决心，帮助他在“贫富常交战”的忧郁中达到了“道胜无戚颜”的境地。同时，因为他参加了一些农业劳动，与农民有些接触，所以写出了一些很有价值的诗篇。例如《杂诗》之八中写道：“代耕本非望，所业在田桑；躬耕未曾替，寒馁常糟糠；岂期过满腹，但愿饱粳粮；御冬足大布，粗絺以应阳。正尔不能得，哀哉亦可伤！”诗人的生活要求并没有非分的地方，但即使这样低微的要求，也难以满足。“弱年逢家乏，老至更长饥；菽麦实所羡，孰敢慕甘肥；惄如无恶饭，当暑厌寒衣；岁月将欲暮，如何辛苦悲。”（《有会而作》）“倾壶绝余沥，阒灶不见烟；诗书塞座外，日昃不遑研。”（《咏贫士》）这些描写表明，他的生活是如此贫困，有时竟到了断炊绝食的地步。由此不难推测出当时比诗人更困苦的劳动人民的生活状况。有些诗还直截了当地反映了农村经济的凋敝和农民生活的痛苦，如：“炎火屡焚如，螟蜮恣中田；风雨纵横至，收敛不盈廛。”（《怨诗楚调示庞主簿邓治中》）“田家

岂不苦！弗获辞此难；四体诚乃疲，庶无异患干。”（《庚戌岁九月中于西田获早稻》）

在陶渊明的作品里，更多的是基于对黑暗社会深刻认识的强烈不平和愤懑。“自真风告逝，大伪斯兴；阎闾懈廉退之节，市朝驱易进之心。”“雷同毁异，物恶其上；妙算者谓迷，直道者云妄；坦至公而无猜，卒蒙耻以受谤；虽怀琼而握兰，徒芳洁而谁亮？”（《感士不遇赋》）这便把一个真伪混淆、黑白颠倒、尔虞我诈的时代面貌描绘得淋漓尽致。在那个时代，正直善良的人受尽迫害，“蒙耻以受谤”；吹牛拍马之徒却加官进爵、封妻荫子。那是一个“鸟尽废良弓”（《饮酒》）的时代，“密网裁而鱼骇，宏罗制而鸟惊”，阴森的封建统治象密布的罗网、遍地的陷阱；偶语者弃市，腹诽者诛，人民根本没有任何言论自由。前代的嵇康就是在类似的社会条件下，因说话触犯了统治者的逆鳞而惨遭杀身之祸。陶渊明接受了前人的血的教训，所以十分审慎地运用隐晦曲折的方式来揭露社会的黑暗，并抨击统治者的残暴。例如在《饮酒》中，他鸣出了心中的不平之后又不得不作“既醉之后，輒题数句自娱；纸墨遂多，辞无诠次”的申明。可是，我们研读这组诗却发现他攻击的矛头明显地指向统治阶级，实际上一句醉话也没讲。特别是最后的“但恨多谬误，君当恕醉人”两句，表面上似为自己辩解，实质上一针见血地揭露了“防民之口，甚于防川”的反动统治。在这样的政治条件下，陶渊明还不得不采用以历史题材托古非今的方式来写作。例如《读山海经》中对敢于与日竞走的夸父、衔木石以填沧海的精卫、虽断头犹执干戚以对抗天帝的刑天，都给予了热情的歌颂，寄寓了诗人反抗暴政的情感。在《咏荆轲》一诗中，他更是讴歌刺秦的勇士，用“惜哉剑术疏，奇功遂不成”的名言对荆轲未能刺死秦王一事表示无限的惋惜。这些“雄发指危冠，猛气冲长缨”的诗篇，集中表现了诗人对统治者“金刚怒目式”的态度。与此相反，陶渊明对历史上正直而不得志的人物则表示了真挚的同情。例如，他歌颂不好荣爵、不受厚馈的黔娄，同情被商纣迫害的箕子；为屈原、贾谊怨怒，替李广、王商不平，都充满了正义感。而对三季以后的统治者，诗人则无一赞辞，可以说爱憎是十分鲜明的。

东晋是一个大士族横行霸道的社会，只要看一下统治者大修“百家谱”的史实，就可以知道家族血缘关系在当时多么重要。可出身于士族的陶渊明却喊出“落地为兄弟，何必骨肉亲”（《杂诗》）的呼声。这固然反映了诗人朦胧的平等要求，更主要的还是对门阀制度的某种否定。值得注意的是，我国历史上不少优秀作家对黑暗社会虽也十分憎恨，但他们总是把改变现实的幻想寄托在最高统治者的身上；而从陶渊明的作品里就很少看到这一点。晚年的诗人对统治者的任何幻想都消失了，所以他的作品里出现了一个“秋收靡王税”的桃花源。这种否定王权的思想在古代作家中极为罕见，是难能可贵的。

综上所述，陶渊明的思想是在现实生活中不断发展、不断进步的，他对当时社会的态度也是不断变化的；由前期对统治者存有幻想到后期与统治者决裂，最后发展为对统治者的否定。因而他的作品在不同程度上反映了人民的愿望和利益，具有充分的人民性。

## 陶渊明对劳动人民的态度

魏晋时不少贵族士大夫饮酒、吃药，身穿肥大衣服，脚着高跟木屐。他们弱不禁风，走路要人搀扶，甚至男人也涂脂抹粉。他们手执麈尾，整天清谈，风气非常坏。然而就在这种社会风气中，陶渊明却参加了劳动。这在他的诗中有所反映，如“贫居依稼穑，戮力东林隈”（《丙辰岁八月中于下噗田舍获》）；“种豆南山下，草盛豆苗稀；晨兴理荒秽，戴月荷锄归”（《归园田居》）。尽管他的劳动和农民的劳动不同，但他能摆脱当时那种轻视劳动，与俗浮沉的“通识”，冲破那种糜烂的时代气氛的包围，躬耕陇亩，确是一种进步的行动。更可贵的是他在“代耕本非望，所业在田桑”（《杂诗》），“舜既躬耕，禹亦稼穑”（《劝农》）中表露的观点，已经突破了儒家“劳心者治人，劳力者治于人”的鄙视体力劳动的思想，给农业劳动很高的评价。由于参加劳动，他进一步体验到农业生产的重要，“衣食当须纪，力耕不吾欺”（《移居》），“人生归有道，衣食固其端”（《庚戌岁九月中于西田获早稻》）这种重农思想来自劳动体验，非一般剥削者的空喊所及。

在劳动生活中，诗人与农民有了接触，对劳动者“相见无杂言”的淳朴品质有了认识，与劳动人民发生了比较亲密的联系，也有了共话“桑麻”的可能，写出了一些反映农民困苦的诗句。他不仅和劳动人民的接触比较密切，他对劳动人民的态度上也有一定的人道主义观点，例如他在派一仆役给他儿子时说：“此亦人子也，可善遇之”（萧统：《陶渊明传》）。在一千五百年前的封建时代，这话从一个封建士大夫的口中说出，不能不说是是一种进步。

在这次讨论中，有些同志认为《劝农》是一道反动的说教诗，认为陶渊明在这首诗中诬蔑了农民，教训农民要老老实实受统治者剥削。他们以此作为否定陶渊明的重要论据。因此，对《劝农》诗作一些探讨是必要的。

我们认为，不宜把《劝农》解释为“劝诫农民”，解释为“劝人务农”是比较符合全诗主题的。在这里只要把诗人所劝的对象弄清楚，问题就迎刃而解了。诗中写到“桑妇宵兴、农夫野宿”，足证诗人已经看到农民在辛勤劳作了，勿须再劝。那么在现实生活中还有哪些人没有劳动呢？诗人认为只有那些“曳裾拱手”，游手好闲的人不劳动，这才是他所要劝诫的对象。如果这样理解，显然得不出诗人在诬蔑农民的结论。

在诗中，诗人首先指出“哲人”后稷，教民“播殖”；其次，搬出了禹、舜躬耕的事迹和冀缺、长沮、桀溺等人“勤陇亩”的范例；再次，又举出现实生活中“桑妇宵兴，农夫野宿”的勤劳榜样。通过这些实例，证明人们务农是天经地义的事，上自圣哲、先贤，下至一般农夫农妇，谁也不能例外。同时，他又从《周典》中为自己这种见解找到了理论根据。在《民生在勤》一章里，又非常具体地从利害得失上劝告那些游手好闲的人参加劳动，否则，就有冻馁之虞。虽然在这里也暴露出陶渊明由于阶级局限，不了解也不可能了解贫困的根源，但却不能得出诗人在指手画脚进行反动说教的结论。在诗中诗人表现出来的肯定劳动，主张人人务农的思想，是非常突出的。陶渊明在许多方面接受了儒家的影响。但同时，在许多问题上又有着同儒家不同甚至相反的见解，对劳动的看法就是其中之一。对此，我们可以从他的很多作品中找到证明：在《劝农》最末一章，陶渊明把孔子和董仲舒这两个儒家轻视劳动的代表人物提了出来，是一个值得注意的问题。我们认为，这并不意味着陶渊明对孔子意见的赞同，而恰恰相反。

从全诗的结构来看，陶渊明首先歌颂了舜、禹、后稷等人教民"播殖"，躬耕稼穑的行动，这些人都是孔子所崇拜的圣贤；其次，他引用《尚书》、《周典》中的条文，这些条文又被孔子推为经典；最后，写出"孔耽道德，樊须是鄙"，把孔子对劳动的轻视，简括地提出。经过诗人这样的安排，文章结构的本身，在劳动问题上，就突出表现出孔子和舜禹等人的对立，并且也直接违背了被他奉为经典的"八政始食"的名训，起了否定孔子对劳动看法的作用，用事实的对比嘲笑了孔子。同时，在结构上，我们还可以看出，根据本诗的主题要求，写到《民生在勤》一章，诗人"劝人务农"的道理已完全讲述清楚，本来可以结束，但为什么最后又把孔子和董仲舒两个儒家泰斗鄙视劳动的问题提了出来呢？我们认为，诗人意识到自己在劳动问题的见解上和儒家存在着根本的分歧；但由于儒家思想在当时有很大的影响，由于孔子被当时封建阶级尊为圣人，也由于诗人在别的许多问题上还尊重孔子，在这种情况下诗人不能也不愿去正面公开地批评孔子，所以在文字上表现得比较隐晦委婉。尽管如此，我们仍可从恭维的语气中感受到诗人讽刺孔子的用心。这实际上也等于反驳孔子的见解。因之，这一章还是为主题服务的，是必要的。

从本诗的内容来看，陶渊明在诗里讲今比古，引经据典地劝人务农，给劳动以很高的评价，对"古圣先贤"的躬耕稼穑，给予了由衷的歌颂，这样，诗人显然不会同意孔子对樊须的责备，认为务农的人都是卑鄙下贱的"小人"，而引起作品前后逻辑上的混乱和观点上的矛盾。全诗内容的内在联系决定了前后的论点是统一的，后面的论点是为了进一步阐述主题服务的。如果陶渊明同意"樊须是鄙"的话，其结果必将导致禹、舜、后稷等先哲，也包括诗人自己在内，都成为卑鄙下贱的“小人”的结论，显然，诗人是不会同意这种观点的。

在诗人的其他作品中，也可以找到劳动问题上和孔子持有异议的言论。“先师有遗训，忧道不忧贫，瞻望邈难逮，转欲志长勤”（《癸卯岁始春怀古田舍》），在这里，诗人认为孔子的主张是又“邈”又“难逮”的，所以自己要“转欲志长勤”，参加劳动。这不正流露出对这些“先师”的“遗训”不敢恭维的情绪吗？在作品中他也曾多次赞美过荷蓧丈人、长沮、桀溺等人，而这些人在对劳动的看法上都和孔子不同。在《扇上画赞》中写道：“四体不勤，五谷不分，超超丈人，日夕在耘”。把荷蓧丈人斥责子路（实际上也是斥责孔子）的话，特别提出来加以赞美，从这里，也可看出诗人在劳动问题上和孔子对立的态度。

因此，我们认为《劝农》诗肯定了劳动的意义，提倡人人劳动，反对了儒家鄙视劳动的观点，反映了陶渊明的进步思想。这些思想即在今天也有一定的价值，诗人在那样的时代、社会条件下，有这样的见解，确实非常可贵。所以这是一篇具有较高人民性的作品，应该给予肯定。

## 陶渊明的社会理想

如上所述，陶渊明对当时的现实社会是极为不满的，所以他不断地探索着出路，思索着寻求一种理想的社会模式。在《戊申岁六月中遇火》一诗中，他仰慕着道不拾遗的“东户”时代的社会：“仰想东户时，馀粮宿中田，鼓腹无所思，朝起暮归眠”。从这片断的描写中，可以看到“桃花源”的影子。在这个基础上，经过了不断的酝酿，到了晚年，他终于提出了自己的理想——“桃花源”。

提出“桃花源”理想的意义何在呢？首先，它否定了当时的社会。当时的现实社会里有剥削，有压迫，有血腥的战争，有不幸的死亡；而“桃花源”里却是人人劳动，没有剥削和平幸福的世界。美丽的理想和残酷的现实，形成了强烈的对照，通过对理想社会的赞美，有力地否定了现实社会。其次，在封建社会的重压下，在人们思想中封建剥削制度已经成为天经地义的时候，提出了“秋熟靡王税”的理想，是伟大的崇高的！这个理想是完全符合人民的愿望和要求的。

“桃花源”理想社会的设想，虽然受了老子“小国寡民”思想的影响，然而和老子的理想有所不同。老子主张愚民、复古，不要器械、舟车、甲兵、文学，使人类永远停留在极低的水平上（这里不对老子作全面评价）。这就是老子“小国寡民”理想的物质条件。它和春秋战国时期人类社会物质文明发展水平相比，是落后的、倒退的，人们在这里看不到生活的幸福。而陶渊明的“桃花源”里，在各方面都真正洋溢着快乐、幸福的气息，人民真是熙熙攘攘，如登春台。从自然环境来看是一片桃林，“芳草鲜类，落英缤纷”，“土地平旷，屋舍俨然，有良田美池桑竹之属”。从人与人的关系来看，人人都在努力劳动，累了就在树阴下休息。这里没有王税和剥削，没有残酷的掠夺，也没有欺诈和屠杀。人对人是那样的热情，那样的坦诚，见到一个外人都要“各复延至其家”、“设酒杀鸡作食”来招待。这样幸福的生活，使得人们都笑逐颜开，“黄发垂髫，怡然自乐”，老人更是心情愉快，欢乐出游。这种美好的社会理想，陶渊明能在他所处那样生产水平还较低的时代提出来，为当时人民设计了一幅幸福的蓝图，激起人们对美好未来的向往和追求，引导人们向前看，其影响无疑是积极的。当然，“桃花源”只是一个空想的乌托邦。陶渊明无法突破时代局限性，提出科学的理想，更找不到通往“桃花源”的途径，最后只能“蹑清风”去追寻。正因为这样，“桃花源”的理想在起着批判现实社会积极作用的同时，对后代也起了引导一些人逃避现实追求世外桃源的消极作用。但这毕竟是次要的。

因此，我们认为陶渊明社会理想是进步的，值得充分肯定，这篇作品也具有高度的人民性，它和一切伟大的积极浪漫主义篇章一样，是我国文学遗产中的瑰宝，将永远放射出灿烂的光辉。

总之，陶渊明的思想及其作品，虽然在某些方面存在着或大或小的缺陷，有的甚至是消极落后的东西；但就其主导方面而言，仍然不愧为我国文学史上一笔宝贵的精神财富。

（原载《光明日报》1959年3月29日《文学遗产》第253期，署名“北京大学中文系五六级四班毛泽东文学社”）

## 关于毛泽东文学社：

1957年6月，何九盈、王叔珩、陈键撰写《“广场”编委考》，署名“旧闻馆主”；其后，王叔珩、程湘清合作《是行动的时候了》，由大字报选入《红楼》；后王叔珩作《骑士赞》、《没落的晚筵》、《评〈东阳江〉》、《银瓜累累爬满山》，在康式昭（校团委书记）领导下，主持北大文学社，主编《红楼》共一年零三个月。

1958年10月，刘竹立找到反右后期受打击的王叔珩，再次动员他参加学术大批判，不久以王、何、陈为核心，成立文学社，拟名“毛泽东文学社”，据刘传达，中央不提倡以领袖姓名命名，改名“赤卫军”，以游国恩《楚辞论文集》为第一个剖析目标，历时一月，完成了创刊号，主要刻印者为湖北汉川文化馆考入北大的黄君伟（他在“文革”中被打死）。稿初成，王、何、陈携校样拜望何其芳，获基本肯定，随即发行，《光明日报》立即转载首篇。

1959年，关于领袖个人崇拜解禁，“赤卫军”正式改名“毛泽东文学社”，在林庚教授指导下，完成陶渊明研究文稿一批，主要活动者仍为陈键（党支书）、何九盈、刘竹立（支委）、王叔珩（执笔者），《光明日报》又发了三篇文章，以王文为首。而实际上王已列入打击对象，一年后在反右倾运动中被开除。所谓“文章憎命达，魑魅喜人过”，其此之谓乎？

（公元1987年春，邓捷从北大图书馆抄回论文后附记）

# 血泪心声铸壮词

## ——读辛弃疾《贺新郎·别茂嘉十二弟》

公元1200年前后，南宋境内的瓢泉，也就是现今江西铅山境内，闲居着一位花甲之年的老人，他就是“却将万字平戎策，换得东家种树书”的辛弃疾。这位叱咤风云的抗金英雄，从异族蹂躏下的家乡——山东历城起义南归已近四十年了。“旌旗拥万夫”的青年将军已经变成“白发空垂三千丈”的暮年烈士。在屡遭排斥、壮志难酬的苦闷中，这一年又逢族弟被谪、骨肉分离的变故。时值暮春，长亭伤别，稼轩满腹愁思化为难言的悲愤。于是，情溢江天，心游万古，铸就了一支悲壮的离歌，这就是《贺新郎·别茂嘉十二弟》。

反复吟味这首词，一股浓烈的悲凉就会渗透心肌、浸入骨髓，仿佛置身于生离死别的巨大历史悲剧之中。这种悲凉的氛围集中体现了稼轩词沉郁风格的艺术魅力。在这首词里，构成这种艺术魅力的基本材料则是诗人神来之笔所描述的暮春景物和精选的历史镜头。这是诗人心血铸造的艺术境界，无论色彩、音响或人物，都饱和着离人的悲哀，凝结着血和泪的痛苦。开篇着一“绿”字，点明将逝的春色。这不仅是“绿肥红瘦”的“浓绿”，而且是残红褪尽、绿叶成阴的“墨绿”。这种“墨绿”给整个画面涂上了一层伤感的底色。百花凋零、春意阑珊的自然色调，引出了诗人对社会人生色调的想像。“马上琵琶关塞黑”的“黑”字，令人触目惊心。明妃诀别故国、单骑没入异域阴暗荒原的画面跃入眼帘。这是明妃、阿娇和戴妫共有心境的色调，也是诗人心境的色调。下片出现易水送别的画面时，又用“满座衣冠似雪”一句，在人们眼前展现出一片象征着纯洁和牺牲的素白，突现出悲凉中的壮烈和黯然中的感奋。墨绿、灰黑、素白三种色彩的映衬，是构成这首词艺术形象的重要因素之一。当然，构成悲凉氛围的形象因素除了色彩，还有音响；这种音响效果，首先由三种春鸟的啼叫构成。关于这一点，应当说明的是：小序中“鹈鴂、杜鹃实两种”一语并非炫耀知识的闲笔，而是诗人有意引进屈子“恐鶗鴂之先鸣兮，使夫百草为之不芳”的诗句，让伯劳鸟首先奏起伤春的乐曲。加上鹧鸪“行不得也，哥哥！”的呼唤和杜鹃“不如归去！不如归去！”的哀鸣，音响上的悲切效果就更复杂更深刻了。联系诗人兄弟依依惜别之际，遥望三齐故里，深味南归浮沉和展望垂暮前程的万种愁思，这三种各具特色的春鸟的合唱不正是一曲意味深长的哀婉的序曲吗？在百鸟哀鸣的序曲之后，诗人又让我们听到了明妃如泣如诉的琵琶、李陵呼天抢地的号哭和荆卿在高渐离筑音伴奏中响彻天地的慷慨悲歌，从而一步步展现了这部别离交响乐的主旋律。关于这首词的主旋律和历史人物特定的象征意义，将留待后文去分析；单从色彩和音响的组合看，稼轩铸造艺术境界的独运匠心就已充分显示出来了。王国维称这首词“语语有境界”，是极有见地的。诗歌是形象的艺术；没有形象，便没有诗歌。前人常说稼轩爱用典故，有“掉书袋”的毛病。不过从这首词鲜明跃动的形象看来，用典不一定会导致概念化；恰恰相反，借助于蕴含丰富社会内容的好典故，并善于选择形象的语言展示历史场面的典型细节，可以是增强诗歌形象性的重要手段。

稼轩这首词，不仅极富形象性，而且具有一种极富独创性的结构，也就是王国维说的“章法绝妙”。前人多注意到：这首词打破了双调词“上片写景、下片抒情”的格局，而以“算未抵人间离别”一句“为全篇之筋节”。夏承焘指出：“马上琵琶”至“悲歌未彻”十句，平列五件离别故事，过片不变，完全打破了过片成法。是的，这首双调词的确是一种首尾呼应的三段式结构。第一段是开头三韵，描写送别的时令和环境，“苦恨”二字更是总领全篇，点明诗人萧瑟愁苦的心境；第二段以“算未抵人间离别”过渡，而以“料不啼清泪长啼血”总束，展示五个诀别画面，并揭示其社会内涵，与第一段形成强烈的对比；最后仅以一个六字反诘句直抒胸臆，点明题意。这种几乎通篇采用比兴手法的奇特结构，像磁石一样把读者一步步吸入诗人心造的艺术境界，最后不能不为诗人迸发的沉痛呼喊所震撼，在强烈的共鸣中陷入无穷无尽的沉思。但是，如果我们谛听诗人的心声，就可以发现：第二段的五个画面并不是完全平列的。五个画面的组合，构成了两种迥然不同的气氛。前三个画面的中心人物都是柔弱的女性，那种诀别的基调是哀婉而凄凉的；而后两个画面的主人公却是刚烈的男子，下片开头一句“将军百战身名裂”，犹如一声沉闷的惊雷，陡然响起了高亢的旋律。显然，这种突变反映了诗人感情的升华，从而把第二段分成了两个层次。借用太史公对荆卿别燕时音乐变化的描写来形容：读上片三事，如闻“变徵之声”，使人不禁掩面泣下；读下片两事，却如闻“羽声慷慨”，令人目眦尽裂、怒发冲冠。因此愚以为：这首词既打破了双调词分片的一般格局，又巧妙地保留了上下片诗意的跳跃，实际上是两片、三段、四层的结构。

这种奇特而绝妙的结构是为全词的主旋律即主旨服务的。这首词的主旨，前人多认为是抒写手足之情，极状别离之苦；不少人把它与江淹的《别赋》相提并论。这种看法，从字面上看是不无道理的。但是，如果我们仔细思索一下稼轩写作这首词时的处境以及他与茂嘉的关系，再探讨一下五个历史画面的实际内涵；就会感到这首词的思想内容比《别赋》要深刻得多，上述看法有失之肤浅、陷于片面的危险。这首词，作于稼轩入宋后第二次被罢官闲居瓢泉期间，距他 1207 年抱恨而逝不到十年。“老大哪堪说”，“可怜白发生”，这一时期诗人曾不止一次地为在坎坷的政治生涯中虚度了数十年宝贵时光而叹息，对“不念英雄江左老，用之可以尊中国；叹诗书万卷致君人，翻沉陆”的可悲现实表示了极大的愤懑。稼轩是一位真诚的爱国者。少年投笔从戎，献身耿京领导的抗金起义；单骑奉表南行，为义军的前途不辞千里奔波；这时不幸义军败覆，则率众闯入敌营，力擒叛将张安国。可惜他的这些彪炳史册的爱国壮举只换得了南宋皇帝短暂而有限的信用。南归后四十年中，由于诗人坚持爱国抗金，力主恢复中原，与终南宋始末而又重权在手的投降派格格不入，他的政治命运总的来说是悲剧性的。“美芹十论”无人理睬，恢复宏图化为泡影；在京城无权参与朝政，在地方又远离抗金前线。陈亮对此感叹过：“真鼠枉用，真虎可以不用。”在鼠辈猖獗的险恶政治环境中，稼轩竟两次被罢黜闲置，只能在无所事事中打发日子。这一切不能不在诗人的心灵中留下无数痛苦的阴影。壮志难伸，报国无门；岁月流逝，来日不多，这就是稼轩写这首词时的处境。辛茂嘉是稼轩的族弟。在封建时代，尤其是对于象稼轩这样在战乱中长期远别故土的人来说，这种关系无疑是很亲密的。但是，更重要的并不是这种兄弟关系，而是他们政治上的同道关系。刘过有一首《沁园春·送辛幼安弟赴桂林官》告诉我们：茂嘉是追随稼轩“入幕南来”的，曾经“筹边如北”，赴北疆筹划过抗金事宜。可知也是一位精明强干的爱国者。稼轩另有一首《戏赋辛字送十二弟赴都》，则说明了茂嘉曾一度进京供职，有相当的政治地位。不难想见：茂嘉不止是稼轩的族弟，而且是与他患难相依、休戚与共、情投意合的同道。他们的关系首先是爱国志士之间的战友关系。从刘过的描述和稼轩这首悲凉离歌还可以推断，他们这次分离是遭到了新的政治迫害。“赴桂林官”是什么意思呢？刘过说：“盖以罪谪徙也。”什么罪？莫须有！在“猛士云飞，狂胡灰灭，机会之来人共知”的时刻，把一位勤劳王事、忠心报国的志士驱逐到远离抗金战场的西南瘴疠之地去，难道还有比这更阴险、更恶毒的手腕吗？面对如此险恶的政治迫害，垂老的稼轩怎能不心痛神伤、义愤填膺呢！这种特定的处境和特定的分离，决定了诗人对历史上无数别离画面的联想和取舍。因而，经过诗人精选锤炼的历史镜头也就具有了特定的象征意义。昭君去国、阿娇失宠和庄姜送戴妫三事虽各有其不同背景，但她们的共同点都是后妃见弃于君王，戴妫被逐更纯粹是一次政治迫害。诗人借助她们无辜被弃的哀婉形象，暗示自己与茂嘉的分离，完全是君王昏闇、权奸当道、忠贞之士横遭猜忌、效命之臣屈受贬谪的结果。自风骚以降，以男女之情喻君臣之遇是我国古代政治诗的传统手法，稼轩沿用之以表达哀怨中的忠贞、表露矢志不二的爱国之情，这一点是容易理解的。需要探讨的是诗人为什么着意突出李陵和荆轲这两个人物。对李陵作恰如其分的历史评价，不是本文的任务；不过应当承认，稼轩对他是充满着惋惜和同情的。这种惋惜和同情应当历史地去理解。撇开李陵个人失节的是非不论，在我国历史上，百战沙场、策勋不著，一席谗言、合族连诛，这种忠勇之士的悲剧还少吗？稼轩强调李陵送别苏武、怅望祖国的复杂心情，也许是借用李陵提到的“不死将以有为也”一语，来激励自己、并劝勉茂嘉吧。荆轲仗剑入不测之秦，生离亦即死别；燕丹急于事功，打乱了荆卿的周密计划，致使奇功不成，千载遗恨。但稼轩着眼点全在荆卿的磅礴正气和牺牲精神，诗句中贯注着喑呜叱咤的怒吼。读下片二事，我们似乎可以听到南渡之初老将宗泽临终时犹喷血高呼“过河杀贼！过河杀贼！”的声音，这是诗人抗金意志的集中表现。德国诗人海涅有一首诗里说：“因为我的闪电十分出色，你们就以为我不会雷鸣。不！我也有一种雷击的本领。”我们可以说，如果说上片三事的描绘是出色的闪电的话，下片两事的渲染就是令人中宵起舞的振奋精神的雷鸣了。说什么怨而不怒，没有怒发冲冠的激情，怎会有震撼心灵的诗句？正是在这里，诗人四十年郁郁不平之气，凝聚成与恶势力抗争到底、为祖国复兴效死的决心。这种为尔后建康复起所证实了的至死不渝的爱国精神，就是这首诗的灵魂。因此，应该说，这首诗抒写的是爱国之情，表达的是报国之志。这是一首用血泪心声熔铸而成的爱国壮歌。

作为南宋词坛的泰斗，辛稼轩的大量词章中，本篇及《摸鱼儿·晚春》两首最富于形象美，然而又最富政治色彩，堪称进步的思想内容与完美的艺术形式的统一体。千载之下，读其词，想其人，我们感到悲哀，我们更感到骄傲。

(发表于《名作欣赏》1985年第2期)

**附原词：**

## 贺新郎·别茂嘉十二弟

(宋) 辛弃疾

鹈鴂、杜鹃实两种，见《离骚补注》

绿树听鹈鴂，更那堪、鹧鸪声住，杜鹃声切。啼到春归无寻处，苦恨芳菲都歇。算未抵、人间离别：马上琵琶关塞黑，更长门、翠辇辞金阙，看燕燕、送归妾。

将军百战身名裂，向河梁、回首万里，故人长绝；易水萧萧西风冷，满座衣冠似雪，正壮士、悲歌未彻。啼鸟还知如许恨，料不啼清泪长啼血。谁共我，醉明月。

**附今译：**

浓绿的树林里，
伯劳鸟唱起惜春的歌曲；
更令人心碎的——
鹧鸪急切地发出，
“行不得也”的劝阻；
杜鹃也悲切地呼唤：
“不如归去！不如归去！”
在一片凄婉的啼叫中，
春天，你归向何处？
在百花凋零的原野上，
人们怎能不痛彻肺腑？

什么样的悲哀哟，
比人间的生离死别更苦？
有几多诀别的伤心画面，
浮现在悠悠的往古：
马上昭君辞故国，
琵琶一曲关山黑；
阿娇含泪长门去，
从此难见黄金阙；
忍看差池双燕子，

泪飞如雨送归妾。
故国何处，君恩安在？
情绝义断，凄凄切切！

百战沙场，风云诡谲；
名将降胡，身败名裂。
送别了、故国忠节，
禁不住、仰天痛哭；
关山万里生死路，
满腹衷曲难诉说！

“风萧萧兮易水寒，
壮士一去兮不复还！”
一曲悲歌，万古不绝，
荆卿仗剑入虎穴，
素服寒光相映白。
志士头颅，何吝一掷？
壮别天涯，凛凛烈烈。

悲鸣的鸟儿哟，
你如果深深地懂得了
如此之多的痛苦，
你的泪水该要流尽啊，
你一定会哭出汩汩热血！

别了，茂嘉！
别了，我的手足！
从今而后——
谁共我举杯狂饮，
共邀明月？

# 满纸伤春怨　一片忧国心

## ——读辛弃疾《摸鱼儿·晚春》

春天是充满希望的季节，也是隐藏着幻灭悲哀的季节。惟其充满希望，人们把她看成一切美好事物的象征，热切地渴望着她的来临。不只是“关不住”的“满园春色”令人神往，“一刻千金”的“春宵”让人沉醉；就是“绿柳才黄半未匀”、“草色遥看近却无”的早春，也散发着诱人的气息；甚至在阴冷肃杀的漫漫冬夜，诗人也能从“春天不会远了”的预感中寻得慰藉。有什么美的事物是春天不能象征的呢？婉转的歌声、迷人的笑靥、尽兴的郊游和觥筹交错的宴会不必说了，纯真崇高的友谊和痴迷炽烈的爱情更不例外；事业的成功、政局的改观、战争的胜利乃至新的伟大时代的出现，都无一不能用春天来象征。春天真可谓人类的宠儿矣。然而不幸，春天不是永恒的。不仅不能永恒，而且相当短暂。因为人类赖以生存的世界事实上是一个孤零零的星体，并且运动在瞬息万变的宇宙之中；无论自然界的春天还是人类社会的美好事物，都不能不受到时间和空间的制约，表现其相对性。春天美好然而短暂，春光永驻的希冀往往伴随着春光易逝的惆怅、悲哀、甚至恐惧。这也许是古今中外无数讴歌春天的诗篇中往往流露出或浓或淡的伤春情绪的根本原因吧。

我国古代众多的伤春诗词中，辛弃疾的《摸鱼儿·晚春》以其艺术的完整性和思想的深刻性而独具一格，有着摄人魂魄的魅力和悲剧美。

初读小序，我们知道这是一曲在暮春三月话别友人的离歌。可吟诵之后，我们却没有感受到常见的难舍难分的友情，甚至连一句涉及友人的话也看不到。我们感受到的是什么呢？是诗人对春天刻骨铭心的爱和近乎绝望的怨，是诗人对理想的执著和理想行将破碎的浓烈悲哀，是动荡的时代在诗人心海里激起的万丈狂澜。

词的上阕，展现的是一幅自然界的晚春图画：昙花一现的春光行将消逝，在一次一次的风吹雨打中，万紫千红的树树鲜花正纷纷凋谢，化为遍地落红；连天的青草已悄悄铺满大地，淹没着春天的踪迹；只有那在风雨中无所依归的杨花柳絮，还在画檐下的蛛网旁寻找着片刻的栖身之地。这一幅风雨送春图已是够凄凉的了；况且诗人并不是客观地描绘这幅图画，而是将它融入心底，和着自己的满腔血泪，用悲痛欲绝的呼喊表达出来的。他是晚春典型景物在诗人敏感心灵中的反映，又是诗人内心哀伤情感的外化。历来的读者无不感到，这首词一开头就有一种令人心悸的震撼力，仿佛突然抽去了我们脚下坚实的大地，把我们带到了万丈悬崖和深渊薄冰之上，整个灵魂为之战栗起来。这种神奇的感染力源于诗人表达的对春天复杂惶遽的心情，而“惜春长怕花开早”则是这种惶遽心情的集中概括。珍爱春天本应是渴望“花开早”的，为什么反而“长怕花开早”呢？因为诗人饱尝了幻灭的打击，体验过春光易逝的必然，从而形成了由爱生怨、由盼转怕的心理。这种渴望得到而又惟恐失去的心理，不正是一种刻骨铭心的爱吗？这种痴迷的爱在另一首《蝶恋花·立春》中，表达得更直接。

“谁向椒盘簪彩胜？整整韶华，争上春风鬓。往日不堪重记省，为花常把新春恨。 春未来时先借问，晚恨开迟，早又飘零近。今岁花期消息定，只愁风雨无凭准。”

“为花长把新春恨”就是“惜花长怕春来早”，与“惜春长怕花开早”表达角度稍有不同。不过，春天和鲜花是难以分割的，“春来早”和“花开早”可以说是一回事。因此，“晚恨开迟，早又飘零近”就成为“长怕花开早”最好的注脚了。理解了诗人在几经希望和幻灭的折磨后产生的矛盾惶遽心理，就不难理解词中对落花的痛惜、对芳草的埋怨、对飞絮的关切和对蛛网的揶揄了。“怨无大小，生于所爱。”既然这一切表明春天不可挽留、甚至不愿回眸地离去，怨恨的情绪当然不可抑制。这种对春天爱极生怨的苦涩泪水，集中灌注在开头两句之中：“更能消、几番风雨，匆匆春又归去。”对摧残鲜花的风雨极端厌恶而又无可奈何的谴责与对春天的无限依恋而又充满失望的埋怨交织在一起，简直是从诗人心灵炼狱底层发出的呻吟；它充满震惊，又充满痛楚，它使人柔肠寸断、悲从中来，恨不得和诗人一道扑向风雨，去追回匆匆离去的春天。前人说这首词“起处大踏步出来，急切不平。”又说“更能消”三字“有力如虎”，“是从千回万转中倒折出来”的。大概也就是这个意思。

如果说上阕是诗人将积郁胸中的伤春苦闷用向大自然直接呼告的方式加以宣泄的话，那么，下阕则是在想像中把自己幻化为一场爱情悲剧的女主人公，间接地倾诉社会人生中春的苦恋和春的悲哀。用春天来象征人间的爱情，是再自然不过了。身为大自然有机组成部分的人类，不正是在以性爱为基础的爱情生活中繁衍着新生代的吗！爱情与春天一样充满神奇的活力，创造着一代又一代人类的花朵；又像春天一样少不了风风雨雨，隐藏着失恋的哀伤。怀春和伤春，成为恋爱中的人们、尤其是女性的典型情感。诗人选择这类形象来寄托自己对人间春天的感受，是极适宜的。词中的爱情悲剧虽然发生在封建社会的最高统治者中间，但其女主人公阿娇即汉武帝的原配陈后，却具有一般女性的感情特点。“金屋藏娇”的美好时光逝去了，陪伴她的是长门宫孤独寂寞的影子，她只能在喁喁独语中排遣自己失恋的痛苦。缅怀往昔恩情，渴望重获情爱，对朝秦暮楚的情人的幽怨、剪不断理还乱的柔肠和对黯淡前景的深深忧虑，就是喁喁独语的内容。当美人在斜阳烟柳中的危楼下徘徊之际，这一人间伤春悲剧才在如泣如诉的余韵中落下了大幕。如果我们掩卷神往，把这浮雕一样的长门怨女形象与上阕的风雨送春图联在一起，就不难发现二者是相互依存的艺术整体：在暮春风雨中含泪凝眸和沉痛呼告的正是失去爱情的美人，而无限伤心地喁喁独语的美人也就是诗人自己。可以说，这首词高度地浓缩了人类对春天特有的希望和幻灭、珍爱和怨恨的情感，每一个字都浸透了伤春的泪水，谁读了都不能不黯然神伤，直至潸然泣下。

当然，这种浓烈的伤春情感决不仅仅是对自然美消失的惋惜，也不仅仅是对人间爱情悲剧的咏叹。实际上，诗人不过是借助长门怨女的形象来表达自己政治上的美好理想和沉重预感，或者说是晚春风雨和爱情悲剧触发了诗人心海中积蓄已久的忧国忧民的愤慨和哀伤罢了。既然词中的主人公是诗人自己，那渴望得到和唯恐失去的，当然也就不只是鲜花和爱情了。

众所熟知，辛弃疾是一位具有远大政治抱负和杰出军事才能的爱国者。他从异族统治下起义南归，完全是为了抗金北伐、统一祖国的大业。“要挽银河仙浪，西北净胡沙”是他终生不渝的初衷。他渴望得到的是南宋政权的信用，他唯恐失去的是大展宏图的良机。主战派执政，抗金推进、统一实现才是他梦寐以求的春天。为此，他精心筹划北伐方略，多次上表激切陈辞，也曾多次得到皇帝的金殿召对。他心中时或感到春意的温暖，眼前也不止一次闪动过春光的影子。可是，由于他南归时已是张浚北伐失利之后，隆兴和议给早已忍辱偏安的南宋又加上了一道枷锁；主和派甚嚣尘上，窃据要津，孝宗的抗金计划不过是纸上谈兵而已。在南宋和战两派错综复杂的政治斗争中，辛弃疾一直处在被猜忌被压抑的地位。写这首词时，他南归已十七年，人也快四十岁了。这十七年，他虽在建康、临安担任过一些官职，但总的来说是不得志的；因为《美芹十论》和《九议》并未得到孝宗的采纳。写这首词的前一年，他从京都临安左迁荆湖北路转运副使，深味着“二年鱼鸟江上、笑我往来忙”的悲凉；这时又突然奉调南下潇湘，据抗金前线越来越远；这些遭遇怎能不使他痛感迁谪无常、危机四伏的威胁呢？因此，借与友人话别之机，倾泻政治上的苦闷，表达对国事的深忧，才是这首词的实际内容。

上阕风雨送春图整个地是关于政治局势的暗示和预言，是显而易见的。下阕美人伤春图的政治内涵，更是可以具体解说。“长门事”就是抗金北伐的大事，“佳期又误”是说主战派受皇室信用的可能又一次消失了，北伐的大好时机又一次错过了；“妒蛾眉”者是指不断用阴谋排挤爱国志士的主和派，“千金买赋”、“此情谁诉”则是指辛氏本人及主战派屡次上表陈恢复之策而始终得不到重视的可悲事实。终南宋一代，主战派的英雄们恳切陈辞、好话说尽，却终未能使鼠目寸光、苟且偷安的当权派开窍；尽管辛弃疾这首词作于一度呈现中兴迹象的孝宗时期，他还是预感到国势衰微，有如西下的夕阳，余晖有限了。历史可悲地证实了诗人的预感，从而显示出这首词中包含的政治远见。据说孝宗读了“斜阳正在、烟柳断肠处”一句后“颇不悦”，他倒是很敏感的呢。其实，整个下阕忧国之心溢于言表，矛头都是对着他的，他也很可能朦胧地意识到了。

这里，有必要辨析一下“君莫舞”以下几句的含意。历来的注家多认为“君”是指“好妒”的投降派，两句的意思是：“你们不要得意忘形,你们难道没看见好妒成性的杨玉环和赵飞燕的可耻下场么？”这种解说紧扣“蛾眉曾有人妒”一句，似乎顺理成章。但是，细味全词感情基调，并联系后一句“闲愁最苦”来看，这一解说似欠妥帖。从喻体本身看，陈阿娇同杨玉环赵飞燕均系君王宠爱过的美人，她们只是生活在不同的时代，无论形貌和品格都没有美丑高下之分；而且她们始获专宠、终遭遗弃的命运是相似的。用别人终将失宠的预测来填补自己失宠的空虚，在逻辑上是矛盾的，在感情上是偏狭的；因而不足以体现女主人公心灵的纯净美，很难唤起读者的同情。从政治角度看，如果这里是说“你们不要猖獗，历史证明，你们决无好下场”，那就可以直接导出主战派必胜的结论；如果是说“你们不要得意，你们的下场将与我们一样”那也可以聊表欣慰。两种意思都引不出“闲愁最苦”的结果，与全词悲观失望的情绪相悖。由此，愚以为诗人并不是在正反对比的意义上引入玉环飞燕的形象的，这两句词也不是对主和派权臣的直接呵斥，而是另有所指。历史上的杨玉环和赵飞燕也是悲剧女性，多数文人诗客对她们是取怜悯态度的。辛弃疾本人在《贺新郎·赋琵琶》一词中，以“凤尾龙香拨，自开元、《霓裳曲》罢，几番风月”始，以“沉香亭北繁华歇。弹到此，为呜咽”终，也流露了对杨玉环的叹惋与同情。因此，诗人不见得会把她们喻为政治上的丑角。这里提到“皆尘土”的悲惨结局，与其说是幸灾乐祸，毋宁说是怜悯同情。所谓“皆尘土”可能暗指两种历史现象：一是暗示她们虽得一时恩宠，最终还是玉碎香消了，可见君王的宠爱不是永恒的，人们不必去追求；二是暗示她们虽得恩宠，却逃不脱成为替罪羊的命运，可见君王不可信赖，“伴君如伴虎”，人们应当深思。两种暗示都可导致洁身自保的结论，反映了诗人在屡遭挫折后的隐退思想，其矛头是指向最高统治者的。这一点我们可以从诗人另一首写于同时的词中找到根据。在《水调歌头·淳熙己亥留别武昌》的结尾，诗人化用唐代戎昱赞美隐居生活的诗句，告诫友人说："在家贫亦好，此语试平章。"正因为诗人处于欲干不能、欲退不忍的进退维谷境地，所以才喊出了"闲愁最苦"的心声。我国历代知识分子奋斗在艰难的报国路上，常常一方面信奉"达则兼善天下，穷则独善其身"的处世哲学，另一方面又痛感"国之不保，身将焉洁"的严峻现实，从而挣扎在不可克服的矛盾之中。辛氏这首词正是这种矛盾心境的典型写照。可见，"君莫舞"也好，"君不见"也好，都是对友人的劝诫，也是对读者的呼告，从根本上说则是诗人自己政治上怵惕心情的流露。这种针对整个南宋王朝的激愤之词，不是比突然指桑骂槐的痛斥一下权奸更深刻、更有力么？正因为如此，孝宗皇帝才会"颇不悦"，他确是最先觉察到诗的怨愤的锋芒所向的人哩！

总之，这首怨春词完全是一首政治诗。它凝聚了诗人对祖国命运的深忧，读起来令人心碎；而诗人调遣语言、化用典故、渲染气氛、塑造形象的高超技巧，又使它成为千古不朽的艺术珍品，保存在一代一代爱国知识分子的心里。它启迪我们：珍惜自己心中的春天，也要珍惜别人心中的春天，更要竭尽智力去创造并珍惜祖国历史上的春天。

（原载《名作欣赏》1988 年第 3 期）

**附原词：**

## 摸鱼儿·晚春

（宋）辛弃疾

淳熙己亥，自湖北漕移湖南，同官王正之置酒小山亭，为赋。

更能消、几番风雨，匆匆春又归去。惜春长怕花开早，何况落红无数。春且住，见说道、天涯芳草无归路。怨春不语，算只有、殷勤画檐蛛网，尽日惹飞絮。

长门事，准拟佳期又误。蛾眉曾有人妒。千金纵买相如赋，默默此情谁诉？君莫舞，君不见、玉环飞燕皆尘土！闲愁最苦。休去倚危栏，斜阳正在、烟柳断肠处。

**附今译：**

这阵阵肆虐的狂风骤雨，
春姑娘，你怎么禁受得住！
难怪你脚步匆匆、神情忧郁，
一年一度，你又将悄悄离去。

最珍惜春姑娘芳容留驻，
最担心春花儿伴随流水去；
这触目惊心的遍地落红，
更增添离人惆怅的心绪。

春姑娘，你且暂停芳步，
听一听我痴情的话语：
你看那天边的萋萋芳草，
早淹没了你归去的道路。

春姑娘，你为何默默无语？
全不顾我可怜的劝阻；
只有画檐上忙碌的蜘蛛，
整天收拾着飘飞的柳絮。

我就像孤独的长门怨女，
永远等不到美好的会晤；

君王的诺言一次次失信，
青春的岁月在期待中荒芜。

我知道姣好的容颜招来嫉妒，
我知道高洁的情操难同流俗；
纵然千金买来了相如的辞赋，
这默默的相思又向谁倾吐？

我的朋友，
千万莫要再轻歌曼舞，
去希冀君王的爱抚；
你难道没有看见——
杨玉环风姿绰约，
赵飞燕轻盈善舞；
她们虽然得宠于一时，
终究免不了化为一抔黄土。

这重重矛盾的愁绪，
实在是让人痛苦！
再不要登临高山危楼，
再不要眺望河海江湖，
可怜那西下的斜阳，
正孤独的徘徊在那——
柳影凄清、烟霭迷茫的
令人肝肠寸断的远处……

# 笔底长虹万丈辉

## ——读陈亮《水调歌头·送章德茂大卿使虏》

陈亮，是我国历史上罕见的平民思想家。他毕生未仕，三次沦为死囚；历尽坎坷，直到五十岁才中了一名状元，封了一个“签书建康军节度判官厅公事”的芝麻官；尚未及赴任，便憔悴而死。他的社会地位，除去最后昙花一现的几个月外，实在普通得不能再普通了。但是，他却不止一次地与当时的皇帝有文字之交，与许多达官贵人有亲密的过从；特别是与文韬武略俱备的一代英雄辛弃疾相知极深、情同手足。他的遭际又奇特得不能再奇特了。辛弃疾哀悼他说：“天于同甫，既丰厥禀；智略横生，议论风凛，使之早遇，岂愧桓伊？行年五十，犹一布衣。……至今海内，能诵三书；世无杨意，孰主相如？中更险困，如履冰崖；人皆欲杀，我独怜才。脱廷尉系，先多士鸣；耿耿未阻，厥声浸宏。盖至是而世未知同甫者，益信其为天下之伟人矣。”

顶天立地一布衣，可谓陈亮的写照。在世俗社会里，他是一介书生，一个普通老百姓，甚至是一名死囚；而在精神王国里，他却是一位伟人，一位真正的王子。他的诗文就是金光灿烂的王冠。

陈亮的诗歌成就主要是政论词的创作，现存陈亮《龙川词》仅七十四首，其中半数是政论词。所谓“政论词”是指运用词的艺术形式表达爱国进步的政治内容的作品，用陈亮自己的话说，就是以“花间妙语”写“经济之怀”。这类词属于以辛弃疾为代表的豪放词派，但有着更鲜明更直接的议论色彩。《水调歌头·送章德茂大卿使虏》就是陈亮政论词的代表作。

不见南师久，谩说北群空；当场只手，毕竟还我万夫雄。自笑堂堂汉使，得似洋洋河水，依旧只流东。且复穹庐拜，会向藁街逢。　尧之都、舜之壤、禹之封，于中应有、一个半个耻臣戎！万里腥膻如许，千古英灵安在？磅礴几时通？胡运何须问！赫日自当中。

这首词的成就首先在思想方面。劈头两句就提出了一个严峻的问题：屈辱性的绍兴和议和隆兴和议已延续了五十余年，南宋还有北进中原、收复失地的人才吗？一个“久”字，既反映了在异族蹂躏下渴望恢复的广大人民的心声，又向文恬武嬉的主和派提出了质问。而一个“谩”字则包含着对外来侵略者的警告和对主战派的激励：谁敢说我们就没有矢志恢复的中坚人物了呢？诗人并未简单地回答提出的问题，而是在民族自信力的展示和现实忧患感的抒发中辩证地回答的。“当场只手，毕竟还我万夫雄”是对奉命出使的友人的赞美，也是对民族奋发精神的呼唤。章德茂名森，是南宋主战派名臣之一。陈亮与他交往甚密，遗文中有四封书信反映了从1186年到1192年两人的交情。信中称颂章森“开豁亮直，足以起士气；高明宏远，足以壮天朝”。又说：“主上有北上争天下之志，而群臣不足以望清光；使此恨磊磊而未释，庸非天下士之耻乎？”章森身为主战志士却要去执行屈辱性的使命，是一种矛盾，表面上的堂皇实含内心痛苦。所以下三句模仿友人语气揭示其心理。南宋偏安一隅以叔事金，是全民族的奇耻大辱，章森此次出使，又是向金主祝寿，更增添了耻辱的分量。“自笑堂堂汉使，得似洋洋河水、依旧只流东”，历来不少学者以为“河水流东”只宜比喻正面事物，这三句描写的是汉族强大的历史趋势。这样理解颇为牵强，极难疏通词意。“自笑”即“自我嘲弄”，“得似”乃“不得已地模仿”，“只”有“一味地”的含义。这些词语突出了沉重的悲哀和强烈的愤懑，也表示了对友人的理解与同情。这三句的大意应为：在这送行的盛大场面中，我们不禁要暗中嘲笑自己，一个堂堂大国的使节，竟然要像诸侯朝见天子一样，年复一年像河水东流似的去向侵略者朝拜进贡。然而，诗人当然不会止于悲哀的自嘲，“且复穹庐拜，会向藁街逢”，是对友人的安慰，又是强调民族气节，指出此类屈辱性使命的暂时性和策略性。在诗人看来，最后胜利终归是属于以汉族为主体的华夏一统的进步力量的。主战派虽然为了斗争的需要不免忍受屈辱，却完全可以赋予它以另外的性质，即利用出使机会为统一创造条件。几年后，在送另一好友丘宗卿使金时作的《三部乐》中，他就明确提出了“入奏几策，天下里、终定于一”的建议。总之，上阕表达的是对友人出使性质的深刻见解和抗金统一的明确信念，写的是送行此时此地的人事与心情；下阕放眼远方，遥望中原；回顾历史，思接千载，唱出了更加激越的战歌。“尧之都、舜之壤、禹之封”指的是中华民族的摇篮——当时被金人占领的黄淮流域广大地区，正是诗人自幼钟爱的祖国神圣领土。用尧舜禹三位上古贤君开拓疆域的传说，来证明这块土地属于南宋，当然是一种历史局限性；但是，它所体现的强烈民族自尊心和反抗侵略的严正立场，却无疑是合理的。“于中应有、一个半个耻臣戎”是一种推测，也是一种判断；包含着热望，又充满了失望。试想，其时金人占领中原已六十余年，中原民气摧残殆尽，“耻臣戎”的爱国志士事实上已寥若晨星了。诗人在书文中多次提到“中原父老日以殂谢，生长于戎，不知有我”的事实，借北朝魏太祖所谓“我自生发未燥即知河南是我境土”的妄语来警告南宋。诗人的忧虑是深切而有根据的。残酷的历史事实表明：从十二世纪到十四世纪近三百年间，因耻臣戎而奋起实现统一的英雄确实没有出现，继女真之后，是元蒙的黑暗统治。正因为如此，陈亮的沉重呼唤就成了那一时代的空谷足音，震撼着一代又一代爱国者的灵魂。以下三句进一步从对侵略者暴行的控诉中呼唤民族精神。“腥膻”泛指侵略者在占领区的奸淫烧杀，“千古英灵安在？磅礴几时通？”两个问句分别从空间和时间上召唤民族英雄和民族正气，暗示着民族复兴的必然。这些警句有如暮鼓晨钟，具有振聋发聩的威力。由此引出的结句“胡运何须问！赫日自当中”就不是一种幻想式的自我安慰，而是包含着对我国历史的一种预测了。诗人在《上孝宗第一书》中曾开宗明义地指出：“天地之正气，郁遏于腥膻而久不得骋，必将有所发泄，而天命人心固非偏方之所可久系也。”意思是说：异族统治中国的局面总是不会长久的，偏安一隅的政权无力恢复中原，就会有新的英雄涌现出来，建立新的王朝。作者曾举出许多历史事实证明这一点。这种见解，当然还是一种机械比附之论，属于唯心史观；但他的确信不无事实根据，对统一力量的预测超出了赵宋王朝的狭窄范围，却不能不说是一种远见卓识；而且我国发展的基本轨迹也证明了这一点。总之，这首词贯注着在屈辱中奋起、对民族自救充满信心的爱国激情，蕴含着南宋主战派的策略与战略思想，堪称一曲爱国者的战歌，一篇召唤中兴的宣言。

前人对《龙川词》的艺术颇多微辞，讥之为“以文为词”或“以论入词”。这是不公正的。“以文为词”，有何不可？突破镂红刻翠的雕虫小技，正是为了突破吟风弄月的狭小意境；“以论入词”，正是这首词和陈亮独创的一批爱国词的优点哩！即以这首词而论，如果诗人在那表面上庄严肃穆、实际上忍辱含垢的送行宴上，不借助于视野广阔的高谈阔论，单凭狭隘友情的艺术雕琢，能够铸成这样富于思想的词章么？相反，不难看出，正是这一连串直抒胸臆的恢弘议论，构成了这一不朽词章的艺术光辉。当然，陈亮绝非不通音律的南郭，也不会不重视诗歌的形象性。这首词虽通篇为流畅的议论组成，却完全与《水调歌头》的格律吻合；而过片的三个短句，全为排比，一气呵成，有如密集的鼓点震撼着人心，其铿锵的节奏，甚至会使我们联想起现代的革命鼓动诗，尤显示出诗人的独创能力。整首词以沉重的语调开始，中经三次低昂，最后以高扬的语调结束，实乃精心结构的产物；之所以毫无雕琢痕迹，固然是诗人长期思虑的结晶，也不能不是借助于驾驭语言与词律的纯熟技巧的结果。其次，词中多次运用了鲜明对照的形象。“南师”与“北群”、“当场只手万夫雄”与“洋洋河水只流东”、“穹庐”与“藁街”，均在形象的对比中表明了诗人的鲜明立场。其中化用的历史典故与选择的典型事物都寓意深刻，似为信手拈来而实为苦心孤诣；所以能令读者随之激动、随之奋起，其感染力与召唤力是罕有其匹的。谁能说这样的词不是好词？

“窥一斑而知全豹”，从对这首词的粗略分析不难看出，陈亮首先是一位爱国的思想家，同时也是一位有独创精神的词人。他的一生令人扼腕。像他这样的“人中之龙，文中之虎”，辛弃疾视之为可与诸葛亮媲美的一代伟人，虽然曾三次诣阙上书，得到过当时皇帝的垂青；可是庞大而盘根错节的封建官僚机构仍不仅可以阻止他得到任用，而且可以多次置之于死地。思想正常而深刻的人被指为“狂怪”，平庸之徒却能窃据要津，这怵目惊心的怪现象表明，南宋积弱百年终至灭亡，绝非偶然。以宗法关系为纽带、以人身依附为特征的封建官僚机构是一副巨大的磨盘，多少天才被它压扁，多少人才被它榨干了血汗！这样的历史教训难道不值得我们认真吸取吗？

陈亮的生命到底是被扼杀了，但他以自己的诗文冲破了封建官僚机构的封锁，对当时和后世无数正直的平民知识分子发挥了巨大的影响。如同他在《谪仙歌》中所祈望的，“会须乞我乾坤造化儿，使我笔下光焰万丈长虹飞”，他的诗文是不朽的，他的名字也是不朽的。

（1986年于江陵二中，收入《陈亮政论词选注》）

附今译：

南方的正义之师哪里去了？
遗民的泪眼早已望断遥空；
北方的千里之驹哪里去了？
伯乐的慧眼正在寻觅神龙。

啊，力挽狂澜于既倒，
切扶大厦之将倾，
我巍巍的中华，
到底涌现了您这样的英雄！

可这是什么样的使命呀？
年复一年的去向侵略者朝贡；

您脸上浮现出辛酸笑容，
您心中忍不住暗自嘲弄：
可叹我堂堂正正的大汉使节，
竟然要像那浑浊的河水一样，
只知道一味地朝东、朝东……
姑且再去那毡帐中——
忍受一次屈辱吧，
总有一天，
我们会在长安的藁街重逢！

遥望中原，心潮汹涌，
我怀念中华民族的英魂，
那是唐尧建都的地方，
那是虞舜开拓的疆土，
那是夏禹封禅的群峰。

怎么会呀怎么会？
竟会没有一个、
甚至连半个也没有吗？
为屈服于异族而满腔怒火，
因受尽了奴役而奋起抗争？

近百年的耻辱怎能忘却，
万里江山被腥风膻雨蹂躏；
千古的民族英灵在哪里呀，
磅礴的正气几时能腾飞太空？

我的心在痛苦的呼喊，
快展开复兴中华的伟大进攻；

侵略者的命运当然不难预测，
他们逃避不了自掘坟墓；
按照自然的历史法则，
那光焰万丈的一轮红日，
总有一天会移向天中。

# 虎踞龙盘豁远眸

## ——读陈亮《念奴娇·至金陵》

公元1187年（孝宗淳熙十四年）十月，南宋那个畏敌如虎的太上皇赵构终于归天了。这给广大抗金志士以新的希望，他们以为赵昚会振作起青年时代的精神，重新举起抗金北伐的旗帜，以挽回偏安一隅的颓势。特别是毕生矢志于恢复中原的思想家陈亮，尽管这时仍是一介平民，而且刚从“药人之诬”中解脱出来；但仍以国家大事为己任，积极联络各地友人，为抗金北伐大计而殚精竭虑、推波助澜，披肝沥胆、奔走呼号。这年夏秋之间，他致书丞相周必大和吏部侍郎章森，又一次强调南北通和不是长久之计，建议他们应有应变的充分准备。信中说：“渡江安静且六十年，辛巳之变（指1167年金兵大举南侵）行三十年，和议再成（指隆兴和议）又二十三年。老秦（桧）掀天扑地，只享十六年之安，通不过二十二年。今者文恬武嬉，宜若可为安静之计；揆之时变，恐劳圣贤之驰骛矣，不待天告而后知也。”这年十月，他更赴临安拜会周、章二人，面谈过恢复之策。不久以后，大约在1188年春天，陈亮专程赶到京口、金陵一带，考察了抗金前线的山川形势，进行了广泛的调查访问，为再次诣阙上书作了充分准备。这次旅行的结果，不仅产生了有名的《上孝宗第四书》，而且留下了两首《念奴娇》：其一为《登多景楼》，其二为《至金陵》。这两首词本来是姊妹篇，有着共同的主题。可是，历来评论家对第一首赞叹不绝、十分重视，对第二首却视而不见，甚至嗤之以鼻。最权威的评论见于夏承焘的《龙川集校笺·代序》中。夏先生肯定第一首是熔政治于艺术的杰作；却断定第二首是“赠妓”的“狭邪艳体”，也就是低级庸俗的色情诗。这种看法难以令人首肯，姜书阁在《陈亮龙川词笺注》中表示“不敢苟同”，认为此词是“就其所见金陵社会宴安逸惰情形，抒发思感与怀抱”。我倾向于姜先生的基本结论，但觉得还有必要作进一步的开掘。

这首词最难理解的是上阕。一开头就说江南春色值得游赏，似乎是赞叹，又像是感慨；接着似乎暗指美人像飞鸟偎人怀抱，可是，忽而讲到“地辟天开，精神朗慧”，不知是指金陵还是指美人；最后说金陵人语悦耳，仿佛在倾听美人絮语。疑其为赠妓之词的原因恐怕主要是涉及美人的两处。姜书阁则认为“飞鸟偎人”是“写和平逸乐景象”，并据以断定上阕是悲叹金陵人“皆嬉游宴安，无国家之思”。这种解释虽然比“赠妓”说切近，但仍嫌模糊不清，理由不足；尤其是与下阕的诗意挂不上钩，因为过片“因念旧日山城”的“因”字仍未在上阕找到有力依据。理解上阕的症结是“飞鸟”之喻。“妖冶廉纤，只做得、飞鸟向人偎傍”，人们往往把“妖冶廉纤”理解为新的描写对象，以为“飞鸟”是比喻妖娆艳丽、纤巧玲珑的女人。这无论如何也是讲不通的。试问：由对江南美景的游赏一下子冒出对妓女的描写，这跳跃不是太突然了么？而且，接着又用地辟天开来形容妓女不是更不伦不类了么？从词脉看，这里并未转移描写对象，“妖冶廉纤”只不过是诗人对“江南春色”的印象，而“飞鸟偎人”只不过是诗人选用的一个暗喻“江南”的奇特喻体而已。以金陵、钱塘为中心的古代东南地区，早就以景色迷人和社会繁华著称。柳永有一首《望海潮》曾生动的描写过这一地区，其中“三秋桂子，十里荷花；羌管弄晴，菱歌泛夜，嬉嬉钓叟莲娃”的景象曾引得许多人心向神往。据说金主完颜亮也曾对此馋涎欲滴；冒险南侵，就是为了独占这“江南春色”。金陵是三吴的北大门，又是六朝金粉之都，把她看成江南的象征是很合适的。可是，在爱国志士陈亮看来，这种过于柔美的“江南春色”是令人遗憾的，她缺乏阳刚之气，在历史上往往成为入侵者轻易攫取和蹂躏的对象。陈亮所希望的是发现和认识金陵作为江南门户的有利地形，强调她作为北伐前进阵地的战略地位；以振奋江南民气，促进整个国家的军事准备。这一思想贯穿他的全部著作，这首词也不例外。而上阕则是含蓄委婉地表露了对当时偏安形势的深深忧虑。大意是：数百年来，多少文人诗客，只知一味游赏江南美景，却根本没有注意到她的致命弱点；眼前这种“妖冶廉纤”的病态美，只能是像一味献媚的娇小玲珑的美女一样，飞鸟般投向入侵者的怀抱罢了。陈亮这一深刻思想，还体现在他一个改建金陵的具体建议中。就在这年四月呈递的《上孝宗第四书》里，他建议诏命太子为抚军大将军，出镇金陵并重建城池，因为“今之建业（即金陵），非昔之建业也。臣尝登石头、钟阜而望，今也直在沙嘴之旁耳；钟阜之支陇隐隐而下，今行宫据其平处以临城市，城之前则逼山而斗绝焉。此必后世之读山海经而相宅者之所定，江南李氏（指五代末南唐诸帝）之所为，非有居高临下以乘王气而用之之意也。……臣尝问之钟阜之僧，亦能言台城（指六朝诸帝之宫城）在钟阜之侧，大司马门适当在今马军新营之旁耳；其地居高临下，东环平岗以为固，西城石头以为重，带玄武湖以为险，拥秦淮、清溪以为阻，是以王气可乘而运动如意。若如今城，则费侯景数日之力耳；曹彬之登长干，兀术之上雨花台，皆俯瞰城市，虽一飞鸟不能过也。臣又尝问之守臣，（守臣）以为今城不必改作，若上有北方之志，则此直为寄路耳；臣以其言虽大，而实未切也。”这就是说，陈亮从政治和军事的角度，发现南唐时修筑的金陵城池已不是六朝时龙盘虎踞的建业古城了。这个金陵只便于偷安逸乐，如果再遇到侯景之类的叛乱，连几天也守不住；而且事实已经证明，北宋大将曹彬南征，金兀术南侵，都未费吹灰之力就攻克了它。而金陵一失，整个东南也就朝夕不保，这就是他认为“古今论者”均未“深识天地设险之意”的具体内容，也是他在京口《登多景楼》词中“危楼还望，叹此意、今古几人曾会？”几句所感叹的可悲事实。尽管历史上金陵失守而江南尽失的悲剧频频发生，然而很少人认真思索；只见“江南春色”、“妖冶廉纤”，承平时一味“胜游清赏”，战乱时则“只做得飞鸟向人偎傍”。这就是前六句所表达的议论。这种形象化的政治议论，的确别出心裁，让人迷惑难解。但是，如果不作如是解，那下文的“地辟天开，精神朗慧，到底还京样”就更难解释了。如果上述理解成立，那这几句就顺理成章，可解释为对金陵的地形和气质的赞美。就地形而言，“江傍极目千里，固将使谋夫勇士得以展布四体，以与中国争衡者也”；就气质而论，“自晋之永嘉，以迄于隋之开皇，其在南则定建业为都”（引文见《上孝宗第四书》），江南灵秀之气所钟，应当是有推进恢复大业的潜力的。至于最后提到金陵方言柔美的特点，那也可解释为挚爱和忧虑交织之词，无须多作说明。总之，上阕委婉曲折地表达了诗人对当时金陵的战略地位的看法和对这种战略地位未得到应有认识的感慨，为下阕抒发恢复中原之志作了铺垫。

不难看出，过片所念“旧日山城”指的就是六朝时那“据险临前，乘王气而运动如意”的古建业之城。“一水横陈、连岗三面，做出争雄势”（《登多景楼》），“其势大略如虎之出穴，而非若穴之藏虎”（《上孝宗第四书》）。这样雄浑的描写和绝妙的比喻，真只有陈亮这样富于军事政治眼力的爱国诗人才想得出来。为京口、采石所拱卫的金陵，只要凭高据险重加经营，就可以成为退能坚守、进可出击的坚强堡垒。而且，退守只能是为了进取，如果溺于偏安，则终归如穴中之虎落入猎人之手，历史上“南北通和之时则绝无而仅有”的事实证明了这一点。为“今之建业”据平川而临陡壁的感慨，实际上是对南宋君臣相与偷安，“却把杭州作汴州”的萎靡精神状态的批判；而向往“昔之建业”的雄姿，自然也就是对前代胸怀远略的英雄们的赞美了。陈亮平生注重对历史上中兴名将的研究，特别仰慕邓禹、桓伊、祖逖的事业，对东晋以后为巩固南方政权有贡献并为恢复中州而努力的刘裕、王导、谢安等也给予充分肯定。“个人如画”指的就是上述这些人物，同时还暗指南齐青年文学家王融和以王融自况的陈亮自己。这些人都不是一味偷安的庸碌之辈，时时“作中州想”正是他们的共同特点。可惜的是尽管陈亮有“正好长驱，不须反顾，寻取中流誓”的强烈愿望，却始终得不到朝廷的了解和重用，只能像王融一样空叹“为尔寂寂，邓禹笑人”，在冷落中忍受无限的惆怅。岁月虚掷、壮志未酬，这就是充塞陈亮胸臆的悲哀。不过，诗人并未被这种悲哀压倒，在精神王国里，他是自信而高傲的。他知道自己无论在人格和才能上，还是在胆识和韬略方面，都是无愧于古代英雄，而远非同代许多大人物所能企及的。他决心为祖国中兴而奋斗、抗争到最后一息，粉身碎骨也在所不惜。正是这种悲愤壮烈的情绪浸透了他的心灵，金陵的山水一时竟幻化为生动的视觉和听觉形象。秦淮和清溪的涟漪仿佛是明澈闪烁的双眼，正凝视着诗人，期待他顽强奋战；而“钟阜龙盘、石城虎踞”的巍巍青山则似乎高唱起一曲壮歌，回荡于诗人耳厢，激励他无畏抗争。这就是“秋水双明，高山一弄，着我些悲哀”的意思。

陈亮一生曾遭遇过多次残酷迫害，在此番金陵之行以前，已被判死刑两次，而新的迫害正又一次向他逼近。这种情况使他萌生了远离婺州、迁居京口的念头。这种迁移，无疑包含着靠近抗金前线，以便相机献身北伐事业的愿望。“南徐好住，片帆有分来往”，这平实的结语包含着的辛酸和追求，局外人是品味不出来的。

陈亮终其生未能实现他改造金陵的计划，可能是他最大的遗憾之一。但是，他留下的这首侧重于感慨金陵之柔美，寄托自己壮烈情怀的《至金陵》，与《登多景楼》中的精辟见解和激越召唤互为表里，可算是一对相得益彰、相映生辉的孪生姊妹。

**原词：**

## 念奴娇·至金陵

（宋）陈 亮

江南春色，算来是、多少胜游清赏；妖冶廉纤，只做得、飞鸟向人偎傍。地辟天开，精神朗慧，到底还京样；人家小语，一声声近清唱。　　因念旧日山城，个人如画，已作中州想。邓禹笑人无限也，冷落不堪惆怅。秋水双明，高山一弄，着我些悲壮。南徐好住，片帆有分来往。

**今译：**

你面向着大江，

护卫着苏杭；
处处春色迷人，
时时春光荡漾。
啊！江南的处子，
算起来——
有多少文人诗客，
有多少帝王将相，
来到过你的身旁，
一味地——
尽情游览，
忘情欣赏。

可惜呀可惜！
你的千种妖娆，
你的万般艳丽；
你的柔弱姿态，
你的旖旎风光；
只能够——
化作一只金丝鸟，
依偎在他人的胸膛。
不过，这开阔的地势，
这辽阔的江天，
这精妙的神韵，
这豁达的气象，
终究还保留着
六朝皇都的模样。
这里人们的
温文尔雅的话语，
简直是一曲曲

清新柔润的歌唱。

今天，我来到这里，
忍不住怀念往昔时光；
画中的英雄英姿勃勃，
屹立在旧日的石头城上。
任胸中风云飞卷，
向中原凝眸远望；
盼望着祖国一统，
渴望着驰骋沙场。

可是——
岁月虚掷，青春易老，
想起邓禹的嘲笑，
寂寞得让人发狂。
哪里有倚天之剑，
去斩断侵略的魔掌？
何处是胜利欢乐，
来涤荡心中的惆怅？

啊！
你闪烁着秋水充盈的双眸，
你放歌着高山流水的绝唱，
催促我提剑起舞，
增添我心中悲壮。
就在你身边留下吧，
愿有缘陪伴着你，
贡献我剩下的时光。

（原载《名作欣赏》1987年第4期）

# 虎啸龙吟　风从云合

## ——辛弃疾、陈亮“鹅湖之会”唱和政论词疏译

八百年前，南中国严冬，风雪迷漫。

雄视千秋的爱国词人辛弃疾，在寂寞中刚刚送走了一位旷世知音，心境愈觉悲凉，一曲悲歌涌上心头。

他刚刚经历了一次“鹅湖之会”。关于发生在1188年冬天的这次聚会，辛弃疾写道：

> 陈同父自东阳来过余，留十日，与之同游鹅湖；且会朱晦庵于紫溪，不至，飘然东归。既别之明日，余意中殊恋恋，复欲追路。至鹭鸶林，则雪深泥滑，不得前矣。独饮方村，怅然久之，颇恨挽留之不遂也。夜半，投宿吴氏泉湖四望楼，闻邻笛，悲甚；为赋《乳燕飞》以见意。又五日，同父来书索词；心所同然者若此，可发千里一笑。

这一简洁而饱含深情的小序，记录了陈亮这次千里南行的经过和结果；而此行的背景、目的和意义，则需要我们从字里行间去细细思索。

首先，我们注意到，陈亮此行不仅仅是为了拜访辛弃疾，而是还有“会朱晦庵于紫溪”的计划。晦庵是朱熹的别号。此时的朱熹，早已是政治上和思想界的领袖人物了。十三年前，即1175年春夏之际，以朱熹为一方与以“二陆”（陆九龄、陆九渊）为另一方的学者，在当时著名思想家吕祖谦的主持下，曾进行过一场激烈的辩论。那场辩论轰动了当时的思想界，并影响了以后我国的思想发展史，史称“鹅湖之会”。然而，那次鹅湖之会不过是儒学中两个唯心主义派别的聚合与争论，就其客观意义而言，只是巩固和扩大了唯心主义的哲学阵地，成为宋明理学统治整个后期封建社会的先声。

当时，从政治、经济到哲学领域，起来抵制唯心主义泛滥的主要

力量是浙东学派，而陈亮正是“浙学”中独树一帜的最坚定的代表人物之一。陈亮早年矢志抗金，致力于军事政治方面的研究；后来，他敏锐地注意到哲学领域日益强大的唯心主义浊流对抗金事业的危害，才把精力转到哲学方面，率先勇敢地向一代宗师朱熹提出了挑战。从公元1183年开始，他在通信中直接与朱熹进行了长达十年的论战，引起了当时思想界的普遍关注。在这场论战中，辛弃疾的态度如何呢？详情史无明载，不得而知。但从辛弃疾一生注重事功的倾向看，他对程朱理学大概是不感兴趣的。所以陈亮感觉他与朱熹“戛戛然若不相入”（《致辛幼安书》），即思想上格格不入。1184年，正当陈朱就“功名”与“性命”激烈论战之时，辛弃疾在给主战派大臣韩元吉祝寿的《水龙吟》中说：“算平戎万里，功名本是真儒事，公知否？”明确地站在陈亮一边。由此推测，他这次邀请朱熹和陈亮到鹅湖相会，可能就有让辩论当面充分展开的意向。这年夏初，陈亮曾赴金陵考察北伐地形，并于四月第三次到临安上书纵论恢复中原之策，他一定也有许多重大问题要提出来探讨。可是，朱熹终于托故不至，回避了这场原则性的争论。就这一点而论，这是一次流产了的“鹅湖之会”；然而，对辛陈两位志同道合的爱国者和文学家而言，这次畅叙十天的欢聚，实乃渴望多年的交流思想的良机。他俩纵论天下大事、分析历史经验、抨击投降谬说、探求宇宙真理，虽未留下详细实录，但可从词章中窥其一斑。因此，这又是一次具有进步历史意义的“鹅湖之会”。不过，从他俩不得志的处境以及他俩的思想在当时和以后均未被多数人理解的事实看，这终究是一次寂寞的“鹅湖之会”。

正因为如此，辛弃疾在恋恋不舍、一再挽留中与陈亮分别之后，又冒雪追赶，彻夜难眠。这种历史上罕见的深情厚谊，熔铸成第一首旷世悲歌。

## 第一乐章　疏 梅 赞

**原词：**

把酒长亭说，看渊明、风流酷似、卧龙诸葛。何处飞来林间鹊？蹙踏松梢残雪；要破帽、多添华发。剩水残山无态度，被疏梅、料理成风月。两三雁、也萧瑟。

佳人重约还轻别。怅清江、天寒不渡，水深冰合。路断车轮生四角，此地行人销骨！问谁使、君来愁绝？铸就而今相思错，料当初、费尽人间铁！长夜笛，莫吹裂！

（辛弃疾：调寄《贺新郎》）

这首词的灵魂是疏梅高洁而孤独的形象。那雪压冰封的绝少生气的“剩水残山”，正是南宋时期国土分裂、外敌横行、投降派猖獗的写照；而那迎风挺立的稀疏寒梅，不正是爱国志士的英姿吗？这是对陈亮的赞美，也灌注着作者自己的信念和希望。在雁阵惊寒、笛声呜咽的漫漫长夜里，只有这几枝“疏梅”，才透露出一丝暖意，装点出一点亮色；正如林鹊踏枝、让破帽中增添白发的幽默自嘲一样，个中的辛酸和悲哀，谁人理解？空有诸葛六出祁山之志，却只能像陶渊明一样在东篱徘徊，这算什么“风流”？更何况旷世知音、难得聚首，怎能不令人愁肠百结、形销骨立呢？“疏梅”痴恋着春天，被世俗视为不识时务的大错，而这种“相思错”正是两人共有的。爱国有什么错？抗金有什么错？统一有什么错？这就是诗人提出的问题。“人间铁”比喻广泛的社会实践和理论探讨活动。

**今译：**

捧一杯别离苦酒，

长亭外诉说衷曲：
我们是隐逸东篱的陶令么？
胸中风云，袖里韬略，
也许不亚于卧龙诸葛！

从哪里飞来这林间噪鹊？
恶作剧、撒下这团团残雪；
让我们破烂的毡帽里，
增添了绺绺花白的乱发。

在这茫茫的雪野之上，
几株稀疏的寒梅正在怒放；
她们抖擞精神、装点江山，
给这半壁残山剩水，
点缀几缕春天的希望。
那天边的雁阵早已散乱，
只剩下三两只在瑟缩飞翔。

啊！我亲爱的朋友，
你既然如此信守承诺，
又为何如此轻易告别？
匆匆来去、天涯飘泊…
你给了我无限的希望，
又给了我深深的失落。
我多么想挽住时光的脚步，
去追寻那永远促膝的欢乐；
可叹这绵绵的清江水深冰合，
把我们追寻的脚步无情阻隔。
道路断裂了，车轮瘫痪了！

渡舟沉没了，希望黯淡了！
只剩我伫立江边、形销骨立。

唉，朋友！
我们的刻骨相思，
实在是一桩大错；
想来这亘古罕见的错刀，
该铸尽了人间的钢铁！

你听，漫漫长夜里——
谁在吹奏相思的怨笛？
我的心已完全被它揉碎，
那玉笛恐怕也已快要破裂！

## 第二乐章　相 思 错

**原词：**

老去凭谁说，看几番、神奇臭腐、夏裘冬葛？父老长安今余几？后死无仇可雪；犹未燥、当时生发。二十五弦多少恨，算世间、哪有平分月？胡妇弄、汉宫瑟。

树犹如此堪重别？只使君、从来与我、话头多合。行矣置之无足问，谁换妍皮痴骨？但莫使、伯牙弦绝。九转丹砂牢拾取，管精金、只是寻常铁。龙共虎，应声裂。

（陈 亮：调寄《贺新郎》）

这首词的情思紧紧系结在“相思错”上。上片展现“相思”的内容：神奇化为臭腐，臭腐又化为神奇，人世如同魔镜一般变幻不已；而炎夏拥貂裘、严冬披麻葛的人们争先恐后地登上历史舞台，有谁认真地关心一下国家的命运、民族的前途呢？异族蹂躏华夏大地，胡妇乱拨汉宫锦瑟，已逾百年；北方的青少年早已忘却了亡国之恨了，而南方的官僚们仍在醉生梦死、不思恢复，这一切怎不令爱国志士日夜焦虑、痛苦万分呢？强大统一的祖国，就是诗人“相思”的对象。下片转入对“错”字的分析：人间幸有知己，理想尚可坚持；虽然人们嘲笑我们是“妍皮裹痴骨”的“狂怪”，但我们是决不动摇的。我们坚信只要勇敢地坚持真理，铸造出有效的救国良方，就一定会有成功的光辉时刻。

今译：

岁月流逝、青春老去。
满腹的相思向谁倾诉？
多少次、多少次了，
我目睹臭腐化为神奇，
神奇又化为臭腐？
人们夏日拥着貂裘，
严冬却披着麻葛，
黑白混淆、阴差阳错。
人间的是非谁能辨白？

试问长安还剩下几位父老？
后生辈早已忘却了民族的耻辱；
他们生发未燥、乳臭未干，
分不清哪儿是自己的祖国；
听，那半张锦瑟的二十五根丝弦，
飞迸的是无始无终的哀曲；
试想这美好的世界上
怎会有平分两半的圆月？
忍看那些妖艳的胡妇，

糟蹋我汉宫的锦瑟！

大树的年轮一圈圈扩大，
我们有多少时间再次离别？
相思错啊相思错，
既已铸成又岂能磨蚀！
茫茫人海，知音难觅，
只有你的慷慨论议，
与我的心灵完全契合。

我去了，请您好自珍惜，
不要牵挂我这天涯倦客。
只要有您弹奏的高山流水，
时时激励我奋力进发；
就用不着担心有什么力量，
能改变我们的妍皮痴骨！
我深信世间的精钢，
都来源于普通的生铁；
只要我们牢牢地坚持真理，
在九转丹炉中不停地苦炼；
那龙虎真丹终将炼成，
轰然一声炸它个天崩地裂！

## 第三乐章　补 天 愿

**原词:**

老大哪堪说：似而今、元龙臭味、孟公瓜葛？我病君来高歌饮，惊散楼头飞雪；笑富贵、千钧如发！硬语盘空谁来听？记当时、只有西窗月。重进酒、换鸣瑟。

事无两样人心别。问渠侬、神州毕竟、几番离合？汗血盐车无人顾，千里空收骏骨；正目断、关河路绝。我最怜君中宵舞，道“男儿到死心如铁，看试手、补天裂。”

（辛弃疾：调寄《贺新郎》）

历来读者，都认为“看试手、补天裂”是全词的结语，是辛弃疾自抒心志的怒吼。当然，这样理解可以突出辛公的积极精神，从而把这首词的主调定为以自己奋发进取的激情鼓舞陈亮。但这种理解与上片所反映的隐居卧病中的深深孤寂感不一致，与下片对投降派的抗议也不协调。“汗血盐车无人顾，千里空收骏骨；正目断、关河路绝”才是曾经屡试身手、奋力补天，终因投降派的排斥而一再受挫的辛公的悲叹；与开篇“老大哪堪说”的消沉情绪是一脉相承的。因此，我们不妨认为此词的主调是寄希望于比自己年轻、虽身居贫贱却更渴望实践的陈亮，用一个“怜”字总领，赞美陈亮中宵起舞的行动和试手补天的誓言。这样理解无损于辛公的爱国精神，反而更突出了他对一位平民爱国者的敬重和挚爱，展现了辛公的宽阔胸怀。

今译：

老大无成、孤独寂寞，
哪里还有什么只得夸说？
这眼前剩下的——
也只有这一点陈登的豪气，
偶尔学一学陈遵的风格。

正当我在病榻上忧伤，
你飘然而来驱走了萧索；
欣然对饮、纵酒高歌，

可笑那重似千钧的荣华富贵，
我俩却视之轻如毫发。
我们狂放的欢声笑语，
惊散了楼前飞舞的白雪；
我们梗直的高谈阔论，
吸引了窗前苍白的明月。
再斟满我们的酒杯，
扯开话题、换一个题目！

天下的事理千途万辙，
但根本的真理只有一个；
我俩都认定神州应当一统，
但有的人的看法截然有别。
请问那一伙苟安之徒：
悠悠华夏、尧疆舜域，
历史上可有过永久的分裂？

可悲啊，那日行千里的“汗血”，
仍拉着盐车在太行颠蹶；
可耻啊，那一伙伙骗人的“伯乐”，
只买去了一堆堆无用的马骨；
而真正的活着的千里马，
只能够仰天长啸、壮怀激烈。
前方的道路已经断绝！
我衷心赞赏、深情挚爱的，
是你不屈不挠的毅力；
你天天半夜里闻鸡起舞，
发出的誓言铭心刻骨：
“好男儿渴望一试身手，

去充当一块补天的巨石；
纵然是粉身碎骨，
报国之心仍坚如钢铁！”

## 第四乐章　兴 亡 论

**原词:**

离乱从头说，“爱吾民、金缯不爱”，蔓藤累葛。壮气尽消人脆好，冠盖阴山观雪。亏煞我、一星星发！涕出女吴成倒转，问鲁为齐弱何年月？丘也幸、由之瑟。

崭新换出旗麾别，把当时、一番大义，拆开收合。据地一呼“吾往矣”，万里摇肢动骨：这话欛、只成痴绝。天地洪炉谁扇鞴？算于中、哪得长坚铁！淝水破，关东裂。

（陈亮：调寄《贺新郎》）

“天下兴亡，匹夫有责”，陈亮对此是身体力行了。长期的忧虑和思考，寄之于词，鞭辟入里，慷慨纵横；这样勇敢的政论诗篇，不仅在两宋词坛绝无仅有，就是翻遍我国诗史，恐怕也难以找到。这首词一方面揭露了北宋积弱的病根和南宋苟安的病源，另一方面暗示了兴国之道和强国之路。它运用了许多典故，涉及我国历史上多方面的政治经验。要之，民族之振兴，首先在于民气之振作；萎靡的民气、媚外的官气，是一个民族衰亡的前兆。试看北宋统治者，畏敌如虎、害怕战争，竟以“爱民不爱金缯”为托辞，割地赔款、引狼入室；而那些借出使以“观雪”的无耻外交官员，哪里还有一丝骨气？涕出女吴、鲁为齐弱，种种倒行逆施有谁敢吭一声呢！陈亮以一平民百姓，敢于对当时内政外交的根本问题进行思考、发表政见，表现了我国知识分子的爱国痴狂，是高度专制的封建社会中罕见的民主精神的生动体现。

今译：

国土分裂、庶民流离，
这根源应该从头分析：
说什么“爱我的臣民、
宁可奉送黄金丝帛”！
真理被谬误弄得面目全非，
百余年媚外史伤心惨目。

民族的骨气销蚀殆尽，
软骨头满朝堂相互吹拍；
使节们坐着华丽的车马，
在阴山陪着胡人观赏飞雪。
只是害苦了我们，
白白地愁脱了丝丝青发！

试问：
流着泪把女儿嫁往敌国，
这倒行逆施是为了什么？
古老的大国被外敌削弱，
这过程开始于何年何月？
孔子总算是无比幸运，
他面前还有子路率尔鼓瑟；
正直与忠诚，
是多么难得的美德！

我们崭新的旗帜别具一格，
把天下兴亡的往事分析综合；

向实践探求真理，
让战斗进行总结。
如果能有一方国土，
允许我们高呼“前进”；
万里山河一定会云集响应，
南北的局势会发生根本转折。
可叹哪，这样的话题，
早已被人们看成白痴狂客；
各种时髦的投降谬论，
早已把前进的道路阻隔。

但是，我坚信——
宇宙的变化万古不绝，
无论天地洪炉归谁煽动，
那里面绝对不会有、
永远坚硬的顽铁。

历史发展从来难以预测，
君不见——
东晋的弱军终于攻破了淝水，
而强大的前秦从此一蹶不振，
关东地区也从此四分五裂。

## 第五乐章 忧国吟

**原词：**

话煞浑闲说，不成教、齐民也解、为伊为葛？樽酒相逢成二老，却忆去年风雪。新著了、几茎华发？百世寻人犹接踵，叹而今、两地三人月！写旧恨、向谁瑟？

男儿何用伤离别！况古来、几番际会，风从云合。千里情亲常晤对，妙体本心次骨；卧百尺、高楼斗绝。天下适安耕且老，看买犁卖剑平家铁；壮士泪、肺肝裂。

（陈亮：调寄《贺新郎》）

纵论天下兴亡之后，陈亮意犹未尽，于是又有了这一曲忧国之悲歌。从词意推测，此章作于鹅湖之会的一年以后、即 1189 年冬天。这几年陈亮“连岁有江上之役”，多次赴京口、金陵一带，会见好友章森，购房置地准备迁居；更主要的是考察地形，研究北伐的军事方略。但是，他的种种“补天”的努力全属幻想，现实无情地粉碎了它。1188 年夏天第三次诣阙上书不报，反而被诬为“狂怪”；1189 年受人陷害，面临牢狱之灾；同年夏天金陵之行后，又一病垂死。国事既不堪问，死神又在招手，诗人的满腔愤懑怎能不喷涌而出呢？这首词充满了不为人知的悲哀，又贯注着对友人的理解和坚定的信念。“百世寻人犹接踵”，是说人类社会中真正的伟人极为罕见，即使一百代能找到一个也是一种幸运。陈亮以能结交辛弃疾这样的伟人而庆幸，又不能不为二人难得聚会、只能在异地共赏明月而叹息。“叹而今、两地三人月”与下片“千里情亲长晤对，妙体本心次骨”遥相呼应，极写彼此同心的深情厚谊。“本心”系指宇宙间的最高真理，语出孟子“性善”之说，但在陈亮和辛弃疾心目中，应包含着唯物主义者的人生价值观；两人词中饱含的不屈不挠地坚持真理、绝不与投降派妥协的爱国精神，就是这种价值观的核心。

**今译：**

唇焦舌敝、声嘶力竭，
所有的呼唤全是白费心血；
猥琐庸人、无聊政客，
怎么会理解伊尹、诸葛的事业？

难忘那鹅湖的漫天风雪，
陪伴我俩举杯对饮、挥泪话别，
谁理会这痴情的一对老汉？
谁分享我俩重逢的喜悦？
别后一年，不知您沉思的额顶、
又新添了几许白发？

悠悠青史、难寻人杰；
百世一圣、足印重叠。
我们俩还算幸运：
纵然是故人千里、明月一轮，
只能在两地苦苦求索；
却又是天涯比邻、海内相望，
彼此的心儿紧紧相贴。
我谱写着生平的悲歌，
除了您又去向谁倾泻？

七尺男儿钢铁铸，
何必苦苦伤离别？
更何况古往今来——
风云际会、千变万化，
人世遭逢、机缘不绝；
只要我俩思想一致、心灵契合，
纵然是远隔千里，也梦魂萦绕，
精妙的体验人间真理，
让正义之光铭心刻骨。
像高卧在百尺楼上一样，
永葆自己的高洁！

最令人忧虑的是——
人们贪恋舒适和懒散，
昏昏然把民族的耻辱忘却；
一片片虚假的太平景象，
麻痹了人民战斗的警觉
锋利的宝剑弃置了，
生锈的犁铧堆成废铁；
这一切怎能不叫人仰天痛哭，
肺肝怎能不寸寸撕裂！

## 尾　声

五年以后，1194 年春天，陈亮空怀报国之志溘然长逝。辛弃疾写了一篇呼天抢地、哀痛欲绝的祭文，确认陈亮是“天下之伟人”。关于这次鹅湖之会和唱和词作，他哭道：

“而今而后，欲与同父憩鹅湖之清阴，酌瓢泉而共饮；长歌相答，极论世事；岂可得乎！”

是的，人总是要死的，历史终归已经成为历史。但是，陈亮与辛弃疾的爱国精神是不会死亡的。这一组不朽的词章，已永远铭刻在中华民族的史册上，像一曲慷慨悲凉的、雄浑的交响乐，响彻天宇、警奋人心。

（1990 年于湘潭高岭）

# 陈亮三陷大理考

南宋杰出的平民思想家、豪放派词坛勇于开拓的爱国词人陈亮，一生历遭冤狱，多次沦为死囚。但是，因为他直到“精泽内耗、形体外离”而抱恨死去的前半年，才中了一名进士，虽得职却并未到任，没有什么官声政绩；加之其子陈沆在整理遗文时只注意文体分类，未注意写作时间的先后，又有意剔去了许多涉及冤狱的文字，所以，后人对陈亮生平的研究不很重视，若干重大问题，八百年来一直没弄清楚。本文试图对陈亮入狱的次数和时间作一初步考证，并对每次入狱的前因后果作一些粗略说明，以供对这位不朽的思想家和文学家有兴趣者参考。

## 一、几种不同的说法

最早介绍陈亮生平的是他的学生和挚友、永嘉学派的主要代表人物叶适。他在1221年，即陈亮去世27年后写的《陈同甫、王道甫墓志铭》中，只谈到两次冤狱：

“前此（“此”指陈亮第三次诣阙上书的1188年），乡人为宴会，末胡椒，特置同甫羹胾（zì 蒸肉）中，盖村俚敬待异礼也。同坐者归而暴死，疑食异味有毒，已入大理狱矣。

“民吕兴，何念四殴吕天济，且死，恨曰：‘陈上舍使杀我……’县令王恬实其事，台官谕监司选酷吏讯问，数岁无所得。复取入大理。众意必死。少卿郑汝谐直其冤，得免。”

元代编纂的《宋史》，在《陈亮传》中全部采纳了叶适的叙述，并有两点重要补充。其一是补充了郑汝谐的言行：“郑汝谐阅其单词，大异曰：‘此天下奇才也。国家若无罪而杀士，上干天和，下伤国脉矣。’力言于光宗，遂得免。”其二是详述了另外两次冤狱，是叶适一个字也未提及的。其说法如次：

“书既上（按：指1178年陈亮第二次诣阙上书事），帝欲官之。亮笑曰：“吾欲为社稷开数百年之基，宁用以博一官乎？”亟渡江而归。日落魄醉酒，与邑之狂士饮。醉中戏为大言，言涉犯上。一士欲中亮，以其事首刑部。侍郎何澹尝为考试官黜亮，亮不平，语数侵澹，澹闻而嫌之，即缴状以闻，事下大理；笞掠亮无完肤，诬服为不轨。事闻，孝宗知为亮，尝阴使左右廉知其事。及入奏取旨，帝曰：“秀才醉后妄言，何罪之有？”划其牍于地，亮遂得免。

“居无何，亮家僮杀人于境。适被杀者尝辱亮父次尹。其家疑事由亮，闻于官。笞榜僮，死而复苏者数，不服。又囚亮父于州狱，而属台官论亮。情重，下大理。时丞相淮知帝欲生亮，而辛弃疾、罗点素高亮才，援之尤力，复得不死。

“亮自以豪侠屡遭大狱，归家益励志读书，所学益博。”

这两件事记得如此详细，肯定不会是捕风捉影，基本事实一定是发生过的。这就是说，陈亮一生经历过四次冤狱，而叶适只提及后两次。前两次发生于何时呢？按《宋史》叙述，第一次在淳熙五年（1178年）到六年（1179年），第二次和父亲双双入狱大致在淳熙七年（1180年）前后，至于脱险出狱，闭门读书，则是淳熙八年（1181年）以后的事，此时陈亮已快40岁了。然而，这个时间表却是极为可疑的。首先，陈亮之父陈次尹死于1173年，根本不可能卷入1180年前后的冤狱；其次，陈亮遗文中多次提到自己闭门读书是在“辛卯、壬辰之间”、即1172年前后，其时他才近30岁；最后，叶适中进士是1178年，此前数年，大致最迟不会超过1173年，他就是陈亮的学生了，此后，两人的友谊终生未渝，论情理他是不会忘记这前两次冤狱的，为什么会在墓志铭中只字不提呢？不澄清这三个疑点，《宋史》所增前两案的真实性就成了问题。

明代学者李贽《名臣传》中也曾为陈亮立传。他沿用了《宋史》的说法，但不知何故将叶适提到的后两案合为一案，把吕天济被打致死前的话窜入吃胡椒末暴死者的名下。这样，四入大理说变成了三入大理说，但这种说法却更加不合事实了。

当代宋词专家夏承焘和姜书阁，在《龙川词校笺》和《陈亮龙川词笺注》中，都采用了李贽的三入大理说，既误解了叶适的可靠记叙，又轻信了《宋史》中随意捏合的文字。因此，为了弄清陈亮一生身陷冤狱的次数和时间，应以他本人的遗文为主要依据，佐以其他可信资料，重新作一番考证。

## 二、"药人之诬"和"途人相杀"

1193 年（光宗绍熙四年）7 月，陈亮中状元后在《告高曾祖文》中说："高安既殁，十年之间，亮两以罪系棘寺，实为我祖先之羞。"棘寺是大理寺监狱的别称，"高安"指其曾任高安主簿的叔祖。虽然这里明确讲到两入大理，与叶适《墓志铭》的说法一致；但是，这两入大理的时间范围却有明确的限制。一是"十年之间"即从 1193 年上溯到 1183 年左右；一是"高安既殁"，特指其叔祖去世以后，至于叔祖生前则不包括在内。显然，这里所说"两入棘寺"正是叶适提到的两次，其确切时间和大体情形，陈亮遗文中讲得很清楚。李贽、夏承焘、姜书阁将其合为一案，是没有根据的。

### （一）1184 年的"药人之诬"

"甲辰之春，余以药人之诬就逮棘寺，更七八十日不得脱。"（《陈春坊墓志铭》）

"甲辰之春，余亦颠倒于祸患。"（《钱叔因墓碣铭》）

"五月二十五日，亮方得离棘寺而归。"（《甲辰秋与朱元晦书》）

甲辰即 1184 年（孝宗淳熙十一年），"药人之诬"即被诬用毒药谋杀人命。由此可见，所谓用胡椒粉谋杀人命一案发生在 1184 年春节期间，约在二月入狱，在临安坐牢近三个月，"拾残生于万死之余"，五月下旬出狱时，"手足俱中风湿"，六月才回到永康，"安眠善睡于部封之下。"（《与勾昌泰书》）不过，从此后与朱熹章森等友人大量通信看来，这次冤狱到 1185 年已经解脱，所以这年秋天他能在前黄故里修葺园林亭阁，开始安居授徒的生活，1187年春还能抱病到临安应试。这次冤狱的真实原因并不是谋杀嫌疑，在“以药杀人”的口实背后，掩盖着当权者嫉才妒贤的政治迫害。“当路之意，主于治道学耳。亮滥膺无须之祸。初欲以杀人残其命，后欲以受赂残其躯。推狱百端，搜寻竟不得一毫之罪；而撮其投到状一言之误，坐以异同之罪，可谓吹毛求疵之极矣。”（《甲辰与朱熹书》）随意捏造罪名，必欲置之死地而后快，这就是封建制度下冤狱制造者的嘴脸。他们的目的既是除掉陈亮，又是整治道学。其实，对道学这一风靡南宋的儒家学派，陈亮是始终保持着清醒的批判态度的。他一直在力所能及的范围内高举着反对道学唯心论的鲜明旗帜。在《送吴允成序》中，他尖锐指出：“自道德性命之说一兴，而寻常烂熟无所能解之人自托于其间，以端悫静深为体，以徐行缓语为用，务为不可穷测以盖其所无。于是天下之士始丧其所有而不知适从矣。为士者耻言文章行义而曰‘尽心知性’为官者耻言政事书判而曰‘学道爱人’，相蒙相欺以废尽天下之实，则亦终日百事不理而已。及其徒既衰，而异时熟视不平者合力共攻之，无须之祸滥及平人。……余受无须之祸尤惨。”东汉末年宦官专权，杀死外戚首领何进；何进部将袁绍为之复仇，四处滥杀宦官，连没有胡须的平民也受到株连，故后世称无辜罹罪为“无须之祸”。利用整治道学的机会，残酷迫害陈亮这样的尖锐批判道学的思想家，堪称指鹿为马的咄咄怪事。

（二）1190年的“涂人相杀”案

“涂人相杀，罪及异乡；当路见憎，勘从旁郡。”陈亮在《谢郑侍郎（汝谐）启》中用这四句话概括了此次冤狱的荒唐经过。三个乡民在婺州以外的大路上斗殴，造成了人命案。当局不去认真审判凶手，却单凭死者断气前说的一句话，硬把主谋杀人的罪名栽到“异乡”的陈亮身上。其实，只不过是永康的当权者憎恶陈亮，因而不择手段地到临近州县去搜罗莫须有的罪名罢了。那个王恬真是个穷凶极恶的昏官，尽管“数岁无所得”，还是不肯罢手。从陈亮给尤延之、楼大防、吕子约等友人的信中我们得知，1189年初夏，他曾再次到京口、建康旅行，并在京口置地购房，准备“为江上之人”，看样子有迁居避祸的意思。可惜这年秋天，他一病垂死，迁居计划未能实现；到了1190年夏秋之间，王恬之流的阴谋终于得逞了。

“最是八月二十三日正囚系囹圄中，忘其项上及手中为何物，却倒在匣床，犹欲牵缀小词，以舒祈祝千秋之意。”（《与章森书》）这封信写于1191年春天，证实前一年的八月已经入狱。

“及余奔走祸患而莫之解，则闻坚之伯父之死，余欲哭之而不能。未几，而坚母亦死，实绍熙改元十月之一日，而求余铭其墓，余心许之而困于囚系。”（《凌夫人何氏墓志铭》）何氏是陈亮的学生凌坚之母。“绍熙改元”即1190年。

“未几，而当路欲以事见杀，少嘉自比于弟子，而营救不爱其力。浙江风涛之险，一日往复两涉之，几至覆舟，不悔。绍熙改元冬十有二月，狱事再急。月之六日，少嘉无疾而死。予为之惊呼曰；‘我其不免于绍狱乎！少嘉死，是恶征也。’二年兴狱，而仅能以不死。”（《何少嘉墓志铭》）少嘉是陈亮的妻弟，又是他的学生，在拼命营救姐夫和老师的过程中死去，年仅二十九岁。这次冤狱期间，陈亮唯一的妹妹及妹夫周伯英也贫病惊忧而亡，他本人则披枷带锁挣扎在押解路上和死囚牢中。其惨苦程度远远超过了“药人之诬”。

“得罪当路，我困罗网；忍死自明，照临在上。”（《祭妹夫周伯英文》）

“三载之间，祸患辐辏；当路欲杀，刑不易受。……我罣网罗，如鹿在囿；内外隔绝，迷此恶候；生死永诀，岂曰邂逅？”（《祭妹文》）这两篇在狱中写成的祭文，都是血泪交迸的控诉书。

这次冤狱持续了两年多，直到1192年间才出狱。证据是《喻夏卿墓志铭》：“绍熙辛亥（1191年）八月十有九日，夏卿死，余犹系三衢狱中，微若闻之，则为之出涕。明年（1192年）二月出狱，则往哭焉。”为什么陈亮会一度关在衢州大牢呢？莫非“途人相杀”一事发生在衢州境内么？不管怎样，陈亮这次出狱时间为1192年2月无疑。此时他已是年届五十的龙钟老人了。

## 三、“家僮杀人”与“大言犯上”

现在，我们着重来考证《宋史》所补叙的前两次冤狱是怎么回事。

本文第一部分已经指出，《宋史》尽管言之凿凿，却有许多破绽。这些破绽使许多执著于信史的学者对前两案抱完全否认的态度，他们认定《宋史》的补叙纯属无中生有。不过，陈亮遗文中却有不少提及青年时代经历冤狱的文字，显然与“药人之诬”和“塗人相杀”无关，要推翻这些文字的真实性是很困难的。这些文字最主要的内容是证实从1165年到1173年的八年间，陈亮的家庭经历了重大的变故，不仅其母和祖父母先后死去，“三丧在殡”，而且其父确实入过狱。仔细研究这些文字对于弄清前两案是必要而有益的。

《宋史》叙述中最大的破绽是陈亮之父陈次尹的出现，但是，这一破绽却为考证“家僮杀人”案提供了重要线索。因为，如果确有此事，则只可能发生在陈次尹生前。陈次尹的生平在陈亮遗文中几乎是一个谜。遗文中独缺次尹的墓志铭，两篇祭文也短得出奇，毫不涉及生平，连生卒年月也没有。我们只在《告祖考文》中见到一句——“我先人弃不肖孤而去，亦整二十年”，才推知次尹大约死于1173年。可是这年十二月写的《先祖墓志铭》和《先妣黄氏夫人墓志铭》却又说安葬祖父母和母亲都是奉了“家君之命”，表明其父尚在人间。1175年陈亮为其父之好友蔡元德写的墓志铭中，有这样一句：“君卒于乾道九年十二月之朔后二十有四日吾先人亦自委弃诸孤。”中华书局1974年标点的《陈亮集》中，“朔”字后未断句，误以为“朔后二十有四日”是蔡元德死的日子。其实，这句话是说，蔡君死于十二月初一，“后二十有四日”即十二月二十五日，是“吾先人”即陈次尹去世的日期。乾道九年正是1173年。可见，就在刚刚安葬了待殡六、七年的“三丧”之后不久，陈亮的父亲也死了。那么，其父生前何时入过狱呢？《祭妹文》有明白的叙述：“比我年二十有三而吾母以盛年弃诸孤而去，未终丧而吾父以罥罣困于囚系，我王父王母（祖父母）忧思成疾，相次遂皆不起。三丧在殡而我奔走以救生者。”其母死于1165年，守孝三年未满其父就进了监狱；考其祖母祖父先后死于1167年6月和12月，可推知陈次尹入狱时间约在1167年的上半年，这就是“家僮杀人”案了。从有关遗文，看不出陈亮本人入狱的迹象。援救其父的主要人物是后来做过宰相的叶衡。陈亮1169年《与叶衡书》说：“家君之故，竟于去夏四月十二日得从白免。父子团栾，喜甚至泣；推原所自，相公实全活之。”这就是说，陈次尹因“家僮杀人”牵连入狱，大约历时一年，1168年4月就脱险了。不过，这封信中说：“三丧在殡，而无寸土可耕，甘旨之奉阙然；每一念至，几不聊生。”足见这次冤狱几乎使陈家财产荡尽，景况十分悲惨。

通览陈亮遗文，我们可以得到这样的印象：他对南宋统治集团是极端蔑视的，斥之为“文恬武嬉”，目之为“老奸少滑”；以“两讥宰相”自豪，不屑与之谈论天下大事。但他对孝宗赵昚似乎绝无微辞，多次称之为自己惟一了解和尊崇的人。这是毫不奇怪的。如果封建时代流传下来的文字，充满了对当时皇帝的辱骂，那才是不可思议的怪事哩！陈亮遗文中找不到抨击孝宗的文字，并不能说明“大言犯上”案没有发生过，也许恰恰相反。不过，《宋史》推测它发生在1178年以后，姜书阁编订的《陈亮年谱》断定它发生在1178年，却都是缺乏依据的。现存陈亮的书信，写于此年的有八封之多，但无一封有涉及或暗示冤狱的文字。相反，这年春夏之交，他的挚友叶适、王自中、徐元德同时高中进士，石天民、吴益恭应召进京；这年秋天，戴溪又考中别头省试第一。一连串喜事反映在他的信中，不时流露出充满希望的欢欣鼓舞之情。这年夏天、秋天和冬天，他给密友吕祖谦的三封信也看不出入狱的影子，还说到：“入冬无一事，正则（叶适）闰月二十三日丁忧，尝遣人慰之。”可见，这年自春初上书归家后一直是平安的。1179年间他还到温州做客，与永嘉学派诸友人欢聚，也不可能入狱。另外，我们注意到，陈亮的叔祖“由特奏名主筠州之高安簿”是1173年冬天，时已年近七十；从《祭三七叔祖文》（按：陈亮之祖父陈益排行三十六，故“三七叔祖”即其惟一的叔祖“高安府君”）文意推测，“高安”去世在得官不久之后，不太可能活到1178年。1175年秋，吕祖谦给陈亮一信中提到：“令叔祖襄奉毕事，想办护良劳”。“襄奉毕事”疑指丧事，则“高安”殁于1175年。这就是说，《告高曾祖文》中所言“高安既殁，十年之间”实指1175年以后十余年，基本上排除了“大言犯上”案发生于1178年或以后若干年的可能性。同时不难推出，如果确有此事，则只可能发生在1169年到1175年之间。果然我们在这六年的遗文中发现了许多身陷冤狱的暗示，实际上就是“大言犯上”案的蛛丝马迹。

1174年6月，陈亮应章涛之请为其父作《吏部侍郎章公德文行状》，文中说：“前葬，涛以行实为请，且曰：‘先君实知子。’亮屡道罪逆不能，固辞。”（以下引文中着重号均为本文作者所加）章德文退居永康在1171年。在乡期间很器重陈亮，故其子固请陈亮为之作传。“先君实知子”的语气表明，此时陈亮正受着某种社会歧视；而陈亮自称“罪逆”，正好印证了《宋史》关于“诬服为不轨”的记载，说明“大言犯上”案已经发生过了。

1173年，永嘉学派的前驱薛士隆去世，吕祖谦为之作墓志铭，寄给陈亮看。陈亮回信说；“谨以区区之意，具如别纸。高明更详酌之，不必其然。意非不甚明，上已闻可，则姑已矣；而犹口疏不已，不几愤疾者乎？”又特别嘱咐：“此纸读罢，宜即焚之，颇类事未发自造公案故也。”似乎吕文已呈孝宗亲阅，而陈亮仍觉有可修改之处；却又担心再遭“犯上”之危，“自造公案”。这种小心翼翼的态度显然是惨痛教训的结果。也是在1173年初，在《与应孟明书》中，陈亮自言：“(八年来) 祸患奔走，自分生死不相闻知；既而适有天幸，遂得比数于人。”“困苦之余百念灰冷，视前事已如隔世。”这种恍如隔世的恐怖感在1165年以后的八年中，似非“三丧在殡”和“家僮杀人”案所能导致；他暗示着所谓“前事”就是不久前经过的“大言犯上”案，而“天幸”则可能暗示着孝宗的赦免。这封信又说：“亮两年来，方悟孟子所谓‘人之所以异于禽兽者几希’。仁，于我何常之有？朝可夷而暮可跖也；不仁，于我何常之有？朝可跖而暮可夷也。”“夷”

指伯夷，“跖”指盗跖。这就是说自己忽而由忠贤变成叛逆，几乎罪不容诛；忽而又由叛逆变成了好人，得以苟延残喘，连自己也莫名其妙了。这种人心难测、命运无常的感慨，不会是无病呻吟，可能就是说的被人陷害、几乎丧命的惨苦经历。这封信还提到“去年秋，群试监中，有司以为不肖，始决意为息肩弛担之计。”证实1172年秋，陈亮曾与陈敷良一同应试，结果敷良“监省中魁”，陈亮落选。对此，薛士隆在1172年底有信安慰说：“学官秋试，遂遗贤者，士大夫不能无恨；得失有命，时运故应然耶！”（《浪语集·答陈同甫书》）次年春，陈亮《与陈敷良书》说：“亮忧患之余，百念灰冷。环顾其中，自为且不足；天重抑之，使其少思自为之道。兄出我处，要归一是。”“今日之事，唯当闭门读书，追往念旧以求其新；但三丧未举，朝暮在目，使人肝胆摧裂，如不欲生。”足见此番落选，实因“大言犯上”案的影响所致。

遗文中有一封《复李唐钦》，自言“亮拔身于患难之中，蚤夜只为椀饭杜门计”，似写于1172年2月刚出狱后不久。信中在谢绝友人索稿时一段话特别引人注目：“嫠不恤纬而忧宗周之殒，上已恕其万一之罪，更敢留稿以干天诛乎！”“嫠不恤纬”语出《左传·昭公二十四年》，意谓寡妇不应只爱惜自己纺织的纱纬，“忧宗周之殒”即一心忧虑祖邦的安危。陈亮引用此语是说自己以言获罪、文如粪土，也不值得难过，只要国家不衰颓就万幸了。所谓得到皇帝宽恕的“万一之罪”，不就是“大言犯上”吗？

大体上可以推知：陈亮在其父出狱后不久，就“首贡于乡”，1169年春，婺州以解头荐其“随试礼部”，“有司以为不肖，竟从黜落”，就“索手东归，杜门求志”。（引文均见《中兴五论序》）后又不甘自弃，诣阙上《中兴五论》，仍遭冷遇。可以想见，胸怀壮志、忠心耿耿的青年陈亮此时何等痛苦，对赵昚的失望情绪能不完全控制住他么！正是这一连串挫折形成了他深刻的叛逆情绪，终于在酒醉中爆发出来，成为首次入狱的直接原因。这次政治性冤狱很可能发生在1170年。现存书信中1171年完全是空白，意味着此年正在狱中。其实，《中兴五论》后有一简短附言，早已透露了这次冤狱的消息。附言全文如下：

“此乙丑岁（即1169年）余所上之论也，距今能几时！发故箧读之，已如隔世。

“追思十八九岁时（指1162年前后），慨然有经略四方之志。酒酣，语及陈元龙、周公瑾事，则抵掌叫呼以为乐。间关世途，毁誉率过其实；虽或悔恨，而胸中耿耿者终未下脐也。一日，读杨龟山《语录》，谓‘人住得然后可以有为。才智之士，非有学力，却住不得’，不觉恍然自失。然犹上此论，无所遇，而杜门之计始决。于是首尾盖十年矣，虚气之不易平也如此。

“孟子曰：‘诡遇而得禽，虽若丘陵弗为。’自视其几矣。又曰：‘五谷者，种之美者也；苟为不熟，不如荑稗。’岂不为大忧乎？引笔识之，掩卷兀坐者良久。”

这个附言，诸本《龙川集》都未署写作年月，是以前人多据文中“首尾盖十年”一语断定是上《中兴五论》失败十年以后即1179年前后写的。但全文丝毫未涉及1178年连上三书的大事，整个思绪萦绕于青年时期，且“距今能几时”根本不是十年后的口气。直到1983年，邓广铭先生从美国发现一部南宋刻本《圈点龙川、水心先生文粹》，才证实此附言末原有“壬辰重午前二日书”八字，全文内涵则比较清楚了。“壬辰”即1172年，原来“于是首尾盖十年”是指从1162年到1172年间，文中“隔世”之感与《与应孟明书》完全一致，正暗示着上《中兴五论》以后三年间的悲惨遭遇。虽然文中未直接提及“大言犯上”之事，仅以“无所遇”三字一笔带过；但从他对杨龟山和孟轲几段话的感触中，我们不是可以深刻感受到二十九岁的陈亮首次入狱后的巨大痛苦和孤寂吗！这种痛苦和孤寂是他在经历“三丧”和父亲入狱等巨大生活变故时都没有过的。这个附言可以说是“大言犯上”案确实发生过的直接证据。

从“家童杀人”到“大言犯上”，前后长达五年。这一时期，陈亮自己虽侥幸不死，但其母丧九年、祖父母去世六年都一直无力安葬，

“有父不能养”（《祭叶适母夫人文》），家境之惨令人难以想像。这实际上是陈亮一生中历时最长。遭遇最惨的一次冤狱，它的阴影一直笼罩着陈亮全家。然而，因为事涉犯上，而冤狱的制造者何澹又一直是个炙手可热的人物；陈亮生前就有避而不谈的意向，后来其家属和友人就更加讳莫如深了。这一切当然不应苛责于古人，而应归罪于禁锢森严的封建统治。

（原载《郴州师专学报》1987年第1期）

# 千秋志士　同声一哭

## ——读辛弃疾《祭陈同甫文》

谨以此文纪念伟大的平民思想家、
杰出的政论词人陈亮逝世八百周年

儿时看大戏，印象最深的是舞台上新科状元的形象，那乌纱红袍、策马扬鞭的人物全是春风得意的英俊少年。更诱人的是金榜题名后还常常伴随着洞房花烛，女主人公自然不是公主、就是郡主，至少也是个相府千金。于是，所谓“人生四喜”顿占其二，这双喜临身的至荣至乐几乎成了中国读书人的最高理想。偶尔也可见到女状元，不过，她们大抵是改扮男装才骗过了考官和皇帝，侥幸成功又往往是为了逃难或复仇，一开始就带着悲剧色彩；而且她们一旦脱下红袍就失去了“状元”头衔，只能封个诰命夫人之类，更令人惋惜而且悲哀。记得有部旧小说叫《兰花梦》，书中女主人公松宝珠就是一位才学超群、品貌绝世的状元，中状元后甚至曾挂帅出征，指挥过千军万马，成为文武双全的英雄。可是，后来被揭发为女性，就犯了“欺君之罪”，虽因皇帝怜悯而获赦免，却又被皇帝垂涎而蒙受羞辱。后下嫁同窗好友许文卿，不料这个好端端的文弱书生醋劲大发，一变而成家中专制魔鬼，把这位女状元折磨得九死一生，最终在泪水中夭亡。《镜花缘》里武则天搞过一次女子科举，论才论德，那名副其实的女状元都属于一位名叫唐小山的姑娘；可是因为她奉父命改名唐闺臣，犯了女皇帝的大忌而被刷掉了。看来，金榜题名还是男性读书人的专利。

这个颇为诱人的专利梦终归是破灭了。我虽有幸生为男儿，却活在二十世纪没了皇帝的时代；生不逢时，怨也无益。更难堪的是后来从历史记载中知道了许多读书人的身世，渐渐明白了那些戏曲小说里着意渲染的状元故事，大都是骗人的把戏。唐代天才诗人李白不屑于科举，终生未能入仕，且不去说他；伟大诗人杜甫却是二十四岁的落榜者，熬到四十几岁才做了几任小吏；宋代散文家苏洵，在考场里折腾了大半生，终于没有考中；明代散文家归有光竟考到六十岁，才中了一名进士。五十年代末，我在北京大学参与西藏历史资料的查证，翻阅过清代康乾盛世的皇宫档案；发现那几十年的十几次科举考试中，殿试前三名竟无四十岁以下者，几乎全是五六十岁的老人，最老的状元竟有七十四岁。当时大吃一惊，以为看花了眼，后来仔细一想，终于恍然大悟。原来，千余年来的封建科举制度，绝非读书人的天堂，而是读书人的地狱。试想像那些六七十岁的老头披红挂彩的模样，谁能不在哑然失笑之后，流出许多苦涩的泪水呢？如果你再想一想李世民“天下英雄入吾彀中”的狂言，体味到封建统治者给一代代读书人设下的冷酷陷阱，你能不清楚的意识到：那戏曲小说中关于新科状元的种种神话，不过是这种陷阱的组成部分，纯粹是一个千古大骗局吗？

公元1193年（南宋绍熙四年），光宗赵惇点中了一名状元，也是一位五十岁的老人。这位新科状元的命运更富戏剧性。就在他受任建康军节度判官厅公事，回乡祭祖，未及赴任之时，竟因“精泽内耗、形体外离”而一命归西了。这位遭际独特、似乎很令人惋惜的老状元，就是辛弃疾的好友、《祭陈同甫文》的悼念对象、伟大的平民思想家和杰出的政论词人陈亮。读辛弃疾的祭文并全面地了解陈亮的一生，将有助于我们理解这一深刻的社会悲剧。

一

陈亮去世时，辛弃疾正在福州任福建安抚使。对于这样一位相知三十年的至交突然高中又猝然死去，他心灵深处的震撼是可以想像的。大悲哀紧随大喜悦而至，难忘的回忆和沉痛的哀悼伴随着复杂的思考，纷纷涌上心头，怎能不凝聚于笔端？更何况辛公自淳熙十二年归隐铅山近十年，积郁已久；绍熙三年奉诏出任福建提刑后并未获得重用，而此时又正处在被劾罢职的危机中；因此，祭文在悲痛和怀念的同时，还深刻地剖析了两宋的社会积弊，批判的锋芒触及整个封建社会扼杀人才的本质，也就毫不奇怪了。

《祭陈同甫文》篇幅不长，总共只有三百八十八字；但其内容极为丰富，既概括了陈亮曲折离奇的一生，又饱含着作者对友人特别深厚的感情，还表达了作者对人类社会的基本认识。为了尽可能透彻地理解全文的内容，并在这种理解中获得若干有启迪意义的结论，必须对陈亮悲惨而不平凡的一生有较全面的了解。因此，本文不得不在分析辛公祭文的过程中，用较多的篇幅介绍陈亮。

## 二

祭文开篇如奇峰陡起，突出一个“才”字，才华横溢是陈亮一生最显著的特点。“落笔千言”极言其文思敏捷、写作神速。说陈亮的文笔“俊丽”有如“珠明”，“雄伟”足比“玉坚”；是指他在诗词创作和哲理论著两方面显示的才华。他的独创性思维常表现在独辟蹊径的勇气和能力之中，同时代许多文人学士不敢望其项背。辛公以庄周、李白两位文化巨人比拟陈亮，如过从历史上的影响看，似乎有点夸张；但就个人的才华而言，则未必是过誉。史载陈亮“生而目光有芒，为人才气超迈；下笔数千言立就”，十七岁写的《谪仙歌》就是一首充满奇丽想像的长诗，结尾“会须乞我乾坤造化儿，使我笔下光焰万丈长虹飞”更是显示出他的凌云壮志，可以与李白“我志在删述，垂辉映千春”的理想同调。十八岁成《酌古论》二十篇，其历史知识之丰富，恢弘议论之独特，令当时士大夫刮目，婺州太守周葵读后便赞赏不已说：“他日国士也。”四十岁以后，虽受两番冤狱摧残，但陈亮才华横溢的风姿不减当年。他敢向一代儒学权威提出挑战，就“天理人欲”和“王霸义利”问题与朱熹展开了长达十年的论战。尽管朱熹坚决排斥陈亮的思想，视之为洪水猛兽；但也不得不赞赏他的杰出才华，朱熹批评他“才太高、气太锐、论太险、迹太露”，又语含讥讽地说：“来教累纸，纵横奇伟；神怪百出，不可正视。虽使孟子复生，亦无所容其喙。”这些话也从反面印证了陈亮才华的力量。即使在晚年身陷囹圄时，陈亮仍能以动人的笔墨震动主持刑狱的大理寺少卿郑汝谐，他拍案惊呼：“此天下奇才也。”可以说，陈亮的才华终生未尝稍减，辛公的赞颂并不是溢美之词。

陈亮一生不仅才华横溢，而且理想崇高、志向坚定。朱熹也承认他“志大宇宙，勇迈终古”，辛公的理解当然更准确、更深刻。祭文抓住了陈亮理想的核心，在简明的概括中给以热烈的颂扬：“横渠少日，慷慨是须；拟将十万，登封狼胥。”以少年张载立志仿效汉代名将霍去病抗击匈奴的壮举、去为北宋收复洮西失地的气概来借指陈亮的理想，是恰当的。确实，陈亮理想的核心就是抗金报国、收复中原。这一理想早在少年时期就形成了。他生活在北宋覆亡、南宋偏安的时代，出生在浙江婺州永康县前黄村一个小乡绅之家，他的曾祖父陈知元却是在靖康之难时应召赴汴京守卫并以身殉国的武弁。颖悟异常的童年陈亮一方面受封建家庭和社会教育形成了发愤读书、状元及第的观念，另一方面从家庭变故和时代风雨中感受着民族的苦难，形成了矢志抗金的爱国思想。随着年龄的增长、知识的丰富和视野的扩大，他的爱国思想渐趋成熟，从政治、军事、文化、哲学诸方面不懈求索的结果，使抗金报国成为他理想的主体，并为之奋斗了一生。陈亮从小“独好王霸大略，兵机利害”，十八九岁时，“慨然有经略四方之志”。为了洗雪靖康之耻，他特别注意历史上异族入侵的史实和中兴人物的事迹。在《酌古论》中，他以敏锐的政治、军事眼光分析了刘秀、曹操、诸葛亮等众多历史人物的得失，评论了李渊、郭子仪、桑维汉“借夷狄以平中国”的失误，认为是“天下之末策”。从《中兴五论》到《戊申上书》，他多次向朝廷提出强化长江一线军事部署的建议，并多次到京口、建康一带观察地形。他梦寐以求的是“据地一呼吾往矣，万里摇肢动骨”的北进声势。这种充满爱国激情的军事思想虽未能付诸实践，却对南宋主战派将领有巨大影响。陈亮的政治理念当然不可能脱离封建主义的范畴，但他对北宋太宗（赵匡义）以后的内政外交方针持明确的批判态度，主张总结汉唐王霸杂糅的成功经验，对内适度分权并规范封建法制，对外抗击侵略以维护国家主权，重建以汉族为主体融合境内各民族的统一强大国家。从这一政治理念出发，他承认王通“夷狄之德，黎民怀之，三才其舍诸？”的正确性，对辅佐苻坚统一了北方的王猛也敢于推崇；而对宋真宗以后媚外求和、割地纳贡的政策痛心疾首。他企望从根本上改变这一导致亡国的错误，而把主要希望寄托在宋太祖（赵匡胤）的嫡系孝宗赵昚身上。当他的种种惊世骇俗的议论在科举试场上屡次受挫时，转而采取了直接向皇帝上书言事的方式，切望能以满腔忠诚和洞察古今的精辟见解打动孝宗，获得重用。在高度集中的封建专制政治制度里，这可能是他实现理想的惟一途径，实际上也是一种很精明的考虑。对此，当时的儒学大师、陈亮的好友吕祖谦曾喟叹说：“未可以为世不能用。‘虎帅以听，孰敢违子？’”这是借用春秋时郑国执政罕虎向子产交班时说的话，来表示对陈亮的理解；同时也暗示了对孝宗的希望。可惜孝宗一直碍于高宗赵构，不敢改变太宗以来的基本方针，致使陈亮抱恨终天。在追求理想的过程中，陈亮深感孔孟儒学已不能适应时代的需要，亟待进行根本改造。他说：“孔氏之家法，儒者世守之，得其粗而忘其精，则流而为度数刑名；圣人之妙用，英豪窃闻之，徇其流而忘其源，则变而为权谲纵横。故孝悌忠信常不足以趋天下之变，而才术辩智常不足以定天下之经。”（《祭吕东莱文》）并勇敢地提出“整两汉以下，见三代之英”为改造儒学的纲领。为此，他专门研究汉唐许多善于总结实践经验的思想家的成果，对被腐儒斥为异端的学说尤为重视。他认为张良、贾谊、孔明、魏征都是“异端”的佼佼者，更推崇隋末平民思想家王通，对他的言论集《文中子》进行了系统的整理和研究。陈亮的工作引起了南宋儒学宗师朱熹的高度警觉，认为是大逆不道之举，曾经呼道：“陈同甫学已行到江西，浙人信向已多。家家谈王霸，不说萧何张良，只说王猛；不说孔孟，只说文中子。可畏！可畏！”（《朱子语录》）概言之：军事上迁都建康，经营荆襄，虎视京洛，随时准备挺进中原；政治上争取赵昚，形成以主战派为主的中央政权，励精图治，重建以汉族为主体的统一国家；为此需要对儒学实行根本改造，以汉唐以后的社会实践经验丰富之，去其糟粕，取其精华，造成新的哲学体系。这就是陈亮的全部理想。

陈亮的才华和理想，还熔铸在他的政论词作中。陈亮的词是南宋豪放词的一支，一般认为他属于以辛弃疾为首的爱国词人群体。但是综观陈亮《龙川词》中含有政论色彩的部分，并与同代词作进行比较，我们不难发现三个显著的特色。首先，陈亮政论词中的爱国激情更鲜明、更泼辣，具有强烈的鼓动性。当他遥望中原大地，切齿于侵略者的暴行时，曾发出呼唤民族精神的呐喊："尧之都、舜之壤、禹之封，于中应有、一个半个耻臣戎！万里腥膻如许，千古英灵安在？磅礴几时通？"（《送章德茂大卿使虏》）当他登上京口多景楼，有感于长江中下游的地理优势时，曾表达出一往无前的报国愿望："正好长驱，不须反顾，寻取中流誓。"（《登多景楼》）1188年冬天，陈亮与辛弃疾约会于鹅湖。这次会晤产生了五首政论性极强的《贺新郎》。辛公的两首偏重于友情的抒发，在国是的感喟中较多地流露出悲观情绪，对主和派的抨击则很含蓄。陈亮的三首则多为愤怒的呼喊和尖锐的批判。他以"二十五弦多少恨，问世间、哪有平分月？""涕出女吴成倒转，问鲁为齐弱何年月？"极状国家分裂、民族危亡的痛楚，斥责偏安辱国的谬误。以"九转丹砂牢拾取，管精金、只是寻常铁"，"天地洪炉谁扇鞴，算于中、哪得常坚铁？"表达对民族前途的预测和抗金必胜的信念。陈亮这种毫不含糊的鲜明爱憎，得到辛公的由衷赞叹，所以在答词中写道："我最怜君中宵舞，道：'男儿到死心如铁，看试手，补天裂。'"还特地为陈亮写了一首《破阵子》，注明"为陈同甫赋壮词以寄之"。可以说，辛公心目中的"壮词"，就是陈亮式的政论词。其二，陈亮政论词的国是议论更精辟、更雄辩，具有鲜明的针对性。针对南宋王朝蜗居钱塘、畏缩不前的军事布局，他就京口、建康一带的地形描写道："一水横陈、连岗三面，做出争雄势。"形象地展示其重要战略地位。他看到宋之建康城乃五代南唐李氏为逸乐所建，已不是六朝时据险临前的金陵古城，写出《念奴娇·至金陵》，词中"因念旧日山城，个人如画，已作中州想"表达了对力主北伐的英雄的怀念，暗示改造建康城使之成为进军中原的前沿堡垒的主张。政治上对主和派的抨击见于《水调歌头·和赵周锡》：“事业随人品，今古几麾旌？向来谋国万事，尽出汝书生。安识鲲鹏变化，九万里风在下，如许上南溟？斥鷃旁边笑，河汉一头倾！”以雄飞万里的鲲鹏比喻抗金统一的宏图远略，而把那些窃据“谋国”要津却“不识形势为何物”的书生喻为目光如豆的斥鷃，真是妥帖极了。畏敌如虎、惧怕战争是北宋太宗以后外交活动的总趋势，“澶渊之盟”开始的逐年增加的贡银绢缯，成为两宋的国耻。陈亮对此痛心疾首，在《贺新郎》三首中予以沉痛批判：“离乱从头说，‘爱吾民、金缯不爱’，蔓藤累葛！”矛头直指宋真宗和宋仁宗的投降谬说。“壮气尽消人脆好，冠盖阴山观雪”，把宋代外交活动的丑态揭露无余。对南宋丧权辱国外交政策的揭露和嘲弄，几乎反映在陈亮的全部政论词中。在与朱熹的论战中，针对朱熹所谓“三代纯理、汉唐纯欲”，否定秦汉以后千余年社会发展规律的唯心主义结论，陈亮提出总结两汉以下历史经验的任务，无疑是十分正确的，在《丁未寿朱元晦》的《洞仙歌》里，陈亮善意地嘲弄了朱熹脱离现实的治学态度：“骑鲸汗漫，哪得人同坐？……且烧却一瓣海南沉，任拈取千年陆沉奇货。”这里所说的“奇货”，指的就是朱子哲学体系中那个只存在于三代以前的陆沉了一千余年的“天理”。总之，陈亮政论词中的议论涉及军事、内政、外交和哲学等领域，启人心智，发人深省。其三，陈亮政论词还体现了他运用词这一文学形式介入社会斗争的高度的自觉性。这在我国词史上可能是独一无二的。陈亮毕生酷爱长短句，诩之为“花间妙语”，并宣布“花间妙语欲无诗，一年歌一词”（《阮郎归》）。对传统的五七言古近体，他似乎不屑为之，因为他厌弃宋代生涩寡淡的诗风，看中了词在民间的影响力和在文学发展史中的生命力。有意识地为词的普及和提高贡献才智，是他自觉性的一个方面；更重要的是他认为词不仅仅是描写闺情密意的纤细艺术品，而可以是传播政治观点和社会理想的有力武器。他的学生和挚友叶适在《书〈龙川集〉后》提到：“（同甫）有长短句四卷，每一章就，则自叹曰：‘平生经济之怀，略已陈矣！’余所谓微言，多此类也。”这种为叶适所不理解的叹息，正表达了陈亮对词的社会功能的特殊理解。他呕心沥血以“花间妙语”陈“经济之怀”的努力，在我国诗歌长河中留下的一批熠熠发光的政论词，可以说是中华民族爱国主义文学宝库中的瑰宝。

## 三

祭文第二部分以叙中夹议的文字，概述陈亮生平。有四层意思。先说陈亮是桓伊式的英雄，惜未早遇；再说陈亮的布衣生涯；接着感叹陈亮三陷大理与侥幸一中的奇特命运；最后总评陈亮生命的价值。

桓伊是东晋力主北伐的名将，淝水之战的指挥者之一。以桓伊比陈亮，是从政治抱负和军事思想方面说的，事实上陈亮一生并无通过战功入仕的机会，他的才情和豪气只能在“跌宕四出”时表现出来。尽管他厌恶“千人一律”的社会风气，也不得不一次次去参加科举考试和上书言事。辛公祭文没有提到陈亮在科举试场上的失败，只提到上书和入狱的经历；是一种“为尊者讳”的曲笔，也是突出陈亮一生的主线。陈亮成年后的三十年中，赴临安不下十次，他自言曾“六达帝廷，上恢复中原之策”；其中影响最大，现存资料最齐全的有三次。然而，三次上书的结果，都未能实现获得重用的愿望，反而招致了三次牢狱之灾，而且每一次都几乎送了性命。“行年五十，犹一布衣”还算他不幸中的万幸呢。

1168年秋，陈亮考中婺州解元。次年春入京应礼部试，却因触犯主考官而被黜落。这是他继二十岁漕试落榜后的又一次挫折。他激愤不已，首次向孝宗上书，即有名的《中兴五论》。《中兴论》痛斥主和派苟延时日的谬误，提出“迁都建康，经营荆襄；明向京洛，暗取秦齐”的战略设想，各分论依次阐述“开诚以纳贤才，执要以分权柄，自责以励臣民，正体以驱大臣”的治国方针。然而，这些中肯的建议并未引起孝宗的重视，此次上书有如石沉大海，绝无反响。年轻的陈亮积怨益深，愤懑难平，在与友人饮宴中醉后戏为大言，言涉犯上；

被告发“谋逆不轨”，首次被捕入狱，其罪当死。从各种零星的记录中可以推知，这次冤狱构陷罪名、必欲置之死地而后快的主要人物是当时的刑部侍郎何澹；而最后以“秀才醉后狂言，何罪之有？”的宽容态度赦免了陈亮的是孝宗本人。这也从侧面证明《中兴五论》的慷慨陈辞在赵昚心中是有印象的。

1178年春，三十五岁的陈亮再次诣阙上书，这次弃礼部科举于不顾，一月之内连上三书的壮举，震动了南宋朝野。《上孝宗第一书》极论丧国之耻、偏安之危，指出一味求和，只会形成“上下之苟安，而为妄庸两售之地”。认为只有立足于战，“使朝野常如虏兵之在境”，才能“振天下之气”，“动中原之心”，重“开社稷数百年之基”。他用大量历史事实，论证了这一基本观点。特别用北宋沦亡的惨痛教训，提醒孝宗应摒弃太宗以后的错误，直接继承“艺祖皇帝（赵匡胤）经画天下之大略”，还大胆尖锐的指摘孝宗“驱委庸人，笼络小儒，以迁延大有为之岁月”。真可谓披肝沥胆，进尽忠言。一书既上，八日未见答复，陈亮又上了第二书。书中进一步分析当时两种只作表面文章、不求实际事功的“恢复”论，即所谓“修德以待时”和“恃东南以图中原”的空言；阐明着眼全局、以民族大义号召天下、内政外交均已恢复为中心、讲求实效的主张。两书上达，孝宗心动，准备破格起用，降旨命丞相面见之。这时，佞臣曾觌听到风声，抢先私自去见陈亮，陈亮耻为奸佞笼络，翻墙逃避；后来在与丞相赵雄面谈时又议论风生、旁若无人，被视为“狂怪”。由于左右合力阻挠，使孝宗收回了成命。两日后，陈亮又急上第三书，明白指出“太宗皇帝（赵匡义）”所立“规矩准绳”“维持之具穷矣”，亟待“变而通之”；而“艺祖皇帝经画天下之大指，犹可恃以长久，苟推原其意而变通之”，“则恢复不足为矣”。书中还陈述了会见大臣时粗略说明的“变通艺祖大指”的三个要点，描写了“大臣相顾骇然”的窘态，强烈要求觐见皇帝本人以面陈“开社稷数百年之基”的机宜。三书披露，群臣哗然，众口一词反对重用，孝宗无奈，只好命授一官。陈亮对此嗤之以鼻，向友人表示：“岂有欲开社稷数百年之基，乃用以博一官乎？”随即拂袖归家了。

“至今海内，能诵三书；世无杨意，孰主相如？”就是对这次上书的巨大影响和悲惨结果的概括。

上三书失败后的十年中，陈亮潜心研究历史和哲学，致力于政论词的创作，成为独树一帜的思想家和著名词人。奇怪的是，这位终生与程朱道学格格不入的学者，竟在南宋政权整治道学的高潮中被加上“传播道学”的罪名又一次打入死囚牢中。这次入狱在1184年春，具体罪名还有“毒死人命”一条，因为这年春节期间，与陈亮同宴的某人喝了胡椒汤而暴死，其家人便诬告是陈亮下了毒药。其实，无论“传播道学”还是“以药杀人”都是指鹿为马的拙劣手腕，掩盖的不过是当权者嫉才妒贤的政治迫害而已。这次冤狱历时大半年，严刑逼供，押解临安，出狱时“手足俱中风湿”，惨苦程度可想而知。

1188年春，陈亮又特意到京口、建康考察地形，回到临安再次向孝宗上书。这是因为前一年十月，那个畏敌如虎的太上皇死了，金使来吊时简慢无礼，激怒了南宋朝野；陈亮以为孝宗没有了后顾之忧，又想在向儿子交班前有所作为就有可能采纳自己的建议；因此，他冒着再次受污蔑打击的危险，作了这次最后的努力。《戊申再上孝宗书》提出“以太子为抚军经理建康”的具体计划，又一次驳斥了主和谬论，指出“江南不必忧，和议不必守，虏人不足畏，书生之论不足凭”，因为“书生之智，知议论之当正而不知事功为何物，知节义之当守而不知形势为何用”。他这种认真分析客观形势，致力于恢复事业的实际进程的事功观，有着明显的唯物主义倾向。然而，这次上书依然未能引起统治集团的重视，反而再次被斥为“狂怪”，成为他第三次入狱的舆论背景。

陈亮最后一次入狱的经历更加荒唐。两个游民在婺州以外的地方斗殴，一个被殴致死前说了一句“陈上舍使杀我”，永康县令王恬不知怎么内查外调，罪名便落到了陈亮头上。“途人相杀，罪及异乡；当路见憎，勘从旁郡。”终于，陈亮于1190年锒铛入狱，辗转押解，又陷入临安大理狱中。临刑前幸亏碰上了一位正直的官员郑汝谐，他不仅从陈词中看出陈亮是“天下奇才”，而且认为“国家以无罪而杀士，上干天和，下伤国脉”，极力为之辩白，才保住了陈亮的老命。1992年春，侥幸出狱的陈亮已是年将半百的老人，面对凄凉晚景，他在光宗朝最后一次踅进考场，却意外地中了头名状元。可是，他已精力耗尽，还在家乡准备赴任建康军之际，就撒手归天了。陈亮于1194年3月突然病故，结束了他悲惨而壮丽的生命。

祭文对陈亮生平的回顾充满辛酸，“智略横生，议论风凛”而“行年五十，犹一布衣”，“中更险困”、“人皆欲杀”却又“脱廷尉系，先多士鸣”。最后辛公给友人做了如下结论：“盖至是而世未知同甫者，益信其为天下之伟人矣。”乍一读，这个结论令人百思难解。像陈亮这样一介平民，一生连半天芝麻官也没有当成；虽然他讲了一辈子“事功”，却至今仍有学者说“论事功，他是没有的”；他一生被当时的乡绅大户视为“狼疾人”，达官显贵则斥之为“狂怪”，何况他还多次被押入京城大牢，是一个令人厌弃的“死囚”？充其量不过写了许多文章，教过一些学生；这样的人怎么谈得上是“伟人”，乃至于是“天下之伟人”呢？就算他晚年中了状元，就会一夜之间变成“伟人”么？那考官与皇帝点石成金的魔力也太神奇了。中国历史上的状元多如牛毛，够得上“伟人”的并不多见，难道五十一岁的老状元就是“伟人”吗？理解辛公这一结论，似应深入体味“至是”、“世未知”和“益信”三个词组。“是”指代什么呢？头名状元么？当然不是；名声渐大么？也不全是。“是”指的应是陈亮的一生，是他的理想和意志，是他为理想而奋斗的百折不挠的多方面的实践。人类社会天才的主要特征是其深沉的历史责任感与瞻瞩未来的智慧，而恰恰这两方面往往为同代人所忽略。芸芸众生于眼前生计中劳碌，衮衮诸公在争权夺利中竞逐，谁有工夫去感知历史的经验教训？更有谁有兴趣去探究那虚无缥缈的遥远未来？殊不知惟有把握历史的轨迹，严肃地探究国家、民族和社会未来的人，才是真正的伟人。探究愈有成就又愈不为世人所知，就愈显伟大。辛公结论的真谛就在这里，而且这一结论的本身也是伟大的。说陈亮没有“事功”，似也有商榷的必要。如果说，只有帝王将相的文治武功，才配称为“事功”，平民百姓无论怎样流血流汗、劳力劳心，也算不得事业，没有任何功绩；那么，陈亮是确乎“没有事功”的。不仅陈亮没有，孔丘、孟轲、庄周、李白以及古今中外许多被视为“伟人”的人，也不见得有。难怪王充、王通那样的平民思想家早已被人们忘得一干二净。中国人的这种事功观，几千年阴魂不散。所以历来优秀人物，拼命往军界、政界挤，真乃不得已而为之。陈亮本人的事功观也近乎此，不过他说过：“盈宇宙者无非物，日用之间无非事。”日用之事而有功算不算事功呢？须知，人类改造自然和社会的实事都是普通人干出来的。不错，每一项群体事业都离不开组织者和指挥者，但同样也离不开研究者和鼓动者。从本质上看这两类人至少是价值相当，厚彼而薄此不过是指挥权力的蜕化在人群心中造成的错觉罢了。中国要建设现代文明，恐怕已到了彻底抛弃这种偏颇的事功观的时候。

## 四

陈亮的一生可谓难矣。六达帝廷，唇焦舌敝为国呼号，耿耿丹心终不能开君王视听，徒换来一顶“狂怪”帽子；三陷大理，蓬头跣足任人摆布，哀哀微生随时会遭屠夫宰割，更谁知一代伟人苦衷？八百年来，由陈亮一生引发的思考断断续续，第一位认真的思考者是辛弃疾，祭文第三部分关于“才难”的论述就是证明。

辛公在分析陈亮命途多舛的原因时，首先谈到“自古皆然”的人才难以脱颖而出的问题。他认为有两方面的原因：“匪难其人，抑难其天。”这种说法比较笼统，因为所谓人为原因可以包含人才自身的主观因素和人才周围的群体因素即社会因素；所谓“天”指天意，可以指人才生存的自然条件，也可以指人才生存的社会条件，特别是封建社会自称代表天意的最高统治者。从下文所举两个典型事例看，人才自身主观因素并未涉及，辛公认为决定陈亮命运的是孝宗失聪和寿命限制，都可归之为“天”。试看张咏和张齐贤两个幸运儿，他们本来也是如陈亮一样的穷书生，如果不是在偶然的机遇中获得太宗皇帝的赏识，怎么能够位极人臣，建立煊赫一时的功绩呢？陈亮倒霉就倒霉在孝宗“握瑜而不宣”和“天靳之年”中。如果意识到再仁慈的“天”（或上帝）也不会无限期地延长天才的寿命，而凭一时兴趣擢拔了陈亮的光宗实际上也并不比孝宗英明；那么，辛公的这些议论的矛头所向，也就再清楚不过了。这段明明白白地抨击孝宗赵昚的议论，实际上指向两宋乃至整个封建社会，是对封建专制制度及其最高统治者的批判。

关于陈亮命途多舛的原因，叶适在二十七年后也有一段议论。他于 1221 年为老师写墓志铭时说：“上，求而用之者也；我，待求而后用者也。不我用，则身藏影匿而人不能窥；必我用，则智运术展而众不能间。若夫疾呼而后求、纳说而后用者，固常多逆而少顺，易忤而难合也。二公（指陈亮和王自中）之自处，余则有憾矣。”这段话的要害是归咎陈亮“不善自处”，即所谓“修养不足”之类的主观原因。也许这是在封建政坛滚了一生的叶适的经验之谈，可算从政的读书人的处世诀窍。然而，这番议论的前提是封建等级制度的合理性，视天然尊长为不可更易的主人，结论却把批评的锋芒对准了光明磊落的正直之士。就这一点说，叶适的看法就不能与辛公同日而语了。人类社会向前推进了八百年，用现代民主的观点观察人才问题，当然会比辛弃疾更全面、更透彻；但令人忧虑的是，尽管皇权早已被消灭，封建专制主义的经济基础也早已根本改变，可光明正直之士处境困难的情况仍时有所见，权力与金钱对人才生存的种种限制远未消失。这就是我们思考陈亮、理解辛公议论的现实意义。

有一种流行的说法断定“逆境出人才”。论者往往以司马迁自身的悲惨遭遇和他在《报任安书》中列举的众多倒霉人物为论据，证明恶劣的社会条件造就了许多杰出的人才。陈亮的例子能否为这种说法提供新的实证，从而增强其说服力呢？愚以为不能。因为从陈亮一生经历的逆境中，我们感同身受的更多的是毁灭性的摧残，说成“造就”似乎有一种牵强附会的感觉。实际上，上述说法常常造成错觉，似乎社会条件愈恶劣对人才成长愈有利，而大部分乃至全部人才都是“逆境”造就出来的。这种错觉极为有害，有必要加以澄清。应该说，“逆境出人才’只是事情的一个方面，而且不一定是主要方面。“逆境”摧残乃至毁灭人才，才是人类社会中的主要事实。不错，人类社会对于人才有扼杀和捧杀两种情形，但从总体上看，从本质上看，扼杀多于捧杀。如果认为一切肯定和赞扬都对人才成长不利，以“逆境出人才”为幌子否定一切爱惜和保护人才的措施，那岂不有为扼杀者张目之嫌？仔细思考就会发现，被捧杀的人才绝非真正的人才，而被扼杀的人才则不可以数计；因为，任何杰出的人才仍然是肉体凡胎，是数以亿万计的人群中一个微小脆弱的个体，当整个社会都支持扼杀者肆虐之时，有什么样的天才能逃脱被毁掉的命运呢？显然，司马迁和他所讴歌的几个人只是少数例外。侥幸生存下来并迸发出天才光芒的伟人当然值得效法，以此作为激励人们在逆境中奋起的榜样亦无不可；但不宜把逆境看成人才成长的正常社会条件，相反，人才面对的种种“逆境”，只不过是人类社会制度有待健全、有待完善的证据而已。从这个意义上说，顺境才是人才辈出的正常社会必要条件。

祭文第四部分追忆友情，表达哀思。辛公与陈亮社会地位悬殊，可谓“云泥之交’，但相互交往达三十年之久，特别是 1188 年的鹅湖之会，堪称一曲动人的友谊之歌。辛公留下这篇祭文，给后人以如此深沉的怀念和思考的余地，也算是给友人在天之灵的最大安慰、最佳奉献了。

读辛弃疾祭文，悼陈亮一生，笔者在 80 年代中期有过一首小诗，就顺手抄来权作本文的结尾。

书生自古多痴狂，报国全凭血一腔。
献策京师群小妒，哀吟大理后人伤；
儒冠不是乌纱帽，直道难防黑手帮。
莫谓文章空议论，千秋青史有衡量。

（原载《名作欣赏》1994 年 5 月总第 82 期）

原文：

## 祭陈同甫文

（宋）辛弃疾

呜呼！同甫之才，落笔千言；俊丽雄伟，珠明玉坚；人方窘步，我则沛然；庄周、李白，庸敢先鞭！

同甫之志，平盖万夫；横渠少日，慷慨是须；拟将十万，登封狼胥。彼臧、马辈，殆其庸奴。

天于同甫，既丰厥禀；智略横生，议论风凛。使之早遇，岂愧桓伊？行年五十，犹一布衣；间以才豪，跌宕四出，要其所厌，千人一律。不然少贬，动顾规检；夫人能之，同甫非短。至今海内，能诵三书；世无杨意，孰主相如？中更险困，如履冰崖；人皆欲杀，我独怜才。脱廷尉系，先多士鸣；耿耿未阻，厥声浸宏。盖至是而世未知同甫者，益信其为天下之伟人矣。

呜呼！人才之难，自古而然，匪难其人，抑难其天。使乖崖公而不遇安得征吴人蜀之休绩；太原决胜，即异时落魄之齐贤。方同甫之约处，孰不望夫上之人，谓握玉而不宣？今同甫发策大廷，天子亲置之第一，是不忧其不用；以同甫之才与智，天下之事孰不可为？所不能自为者，天靳之年！

闽浙相望，信问未绝；子胡一病，遽与我诀？呜呼同甫，而止是耶？而今而后，欲与同甫憩鹅湖之清荫，酌瓢泉而共饮；长歌相答，极论世事，可复得耶？

千里寓辞，知悲之无益；而涕不能已。呜呼同甫，尚或临监之否？

（南宋李幼武《宋名臣言行录》）

今译：

啊！同甫的才华多么杰出，下笔就是上千字的诗文。他的诗词俊秀美妙，他的文章壮丽雄奇；诗句如玑珠闪耀异彩，思想如碧玉坚强无比。在别人才思枯竭、动笔艰难的所在，他的文思却如同江河一泻千里；即使庄周的汪洋恣肆，李白的浪漫飘逸，又怎么敢在他面前飞驰？

同甫的志向多么宏伟，他的气魄压倒了万千凡夫俗子。有如意气风发的少年张载，一心向往着慷慨的壮举；时刻准备提挈十万大军，去扫平胡虏、封狼居胥。那些目光短浅、空虚狂妄的吹牛拍马之辈，甚至不配充当他阶前的仆役。

上天对于陈亮似乎格外垂青，给了他如此丰厚的禀赋；让他的智慧谋略层出无穷，让他的理性思维敏锐冷峻。如果他能早些得到明主的知遇，他的事业决不会比东晋的桓伊逊色。可是他到了五十岁还是一介平民。五十年间，他只能偶尔凭借着一腔豪气，落宕不羁地向各方展示；总的说他最为深恶痛绝的，就是人云亦云、亦步亦趋的社会风气。不过，如果条件不允许而需稍稍自制，行动要顾及到种种规章制度，别人能做到这一点，同甫也并不是无能为力。他按规矩诣阙上书，就是一个例子。可惜，尽管他上皇帝的三书至今在海内广为传诵；但是当今之世竟连狗监杨得意那样的人也没有了，就是有司马相如那样的才子也无人举荐，何况陈同甫呢？这中间他还经历了许多凶险的灾难，简直像在百丈悬冰的山崖边行走一样。整个世界的人都认为他罪该万死，只有我深深地爱着他的才华。且幸他终于摆脱了死囚牢的羁绊，还一举考中了头名进士。他忠诚坦率的心志始终没有动摇，因此他的声名也渐渐宏大起来。因为这种种的一切还不足以让他为当今社会所理解，所以我更加坚信他实在是青史罕见、属于未来的伟大人物了。

唉！杰出人才难以为社会承认，自古以来就是这样。困难不是存在于人为干扰方面，就是存在于天然机遇方面。如果张咏得不到太宗的赏识，怎么能建立征吴伐蜀的功绩呢？制定太原决胜策略的人，不就是当年穷困潦倒的张齐贤吗？当同甫穷居乡里时，谁不把希望寄托在皇帝身上，乃至抱怨他手握美玉却不会正确使用呢？现在，同甫终于能在殿试中展现了他的才华，当今天子又亲自把他放在第一名，这就不愁他的才干得不到施展了；凭他的才华与志向，国家的大事有什么会做不到呢！他唯一掌握不了的，就是天意限制了他的生存时间！

福建、浙江相距遥远，我俩的心却贴的很近，相互思念，友情深笃，书信往来从未断绝。谁想到你竟然一病不起，就这样匆匆地与我永诀了呢？唉！同甫，你伟大的一生就这样结束了吗？从今而后，再想与你一道在鹅湖的浓荫中小憩，掬一把瓢泉的水共饮；相互以诗文赠答，纵情地议论国是，难道还可能吗？

在千里之外写着这样的文字，又怎能充分表达我的绵绵哀思？我深深知道，悲哀是毫无益处的，但一想起你悲惨的一生，我的泪水却不能不汹涌而出。

唉！同甫，你还有可能英灵下降并见到这一切么？

（原载《名作欣赏》1994 年第 3 期）

# 《陈亮政论词选注》后记

公元 1982 年初冬，我抱病进京，争取母校北京大学一纸毕业证书，其时，我离开她已经二十二年，年龄四十有八。

在北大招待所登记处，偶然见到老同学张仁健刚刚离去的记载，陪我登记的好友何九盈教授告诉我，他在山西创办《名作欣赏》，当上了劳动模范。何兄告诫我不应颓唐，应趁未死之年为繁荣祖国文化写点东西。其后正在中央党校学习的好友程湘清更进一步明确勉示：“要搞点学术研究。”我惶愧之极，竟夕难眠。我还能写点什么？我还能研究什么学术？世间的文章已经太多，要写的东西别人似乎都写尽了。

然而又想，既然未死，老同学又如此寄以厚望，活到了新时期终究是极大的幸运；鲁迅称他手中的笔为“金不换”，我虽不敢妄攀，也不应让手中的笔化为土灰。忽然记起辛弃疾，于是写了《血泪心声铸壮词》，盖遵至圣先师“述而不作”的明训，做点古典文学的诠释普及工作而已；也还自信，梦魂萦绕了几十年的几首诗词，总会比年轻人理解得多一点，写出来加入弘扬民族文化的大合奏，大抵是无害的。后来在仁健主编的刊物和其他报刊上断续发表了几篇这样的“四不像”，竟有了一点收不住缰的样子。

不过，我终究老了，且又多病。激动早非所宜，冷漠又做不到。矛盾中举笔艰难，产量当然是极为低微的。有时为了讲透辛弃疾一首词，要翻阅上十本有关资料。忽而有一天在《龙川集》中读到陈亮的《辛稼轩画像赞》，觉得辛陈相知极深，又反过来读一读辛弃疾的《祭陈同甫文》。读到“盖至是而世未知同甫者，益信其为天下之伟人矣”时，对“伟人”一词早已烂熟了的心忽然一动。伟人辛公为什么称自己的穷朋友为“伟人”而且是“天下之伟人”呢？中国历史上“伟人”多如牛毛，但大多是秦皇汉武唐宗宋祖之流，平民百姓而获此殊荣者似乎没有几个。陈亮在文学史上，偶尔附丽于辛公，有一“辛派词人”的桂冠而已。难道辛弃疾仅仅是因为朋友死了，就顺手奉送一顶分文不值的帽子么？须知，这类庸俗的捧场也是司空见惯的。疑惑中，不免想把《龙川集》通读一遍。恰巧江陵二中的图书室的旧书堆里有两本1974年版的《陈亮集》，给我提供了方便。不料书中毫无注释，大部分诗文颇难读懂。因而忽发奇想：这“伟人”的全集，为什么八百年来少人理会？解放三十多年，关心的似乎也不多；我何不在教学之余，用它来复习古文，顺便做点疏注之类的尝试呢？这一读不觉已逾十年，仿佛有点体会；先是有点文章，后来竟想写出一两个小册子来。总之是越读越有味道。

细读《龙川集》，我意识到陈亮确实是一位称得上“伟大”的人物。给人以最强烈印象的是他那一身真正的硬骨头，用九盈的话说，“他是一个真正的男子汉、大丈夫”。蹲了三次死囚牢，被折磨得九死一生，还是不服输；六次孤身一人冒死上书言事，大讲不合时宜的救国言论，虽被目之为“狂怪”而毫不在乎；从二十岁考到五十岁，终于中了一名状元，这“新科状元”的头衔于他当然算不了什么，但这种通过科举而至报国前线的不屈不挠的意志足以让人感佩。

陈亮未及上任就撒手归西，似乎令人扼腕；但也可以说是上帝成全了他，使他成为真正的平民思想家和布衣爱国者。与此相关的是他在词坛独立开拓，创作了一大批两宋词坛中独一无二的政论词。

平民而敢于思想，在漫长的封建社会中是罪不容诛的。而陈亮不仅敢于思想，还善于思想。他的以“事功”为核心的历史观和社会学说，在孔丘到朱熹绵延一千五百多年的唯心主义统治中，开辟了一条通向唯物主义的道路。即使到了今天，仍可见其胆识与智慧的闪光。

布衣而不忘爱国，是陈亮人格中最可宝贵的部分。他的爱国激情和思想虽不免有着封建时代的烙印，但那真诚与顽强，为中华的统一与繁荣而呕心沥血的精神，思考的范围突破赵宋一家天下狭窄利益的勇气，应该说是有历史的进步意义的，而且至今仍不失其鼓舞作用。

我想为陈亮的诗文尽可能多地做些删述工作，以期对我国人民的奋进发挥他可能发挥的作用，使陈亮不为历史的积淀所湮没。我的工作从整理陈亮的书信开始，书信的编年和注释有助于理清陈亮的生平和思想发展过程，是一种基础性的工作。可惜我年迈力衰，孤掌难鸣，《陈亮书信编年笺注》终于半途而废，成了一堆废纸。几年前，我将陈亮著作中最有特色、且较易为当代读者所接受的政论词疏注完毕，希望能够出版。但是，这样的书既缺乏流行文化的形式，更没有必要的经济效益；出版之难，难于上青天！

这些年，九盈一直在满腔热情地鼓励我，这是我没有放弃的主要原因。在北京的湘清、庆生、光亨、绍新和在太原的仁健也很关心我的工作，不遗余力地给予了宝贵的帮助。当我多年的希望终于成为现实的时候，我心中的惶愧是无以名状的。

我大学的另一老同学韩蔼丽在其处女作《湮没》于 1983 年问世时（其时她年龄四十有六），曾喟然叹息："无论如何，这总是一本书！"现在，年逾花甲的我更只能借她此言，来表达自己垂老的心声。

让这本小书与时间一起湮没吧，如果没有人读它。

（1995 年春于湖南湘潭广播电视大学）

# 梅格与人格

## ——诗词欣赏之一

疏枝横玉瘦，小萼点珠光；
一朵忽先变，百花皆后香；
为传春信息，不怕雪埋藏；
玉笛休三弄，东君正主张。

南宋爱国词人陈亮自称“平生不能诗”，但毕生留下的四首诗均不同凡响。这首五律《梅花》就是其中之一。

首联写梅花的玉容英姿，显示出一种超凡脱俗、铁骨铮铮的坚定美，给人以生机勃勃的印象。颔联写梅花的勇气，她敢于冲破“不为最先”的陈腐观念，为百花争艳的新局面开辟道路。颈联写梅花的远见卓识和献身精神，为了向人间传播春天的信息，她随时准备在冰雪的淫威下牺牲自己。尾联写梅花的希望与信念。她在凄婉的玉笛独奏中听到了同情的叹息，由此她更深地理解了人间的知己，希望之火更炽烈地燃烧起来；她更确信春之神主宰人间是不可逆转的客观规律，她的斗争永远不会孤立。

英姿、勇气、理想、信念，活脱脱画出了梅花顶天立地的形象。这就是梅格，也正是诗人高尚人格的写照。

这首诗中的梅格，与毛泽东《卜算子·咏梅》中“俏也不争春，只把春来报；待到山花烂漫时，她在丛中笑”的梅格非常相似。试译成语体，体味这一点：

稀疏的干横斜着玉洁的孤瘦，
细小的萼闪烁着珠润的寒光；
你蓦然间异军突起率先开放，
令百花随后万紫千红地吐露芳香；

为了传播人们期待的春天的信息，
你一点也不怕冰雪将自己埋葬；
玉笛中哀怨的曲调可以停歇了，
看，春之神正主宰着人世的沧桑。

（原载《湘潭日报》1988年3月22日）

# 听潮·观潮·弄潮

## ——诗词欣赏之二

浙江之潮，天下驰名；心向往之者，古今难以数计。然而也有遇而不识、听而不观者。

记得《水浒》中那位“三拳打死镇关西”的莽汉，最后的归宿就在听潮之中。那是梁山英雄被朝廷利用、在征讨方腊义军的战争中死伤过半以后，鲁智深夜宿钱塘古寺，蓦然听到千军万马厮杀之声。他抡起禅杖要去迎敌，寺中的僧人却告诉他：“这是潮信。”他顿时记起师父的预言“听潮而圆，见信而寂”，笑道：“今日洒家听见潮信，合当圆寂。”立时打扮停当，辞别了人间。施耐庵给这位叱咤风云的英雄安排这样一个奇特的结局，似乎带有看破红尘的意味；热烈的生命与冷静的死亡，智者的达观与勇士的悲哀，似乎有某种不可分割的联系。

宋代词人潘阆却是一位热心的观潮者。他留下了一首《酒泉子》，全词如下：

> 长忆观潮：满郭人争江上望，几疑江海尽成空，万面鼓声中。 弄潮儿向涛头立，手把红旗旗不湿；别来几向梦中看，梦觉尚心寒。

这首词选择了两个画面，高度概括地反映了钱塘观潮的盛况：一是海潮与人潮交织的惊天动地的声势，一是弄潮儿的雄姿。把两幅画面贯串起来的是词人自己的形象，这不是一个冷漠的旁观者，而是一位置身人潮之中、对弄潮儿无限崇敬的热心人。末句以自己的“心寒”反衬勇士的无畏，所包含的由衷敬佩是真诚的，因而也是可爱的。翻江倒海的弄潮儿是可敬的，与弄潮儿心心相印的观潮爱潮的人是可亲的；只有冷漠的、对世界失去兴趣的人才是可悲的。

（原载《湘潭日报》1988年12月12日）

# 情趣与理趣

## ——诗词欣赏之三

欣逢九十年代第一春，忽然想到两位唐代诗人赞美早春的绝句。一首是韩愈的《早春》：

天街小雨润如酥，草色遥看近却无；
最是一年春好处，绝胜烟柳满皇都。

另一首是杨巨源的《城东早春》：

诗家清景在新春，绿柳才黄半未匀；
若待上林花似锦，出门俱是看花人。

两首诗都是大自然细微变化在诗人敏感心灵中反映的产物，主题是一致的。

韩愈抓住第一场春雨中的草色，揭示了春天最隐蔽的信息；杨巨源则抓住柳枝上第一批嫩芽，描写出貌似丑陋的美。“草色遥看近却无”，妙在有无之间；“绿柳才黄半未匀”，美在黄绿相映。这看似矛盾的描写，极真实地再现了早春的特色，启人心扉，引出最细腻的审美联想，成为千古名句。

两首诗都揭示了早春的美，表达了对新生命的赞颂；都用对比的手法暗示了这样的思想：美的发现是最可贵的，而美的享受或占有则是不足羡的。

不过，细想起来，两首诗的审美方式似乎并不一样。前者是一种喜悦，止于联想，是一种美的情趣；后者是一种思考，引向哲理，是一种理趣。

所谓情趣，是自然美或生活美在人们心海中激起的情感的涟漪，在欣赏中滋生由衷的赞叹。如前诗，诗人在春雨中体验到润如乳酪、腻似凝脂的美感，又在视觉中领略到“远有新绿近却无”的妙境，于是，“这才是春天的最佳时刻，比满城烟柳的浓春强多了”的赞叹油然而生。

理趣则不然，如后诗，它是一种比较、一种思索、全诗有议论贯串，说的是诗人应有不同于一般“看花人”的洞察力。它揭示出诗人的使命在于发现并肯定新事物的萌芽，如俄罗斯哲人别林斯基所云，诗人的责任不在于描写生活中大量存在的事物，而在于发现一般人尚未发现的美。

从同样的客观景物出发，前者重在抒情，后者重在说理。这便是两首诗的不同吧。

（原载《湘潭日报》1990年2月22日）

# 神话与科学

## ——诗词欣赏之四

马克思曾经指出，神话是人类借助想像认识和征服自然界的产物，随着大自然实际上被认识、被征服，神话就消失了。年年中秋佳节，人们都会想起许多关于月亮的神话。“小时不识月，呼作白玉盘；又疑瑶台镜，飞在青云端。仙人垂两足，桂树何团团；白兔捣药成，问言与谁餐？蟾蜍蚀圆影，大明夜已残。”（李白《古朗月行》）“嫦娥应悔偷灵药，碧海青天夜夜心。”（李商隐《嫦娥》）“明月几时有，把酒问青天，不知天上宫阙，今夕是何年？我欲乘风归去，又恐琼楼玉宇、高处不胜寒。”（苏轼《水调歌头·中秋》）众多的诗人对月亮的神话多取肯定赞颂的态度，纵有少许疑问，并不导致根本否定。只有辛弃疾的《木兰花慢·中秋送月》与众不同，他在对种种神话传说提出怀疑的基础上，否定了关于月球的许多原始想像，有意无意间把读者引向了科学的推测。

中秋饮酒将旦，客谓前人诗词有赋待月、无送月者，因用“天问”体赋。

可怜今夕月，向何处、去悠悠？是别有人间，那边才见、光影东头？是天外空汗漫，但长风浩浩送中秋？飞镜无根谁系？姮娥不嫁谁留？　　谓经海底问无由，恍惚使人愁。怕万里长鲸，纵横触破，玉殿琼楼。虾蟆故堪浴水，问云何玉兔解沉浮？若道都齐无恙，云何渐渐如钩？

辛弃疾一口气提出了十来个问题，时而从常识的角度，时而就其相互矛盾关系，对从开天辟地到玉兔蟾蜍一系列与月球有关的神话进行了幽默的否定。特别是“是别有人间，那边才见、光影东头”一句，对月亮白天的去向作出了大胆的假定。在合情合理的想像中，他甚至猜到了西半球的存在。所以王国维在《人间词话》中赞叹：“词人想像直悟月轮绕地之理，与科学家密合，可谓神悟！”

不过，这种科学的猜测并非辛弃疾个人偶然作出来的，同时代的朱熹和北宋的沈括都有类似的结论。沈括在《浑仪议》中说“月本无光，犹一银丸，日耀之乃光耳”，朱熹在《楚辞集注》中称赞沈括说：“斯言有理，足破千古之疑；世俗桂树、蛙兔之传，其惑久矣。”《朱子语类》卷一还有关于宇宙形成的猜想，虽然仍属地心说，却明白指出地球是圆的。

此类科学猜测早在八百年以就出现了，这不能不说是中国人的骄傲。

（1991 年中秋于湘潭高岭）

# 以虚写实

## ——诗词欣赏之五

毛泽东的《蝶恋花·答李淑一》本来题作“游仙”，并在回李淑一的信中说：“这种游仙诗，作者自己不在内，有别于古之游仙诗。但词里有之，如‘咏七夕’之类。”他词中只写了杨柳二烈士的英灵和吴刚、嫦娥在月宫的活动，确乎不同于道家的游仙诗。但神仙们的活动是否与作者毫无关系呢？“咏七夕”之类的词是怎样描写神仙的呢？

“天阶夜色凉如水，卧看牵牛织女星”，农历七月初七是中国的情人节，有关的古代诗词很不少，词中的“咏七夕”尤其难以胜数。其中最有名的是北宋秦观的《鹊桥仙》：

> 纤云弄巧，飞星传恨，银汉迢迢暗渡；金风玉露一相逢，便胜却人间无数。　　柔情似水，佳期如梦，忍记鹊桥归路；两情若是久长时，又岂在朝朝暮暮？

全词描写的是牛郎织女在鹊桥相会的情景。似乎与作者无关。上阕写双星欢会的过程：纤巧的云彩在夜空荡漾，闪烁的星星眨着神秘的眼睛，阔别经年的牛郎织女悄悄地相会了。神仙的一次幽会胜过凡间的千万次，在作者的想像中，鹊桥上的欢娱充满了神奇色彩，柔和的“金风”、湿润的“玉露’，既是牛郎织女爱情生活的写照，又是银河上那美好时光的特有氛围，显示出天上爱情的纯真美。下阕写幽会后难舍难分的离别：似水如梦的佳期匆匆过去了，似水如梦的柔情永远地缠绵着；双星一步一回头地归去，两颗心同时暗暗发誓“永不相负”，紧接着将男女情爱升华到精神的层面上。“两情若是久长时，又岂在朝朝暮暮？”成为千古痴恋者的心誓，绝不是偶然的。

如果我们透过神仙故事的表象，体味一下词中字里行间暗示的细节，不难看出，词中情真意切的描写实际上是作者自己爱情经历的结晶。“纤云弄巧”是情人双颊上的红晕透露出心灵的震颤，“飞星传恨”是情人瞳仁中闪烁着幽怨的泪光。在封建礼教禁锢的时代，有情男女的幽会往往与牛郎织女一样困难和隐蔽，而两情欢悦的一次幽会确实胜过世俗夫妻的长年厮守。这似水如梦的爱情在封建社会中闪耀着理想之光，这才是这首词的实际内容。

可以这样说，这首七夕词是借神话以写生活，是秦少游与心上人一次幽会的实录；也可以说是他对封建婚姻制度的一种无声的抗议。

（1992年七夕于湘潭高岭）

# 孤寂的微笑

## ——诗词欣赏之六

怕愁贪睡独开迟，自恐冰容不入时；
故作小红桃杏色，更余孤瘦雪霜姿；
寒心未肯随春态，酒晕无端上玉肌；
诗老不知梅格在，但看绿叶与青枝。

（宋）苏轼《红梅》

石延年《咏红梅》诗云："认桃无绿叶，辨杏有青枝。"说的是红梅的外在特征：浅红的花开在青绿的枝上，以为是桃花，却看不到桃花常有的绿叶；以为是杏花，又发现了杏花所无的嫩枝。这种比较描写，苏轼觉得失之肤浅，于是写了这首七律。

全诗用拟人的手法，着力于红梅内在的神韵美的开掘。劈头一句就把红梅拟为慵态可掬的美人。美人何以姗姗来迟？因为"怕愁"，所以"贪睡"；因为"怕愁贪睡"，才独独迟来，临近了桃杏争春的时节。第二句是关键，"冰容"是梅花的本色，纯洁无瑕的姿容，为冰天雪地所映衬，具有凛然难犯的风貌。然而，红梅既因担心这种本色不合时俗而孤独迟开，又因错过了诸梅竞放的时令而显得更加不合时宜；所以不得不装点出红晕的笑脸，表现一点"入时"的姿态。这就是红梅的独特个性，一种矛盾重重的性格。

颔联由表及里，先说梅花染上桃杏一样的浅红是故意的，并非心甘情愿；后说她内心仍坚守着独立不倚、凌霜傲雪的情操所以仍保留着孤瘦的风姿。颈联反过来由里而表，正因为她冰清玉洁的心志并不愿迁就争春夺艳的俗气，所以不能认为染上浅红的她已经随俗浮沉了。

“无端”二字与“故作”似相矛盾，实为遥相呼应，点明美人借酒意以消闲愁，只是迫于时势、偶一为之罢了。

这种为石曼卿夫子所不理解的神韵美究竟是什么呢？

迟开的红梅虽置身于桃杏之间，不得不在微醉中装点些笑意，以回避“冰容不入时”的非议；但她傲骨依然，内心毫未屈服，而且这浅红的笑意中还隐含着怡然自得的味道。这寂寞地微笑着的红梅，就像“一肚皮不合时宜”的诗人，在屡遭打击的命运中，偶尔也装点出一些适应世俗或怡然自得的微笑一样。这正是苏东坡自己孤寂的微笑。

（原载《湘潭日报》1993 年 3 月 18 日）

# 下　编

# 高岭杂记

Gaoling Zaji

# 蔡子湖

## ——旧闻馆纪事之一

“秋风来了，蔡子湖畔、柳条瘦，夕阳桥上、倩影寥。美景何在？只剩得、半池秋水、落叶飘飘。一行雁影千憧、闲愁难消！”这支歌是我少年时最喜爱的，曲作者曾凡申是一位小学音乐教师，歌词是一位姓陆的语文老师作的，我忘记了他的名字。这支歌淡淡的哀愁、优美的旋律，萦绕在我心头四十五个年头了。我心灵的歌是从蔡子湖开始的。

蔡子湖在湖南耒阳城的西南角，相传是蔡伦造纸的地方，旁边有一栋蔡侯祠，还有一座蔡伦墓。造纸术的发明是中国人津津乐道的家珍，可它的发明人的故乡却一直受到冷落；连湖南也有“耒阳木脑壳”之说，中国人知道耒阳的就更少了。不过，耒阳也有过她的鼎盛时期，说起来竟是沾了日本人的光。1940年日本人打进湖南，高官富绅纷纷南逃；蒋介石下令烧掉长沙以后，耒阳成了临时省会。那几年确实阔了几天，蔡子湖也装扮了一番。湖面扩宽，湖底挖深，四周砌起了石阶，栽上了垂柳，湖心还修了一拱石桥。湖的东岸开辟了一个大操坪，坪东修建起一个露天舞台，叫做“中山台”。但是，耒阳的小百姓却倒了霉，湘北阔佬大批涌入，还有一大帮军警要驻扎，赶得百姓们鸡飞狗跳。我家就是在一个漆黑的深夜里被军警赶出了北门的王氏宗祠，躲到蔡子湖西岸的伍家村，不几天又被赶到了南门外郊区的七家村。我与蔡子湖的最早缘分就始于在伍家村的几天，结识了湖畔一群小朋友，成天在柳阴间嬉戏，大人们的惊恐我们是不知道的。待到我家搬到郊外，日本人的轰炸机也光临耒阳了。头一次只丢了四颗炸弹，就足够这小城消受。死了几十个人，瓦砾场上断胳膊断腿的血淋淋惨象立刻涂满了百姓的脑海。大人们一方面庆幸在郊区逃过了劫数，一方面害怕新的轰炸终将降临。伯伯成天愁眉苦脸地叹气说："祸从天上来，门板挡不住。"于是决定送孩子们下乡，我与姐姐不久就被送到石湾舅舅家读书去了。转眼就是三年，我九岁在石湾小学念完了初小，日本人似乎没有南下的意思，父亲便决定让我冒险进城考高小，目标是当时赫赫有名的省立第一小学。这可不是开玩笑的事情，据说那所学校专门招收长沙阔人的子女，很难考取。我虽自幼有聪慧之名，但在乡间读完初小，又是在几位舅母的溺爱之中，难免疏懒娇纵、学力不足。为了有把握考取，我提前半年进了城，在满姑主办的励能小学复读了一学期。1944 年春天，我顺利地考取了省立一小的五年级。

一小在城东南角离蔡子湖不远的一家祠堂里，进校第一大难题是语言不通，我们班五十多学生中只有两个耒阳孩子，老师与同学一律讲长沙话，说耒阳话轻则遭人白眼，重则挨人拳脚；我的那位小伙伴入校的第一天就被别人当马骑了一回，我决心装几天哑巴，默默地忍受着奇耻大辱。好在我早就养成了埋头看书的习惯，不需要与人交谈。同时，我开始细心琢磨长沙话，不就是"伢咧，哦是搞的"之类么！过了不久，我开口了，居然酷似湘北腔调，谁也不知道我是耒阳人了。还有一个小个子的长沙孩子成了我形影不离的朋友。我开始朦胧地意识到：语言是人类心灵的仪表。

我和小伙伴天天上学放学都要走过那条贯穿耒阳城的正街，因为我家又搬回了北门。正街北端有一家文化书店，是我们常去的地方。在那里，我们看到了许多抗日的书刊和画册，在我们童稚的心灵里烙上了民族仇恨的印记。那一年四月，我俩在书店里看到了汪精卫病死的消息，高兴得手舞足蹈，以为中国是大有希望了。就在这时，学校在蔡子湖南岸的蔡侯祠侧修起了新教室，我们兴高采烈地搬了进去。那是四排竹板夹墙涂上灰泥的西式平房，组成一个正方形，中间是一个小操坪，天天上朝会和晚会的地方。于是，我们天天课读徜徉于蔡子湖边，度过了一段十分惬意的日子。

谁知好景不长，突然人们传说，日本人大举进攻衡阳，要逃难了。我似乎不太相信，大汉奸汪精卫不是死了么？日本飞机这一年也不见来轰炸；又听说美国人俄国人都在帮助我们，怎么会又打败仗呢？然而，五月里一个明媚的早晨，我们刚一踏进校门，还来不及放下书包，就响起了一阵急骤的集合铃。站好队一看，同学们都背着书包，原来所有的教室都还紧锁着；大家面面相觑，不知道发生了什么事情。只见全校老师都穿着整齐、满面凄惶地站在走廊上；不一会，王主事来到了中间。她穿着一件天蓝色的旗袍，上罩一件暗红色的毛线短外套，脸色庄严而悲戚。“孩子们！今天不上课了。”她的话引起了一阵骚动，但立刻就静了下来；静得出奇，仿佛空气都凝固了。她似乎害怕再说，望着廊下几百双睁大的眼睛，好半天没有开口。终于，她抬起头向北边望了一眼，沉重地一字一顿地说：“孩子们！日本鬼子要来了。学校奉命疏散，我和老师们明天就要离开这里。你们都立刻回去跟着父母逃难去吧！现在，我宣布散学……”说到这里，她泪流满面，带头呜咽起来。这时，操坪里已哭成一片，大家都痴痴地站着，不忍离去。王主事身体忽然摇晃起来，有两位女老师连忙靠上去将她扶住。她掏出手绢，取下眼镜，擦干泪水，又擦了擦镜片，小心戴好；然后挺直身躯，大声说：“孩子们，不要哭！中国不会亡！我们——是一定会回来的！”这一天，我和小伙伴在蔡子湖边流连了半日，他说将随父母继续南逃，我知道自己也将逃到乡下去，此后再也见不着面了。半个世纪快要过去，我的这位长沙小伙伴不知现在何方？不知他还记不记得蔡子湖的往事？

造物主是个爱恶作剧的老魔术师，人类社会是他表演得最得意的节目。无论群体或个人，大卸八块的惨剧与仙女下凡的奇观都可能在瞬间变幻出来。我十岁那年夏天耒阳人一夜之间变成了亡国奴，我家辗转在故乡的深山里饱尝了嚼淡菜、打摆子之苦，我最喜爱的两位舅母在逃难中死去，老百姓被杀戮、被强奸、被抓夫的消息灌满我童稚的耳鼓，只有时时等待着同样的命运。想不到第二年秋天，一夜醒来，日本鬼子却投降了。听说美国人在日本丢了两颗原子弹，俄国人也向东北出了兵；反正中国没有亡，真是老天爷保佑，我们又可以过几天太平日子了。

又是考学，这回是考省立二师附小，地址仍在蔡子湖边；不过高小部在北岸，原来的一小变成了初小部。我和姐姐寄居伯伯家中，心情不好；加上逃难一年多功课的荒废，我插五年级下期只考了个备取生。人家都上课了，我才补上缺额，独自挨挨擦擦踅进教室。几十双惊奇的眼睛一齐向我袭来，满面火烫的我差一点逃了出去；老师连忙过来，招呼我坐在最后一排右侧的座位上，立刻用生动的讲授吸引了全班的注意力，让我慢慢从窘迫中安静下来。我的级任老师是位圆脸秀目的少女，顶多不过二十岁，一口长沙话银铃似地悦耳，她叫鲁淑琼。我同桌的是位高个子女孩，很朴实，成绩不太好。这学期，我怀着洗刷备取生耻辱的决心，专心读书，夺取了期末考试总分第一。可惜鲁老师第二学期就回长沙去了，新的级任老师叫伍昭兴，是个脾气很大的男子，有时打起学生来十分凶狠。不过他对我还好，毕业时给了个“聪颖好学、惜欠发扬”的八字评语，我一直牢记着。我的算术老师叫焦至诚，好像是个流浪青年，六年级时他编了一本数学书，用石印印出来，我们全班利用星期天帮他整理装订，他那高兴的样子我至今记得。另外的好老师就是曾凡申了。他的音乐课很呆板，表情很严厉，每节课练音阶至少占去三分之一，最多教一支短歌。但是，他的严格训练给我的音乐基础，几十年后在我主持中学文艺工作时才充分显露出来。我十分感激他，他教过的《蔡湖之秋》、《送别》、《毕业歌》等十几首歌曲，我至今能准确地唱全，足见印象深刻。这些老师中，只有焦至诚老师1950年在长沙街头路遇过一次，他着灰色制服，背着被包，像是赶赴前线的样子。如果他们中还有人健在，我衷心祝愿他们健康长寿。

在附小的六年级开学时，班上来了两姐妹，长沙口音，衣着华丽，一副聪明相。大的刘静凡，小的刘静澜。她们一来，大家都说我的第一靠不住了；我口里不说，心里也有些紧张，学习更加上劲。这学期，静澜夺得第二，静凡第三，我还是保住了第一名。直到毕业，这个名次一直未变。我以一号文凭从附小毕业，可以说是今生第一次胜利；但是，在人生经历中，附小一年半，我却遭遇了一次痛苦的失败，那是我的初恋。

不知从什么时候开始，我在教室里的目光被左前方的一绺黑发吸引过去，那里坐着一个女孩。现在想起来那一定是在刘氏姐妹到来以前，不然的话，我可能会爱上她们中的一个。颀长文静的静凡就坐在我的旁边，还偶尔同我谈谈功课；小巧玲珑的静澜是个极有魅力的小姑娘，一年中成绩总是与我并驾齐驱。可是我并没有爱上她们，我爱的是几乎从未交言的李仁祥。她似乎没有什么特长，功课一般，也不善歌舞。我只是觉得她的脸型秀丽，性格活泼，表情亲切，连那略带沙音的耒阳话，也十分中听。似乎是一种说不清的姿态美和素质美吸引了我，诱发了我最早的爱情梦。她梳着女孩常见的分头，只是右侧的头发总有一绺垂在耳前，几乎遮住了半边脸庞，更增添了一种神秘的美。我被这一绺黑发迷住了，极想去撩开它，吻一吻她脸上的酒涡。可那时“男女授受不亲”的古礼还统治着我们。越是爱，越不能亲近；越是疏远，又越爱得强烈。我是陷入封闭性的单相思的苦海了。人类对异性的向往大概是一种与生俱来的本能，而对异性的审美标准则充满了不可知的社会因素。我的审美情趣大概是从古典小说的描写和绣像中发源的。小时看《说唐》，我最喜欢樊梨花，对中国所谓四大美人也颇为神往；而在现实生活中我属于封建家族，恋爱被视为大逆不道的恶行。这一矛盾决定了我少年时代的精神苦闷和畸形的爱。对仁祥的爱缠绕我整整五年，可头三年她完全不知道；解放后我怀着绝望的痛苦托友人带信给她时，她已经订婚了。几十年后，我的姐姐有一次向她提及此事，她只是淡淡一笑说：“我比他大。”在她心目中，我竟然只是个不解事的“小不点”，岂不可悲！

小学毕业那天，我们唱着曾老师谱曲的《毕业歌》：“数年欢聚，济济一堂；化雨同沾，情恩难忘。时光匆匆易逝，今朝离歌三唱；同学们，努力吧！努力向前图发扬。今天是桃李芬芳，明天是国家栋梁。”我不禁哽咽起来。我的悲伤是复杂的，告别少年时代，从此走向远方。蔡子湖，你埋葬着我的初恋，我的无谓的光荣，我的一个苦涩而甜蜜的梦。

（1991 年初秋）

# 球　王

## ——旧闻馆纪事之二

我在蔡子湖边念书的最后一年半中，最要好的朋友叫梁祖谦。他的外号叫“球王”，是个最不爱读书的男孩。

他家住在耒阳城北正街圣庙巷，是我天天上学的必经之处。我每天喊他一道上学，亲密得如同亲兄弟。他手托排球，时而用一只手把球挽到背上，时而用一指把球顶上天空，就像一个杂技演员。我呢，一只手用铁丝钩推着铁环向前滚动,另一只手持着一本小说边走边看。我们这一对，不时引来惊奇的目光，以为是一双顽皮鬼。其实完全不是那么回事，我的个性极为沉静，他也是个老实巴交的大个子，我们从不跟别人斗嘴打架。

他的成绩不太好，但从未求我帮他做功课，常说“及格就行”。我不喜欢活动，倒让他十分担心，他常说：“读死书会把你读死的。”他硬是手把手教会了我打乒乓球，说“这小球很轻松，最适合你”。果然，我的乒乓球越打越好，第二年全校比赛中竟打败了他，夺取了一直属于他的冠军。他不但不生气，反而高兴得要命，以为“书迷也成了球王，虽然是小球”。他是全校球队的骨干，篮球的中锋，排球的主攻，名副其实的大球王。他也爱唱歌，《月圆花好》就是他教我唱会的。“浮云散，明月照人来。团圆美满今朝最。清浅池塘，鸳鸯戏水；红裳翠盖，并蒂莲开。双双对对，恩恩爱爱，这软风儿向着好花吹，柔情蜜意满人间。”那雅致绮丽的歌词我前所未闻，以后也一直没有忘怀。今年港台歌星在春节晚会上又唱起了这支歌，使我想起了他。他在吉林丹东市安家，已有三十多年未通音讯了。

我俩最后一次会面是在 1959 年初夏。当时我在北京大学念三年级，但在 1958 年 8 月因不理解反右扩大化而被共青团开除，情绪很不好。他当时还在部队，入了党，穿着笔挺的绸质便服，是出差路过北京。我俩在燕东园的一家小酒馆要了一只炖鸡，对酌谈心。他提到他父亲在押的事入党时未说清，组织上查出来了，恐怕也有麻烦。我们彼此安慰了一番，互勉好自为之。送走他以后不久，听说他党籍中止，转业到安东市一家工厂；几年后又听说他与一位女工结了婚，并与湖南的亲友断绝了一切联系，我自然也包括在内。

祖谦的父亲是旧社会的文职官员，1947年我在长沙考中学时，祖谦也在长沙，住在他父亲任职的社会处。我俩在远离故乡的省城见面，快乐无比，一起到天心阁逛了一天。傍晚，他硬要拉我到六堆子去，我不答应；他拉住我的袖口不放，我一挣扎竟把白府绸衬衣撕成了两半。原来那是母亲为儿子远行临时从箱子底上翻出父亲的旧衣服改成的，看起来挺神气，实际上早就腐朽了。我俩哭笑不得，他要脱衣给我穿，我不肯；用双手掩着破衣跑回了大姐家中。大姐当晚补了半夜，才算免除了我赤身露体的威胁。后来我还是去了他父亲处，看了几天《江湖奇侠传》。不久，他考取了岳麓山的岳麓中学，我还跟他在大宿舍里过了一夜。当我考取南岳国师附中后，我俩就分手了；直到两人分别参加解放军，才恢复了通信联系。

1957年暑假，我决定回湖南探亲，祖谦曾慷慨汇款资助旅费，虽然他的美好祝福没有实现，但我此行结识了他的两个弟弟，大弟祖谟还同我一道回了耒阳，一起在耒阳两所中学流连了几日。尽管后因与澄妹发生争执而败兴北归，更因为在耒阳写的几首小诗而获罪；但在我，却是终生难忘的一页。

祖谟现在是长沙铁道学院的副教授，他们的小弟祖诗也是长沙著名的中学教师了。我不知道年近花甲的"球王"现在怎样，但总想，如果我俩能有重逢之日，一起到蔡子湖边走走，该有多好！

（1991年中秋）

# 西黄寺大塔院

## ——旧闻馆纪事之三

从安定门出城，沿着尘沙飞扬的黄土路走上几里，就到了西黄寺。那是一座喇嘛庙，内有几座大白塔，所以叫大塔院。解放初期，我们中央公安干部学校的无线电特别训练班就设在那里。我是由湖南公安干部学校保送到训练班去的。在进入公安干校之前，我是长沙精炼油高级职业学校的学生。

1950年的冬天是火热的，美国佬从仁川登陆的侵略行径激起了全中国抗美的怒火，“从东北、到西南，从高原、到海边，愤怒的声音响成一片，热血的青年纷纷参战”，长沙城沸腾了。紧接着欢送四十七军入朝作战的大会，青年学生掀起了参军参干的热潮；我在这一热潮中加入了新民主主义青年团，随即被调入湖南公安干部学校政治保卫班学习。干校的生活十分新鲜，除了晨跑、射击等军事科目外，还学习各种小手枪的使用，以及守望、跟踪之类的充满惊险和神秘色彩的项目。厅长在开学典礼上说：“有人不理解我们的工作，说我们是学做特务。如果硬要这么说，我们也是做人民的‘特务’。我们与军统、中统的本质区别是什么呢？我们是以为人民服务为根本宗旨的，而他们不过是剥削阶级的工具。至于某些形式上的类似，那是以其人之道还治其人之身。”我在机要部门学习和工作的四年中，亲身体会到：我们的内部虽有铁的纪律，但人际关系是极其光明磊落的；即使在组织形式和工作方式上也与剥削阶级政权的机要部门有着本质的区别。少年时读过茅盾的《腐蚀》，还听过一个老师讲的军统特务机关中“考验忠诚”的恐怖故事，在人民公安和军队保卫部门是绝对看不到那种景象的。20世纪80年代出了些描写林彪父子在我军内部搞法西斯组织的小说，我觉得其中大部分不真实；什么“江田岛精神”，顶多只是个别野心家的梦呓而已。

我被选送中央公校学习是三月间。湖南选送的十人中，有四个青年学生，两男两女，一师的徐兆熊和周南的陈应祥后来都成了我的好友。另外是六位“老干部”，说“老”也不过二十来岁，不过参军都有几年了。队长李亚梅，组长魏刚毅，我一直记挂着。我们一行十人，先到湖南省委、又到汉口中南局转关系，最后才到北京西黄寺报到。进了大塔院，我们才知道学的是无线电监测技术。训练班两百多人，分别来自中南、西南、西北、东北、华东、华北等六大军区，都是十四五岁到二十来岁的青少年，男女都有。我最熟悉的男孩是武汉的马智勇、宋双喜和山东的李英铎，女孩是烟台的张爱莉和武汉的杜继蟠、张银菊。1985 年我入党时，离开部队已三十年，但总参谋部还是给我寄来了相关证明，甚至还给我补发了中专毕业文凭。这件事说明当年的领导和战友还健在并记挂着我。现在他们都是老军人了，不知可有几位当上了将军？

训练班先学一个月政治，主要是读一个叫《革命人生观》的小册子，内容大部分是讲个人与集体的关系、革命英雄主义与个人主义的区别，收有朱老总、毛主席和少奇同志的文章，还有一篇谈思想改造的文章是吴晗写的。学习方法是自学与讨论相结合，最后分别写出自己的思想小结。我们唱的歌是“我们来自各方，集合在一起；共同生活，共同学习，树立革命人生观，努力来改造自己”。我们的文娱生活也很丰富，打球、下棋、郊游、看电影，应有尽有。记得我在军棋和跳棋比赛中得过两个第一，受到副队长李荣的表扬，因为我在政治学习和技术学习中也比较出色。

技术学习的中心任务是高速抄报。这时的教师都换成了真正的特务——俘虏的国民党情报人员。他们的无线电知识丰富，技术纯熟；上课只讲业务，不谈政治。先从最简单的电码学起，一月后逐渐加速，从每分钟收录五十个电码到每分钟收录一百八十个莫尔斯电码。那是一种高度紧张的神经系统功能运动，对听力、大脑转换力和书写力都是极严峻的检验。到每分钟八十个电码时，就有人掉队了；过了一百大关，能跟上训练要求的人越来越少；五个月后，第一批结业的只有四十余人，其中有十九位女孩。我们湖南十个伙伴中只有三个从甲班结业，徐兆熊、陈应祥和我。我们被分配到中南军区建立汉口工作站，由李荣大姐带队。

李荣大姐个子不高，黝黑的鹅蛋脸总是带着一种孩子似的笑意。她似乎是河北人，据说是一家农村小地主的女儿，少年时为反抗包办婚姻连夜逃出家门，与表兄张振亚一道到了解放区。三年后她与张振亚结婚，夫妻又从汉口调回了北京。她有一点偏爱于我，尽管政治学习结束时我的封建官吏家庭问题曾引起一些领导同志的疑虑，她仍然毫无偏见地关心着我，一直寄予厚望。她常说："我看小王很有培养前途。"十月中旬她受命组建新站，毫不犹豫地选我做她未来的部下。1956年我考进北京大学后，曾与在北京政法学院学习的中学时代好友马正湘一起到她家做客，正湘为她的两个孩子拍的照片，一直珍藏在我的影集中。

在大塔院的日子里，我萌发了又一次爱情梦。那烟台姑娘张爱莉苹果般红润的笑靥和天真活泼的舞姿触动了我。不幸她也被李大姐看中，和我一起分到了汉口，成为以后若干年悲哀的因子。

离京那天宴会上，李荣大姐喝醉了，我们十几个少男少女的心也醉了。新的战斗岗位在向我们招手，威武的戎装和对付美蒋特务的工作诱惑，在我们眼前展现出一片神奇的光明。1951年10月底，我们告别了西黄寺大塔院，告别了首都，登上了南行的列车。

（1991年深秋）

# 北征纪实

## ——"老北大"的故事

### 1982年11月12日

现在是公元1982年，距离我前四次进京已经好几十年了。最近一次是1963年春节（正月初一），距今也将二十年。我为什么要一次又一次地孤零零地去闯北京呢？是因为我老是苦苦地依恋着故国神京，还是命运在作弄着我呢？

此行求三事：历史清楚、工龄连续、毕业证明。

从二十二年前离开北大起，我成了一个有历史问题的人。政治面目模糊不清，革命工龄若断若续，最后学历不明不白；虽然三年前北大党委作出了平反结论，却只承认"补发肄业证明"，留下一个长长的尾巴。此番进京，就是想把这个尾巴割掉。

我是去乞求，还是去抗争？

千里迢迢，抱病孤征；回校申诉，未卜吉凶。这不是乞求又是什么？然而，我一生清白，问心无愧；合法权利，争之有理。这又怎么能说是乞求呢！

晨六时，因为要找熟人在车上定座位，从郝穴返回熊河站，九点才挤上长途汽车，妻子带着两个尚未成年的女儿送我，难免有些伤感。下午三点半抵岳阳火车站，顺利购得直达北京的快车票。草记于候车室中。

## 11月13日

半夜，列车驶过武汉长江大桥，硬席坐久了，刚动过大手术的胃忽然剧痛不已；只好忍痛去补了一张卧铺票，找到铺位，用旧大衣裹着昏昏睡去。睡梦中时而看见系总支书记程贤策微笑着对我说："你怎么又来了？来了也好。我们给你补发毕业证。"时而看见系里那板着脸的女秘书恶狠狠地说："来了也不行。对你，不枪毙就是落实政策了。"我猛然惊醒，出了一身冷汗。向窗外望去，天已大亮，列车正行驶在华北平原上。

进京去找谁？心中无底，思绪茫然。程贤策早在文革初期就自杀了，我是从一位流落江汉平原的"老北大"口中得知这个消息的。现在的系总支书记叫华秀珠，三年来给我回过两封信，话虽说得客气，但是模棱两可，公事公办，一拖再拖，不大可能计日程功。

汪景寿是五六届同年级的同学，主持复查，推翻了二十多年前的两桩错案，可谓有恩于我。但他刚从美国回来，早已不管此事，所以在通信中坚决反对我进京申诉。

洪子诚虽不同班，回信却颇有感情，他能出面带我去找解决问题的关键人物吗？

在所有留校的老同学中，何九盈当然是最了解我的，我俩既是同班，又是同乡，还一同编写过《广场编委考》和学术大批判专刊，我一直视他为亲密的兄长。不过，1963年回校重逢时，言语已少；近年书信，仍极谨慎，似乎有所顾虑。该不该去麻烦他呢？

传闻康式昭现任北京市委宣传部文艺处长，他的《大学春秋》问世后一直风平浪静，仕途似乎一直平稳。当年他任校团委书记时指导过我在文学社的工作。找得到他吗？

"船到桥前自然直"，到了再看。

傍晚六时，列车在欢快的喧哗中到达终点站——首都北京，我怀着沉重的心情，随着出站的人流挤出站口，暮色已苍茫四合，寒气也渐渐凝重起来。我突然记起二十年前那个春节晚上在北京车站旅馆被公安人员盘查的狼狈遭遇，决定尽快赶往海淀。

满眼是橘黄色的灯光，车水马龙，人流如潮；一别二十年，我几乎迷失了方向。赶紧定一下神，用纯熟的京腔问了两位行人，总算旧梦依稀，轮廓尚在。我乘上103路无轨电车到达动物园，又找到了当年时常乘坐的32路（现已改为332路）公共汽车，到达海淀已是九点半。急入南校门，问中文系的老师洪子诚，门房的回答是："老师们夜间不办公，何况今天是星期六？到他家去找吧。"

我竟不知道洪家在何处，翻出他的信看也没有住址。没奈何急忙进入海淀街区，谁知连问三家旅馆，都说"客满"。糟了！夜露渐重，寒气逼人，我这孱弱的病体难道能露宿街头么！

情急智生，非找到九盈家不可！好在他的信也带在身上，而且他是惟一在信封上留有住址的老同学。蔚秀园，在哪里？沿着燕园西侧的大道一路问去，总算在西校门对面找到了，时间已过十点。在阒寂无人的、黑魆魆的高楼群中又转了好几个大圈子，才找到了29栋402室。爬上四楼，十点半，冒昧敲门。瘦小的九盈打开了房门，还好，几乎毫无变化。

"何九盈！""王叔珩！"我俩几乎同时一声惊呼。露宿京郊的威胁终于解除了。眼泪啊！你为什么流不出来？重逢比想像中要温暖百倍，到底是"春天"了么？

"你终于来了，不是说身体有病么？还是来了，来一次也好。来了，就一定能解决问题。"我简单地说明了此行的目的后，九盈接着说："时间不早了，马上去会一下华秀珠，先住下来再说。"

他带着我到华秀珠的家里，华书记很客气，说是解决问题的条件已经成熟，大概下星期会有眉目。她给北大招待所打了一个电话，安排好我的住宿，我们就告辞了。

九盈送我到招待所，亲自为我登记，意外地在登记本上看到了老同学张仁健的名字。他连忙问服务员，可惜上午已经离京回山西去了。

九盈告诉我：他在山西人民出版社工作很出色，当上了省级劳动模范；最近还创办了一种大型刊物叫《名作欣赏》，来京大概是为了此事。

九盈还告诉我，明年暑假可能会去荆州师专讲学，并极力勉励我振作起来，争取在教学之余搞点科研。我有点心动，怎奈身心交疲，恐怕难以满足老友的期望。九盈毕业后留校任古汉语助教，“文革”后首批晋升副教授，想必学术造诣颇深了。

夜十二时，记于北大招待所。

## 11月14日

今天是星期天。

昨夜华秀珠说，关于我的毕业证问题，系里三年前就已上报学校教学行政处，最后卡在教学行政科长邱蒙手里，说是教育部没有文件，不能随便给在校未满四年者补发文凭。不过最近有些松动，要等校长办公会讨论，大概周内可见分晓。她的话不尽符合事实，有点信口开河却又似乎给人留有希望。

从我这方面的感受而言，就是平反不彻底，有关组织并无认真补偿受屈者几十年损失的打算。我于1960年6月20日被秘密开除离校，在湘南山乡和北大荒流浪了三年后，1963年因档案遗失问题回校申诉，当时的中文系总支书记程贤策负责为我“甄别”，重建了档案，改“开除”为“退学”，补发四年级肄业证书；因为我是调干生，介绍回原单位分配工作。程贤策虽然救了我一命，却不可能让我逃脱十年浩劫，“文革”中我再次被打成“反革命”，隔离审查、劳动改造达六年之久。不过我总算熬了过来，还有了一个简陋的四口之家。1979年春天，我向当时任组织部长的胡耀邦申诉，促成了北大的复查。当年12月14日，北大党委作出了《关于王叔珩同志在反右倾运动中受处分问题的改正决定》，决定撤销1958年和1963年两种处分，“确认其1956年9月至1960年6月在北京大学的学籍，补发肄业证明。”这真是一个庄严文件的一处可笑而又可怕的败笔，事实上是在最关键的节骨眼上维护了“左”的错误。他们不知道，这样的证明十六年前早已补发，正是凭着北大肄业证，我才能重回江陵担任乡村教师；而且“文革”初期，它还被当作我是“北大陆平黑帮埋在江陵的定时炸弹”的铁证，加以没收，四处展览。那时的人们似乎毫不在意“肄业”与“毕业”的区别，反正都是“臭老九”耻辱的标志。北大党委们更想不到，当他们庄严决定再给我补发一个崭新的肄业证明的时候，这样的证明已经“连大专毕业证也顶不了”（江陵教育局长语），完完全全成了一张废纸。正因为如此，我在1981年秋天收到北大邮寄的新肄业证时，立即退了回去，并慎重地附上了自己的复学申请书。紧接着，我再次给此时已出任党中央主席的胡耀邦写信，请他干预此事。我的要求集中为两点，第一，按照毛主席“文科以社会为工厂”的指示，我离开北大后在农村、工厂和学校从事了二十一年社会主义劳动，应该可以抵得上一年学历；第二，万一不能通融，也应该允许我回校复学，尽管我年近半百，且又体残多病；只要一息尚存，这一年的学习任务我保证完成。考虑到耀邦同志日理万机，可能无暇顾及此等小事，我又给教育部的领导寄出了同样的申诉。经过这一番折腾，北大中文系终于有了反应，由系总支书记华秀珠亲自给我复函，表示正在考虑补发毕业证的问题，让我耐心等待。就像老天爷在半空中挂下了一个可望不可即的馅饼，我眼巴巴地又等了大半年。这时，中央关于大幅度调高中年教师工资的精神下达，其中一条规定，凡1960年以前毕业的本科生一律晋升两级。我刚刚调入的重点中学的领导催促我尽快拿到毕业证，以便他们“落实工调政策”。不得已我给北大有关组织和留校的四位老同学寄出了一连串紧急求助信。在他们的包围中，中文系总支竟在10月份开具了一纸“临时证明”，告知江陵方面，“像王某这种情况应按本科毕业对待，不日将补发文凭”云云。江陵方面却对之不屑一顾，说北大中文系的此类证明“纯属胡闹”，甚至责令我在11月底以前“搞到文凭”，否则大概又要“后果自负”了。就这样，我不顾县教育局和学校某些领导人的阻挠，在众多好友的支持和鼓励下，又一次只身闯进了北京。可现在华书记还是叫我耐心等待，怎么办？“既来之，则安之”，姑且等一天再说。

拂晓起床，在未名湖畔打了一通太极拳，出西校门，到九盈家借了一副碗筷，又到十六斋买了一周的餐票，然后回到办公楼附近的教工食堂用过早餐。仿佛大学生生活又开始了，这手术后30%的残胃好像也在争气，一下子接受了四两北方大饼而毫无不适的感觉。给单位寄了一封转告家属的平安信，开始漫游燕园。

现在的北大招待所在燕园东北角的镜春园，记得当年挖的“红湖”游泳池就在附近，不知现在还有没有？沿着未名湖东岸的便道漫步里许，湖东南角上矗立着一座高高的八角塔，那是全校的水塔。走过水塔，就到了生物楼，1958 年昙花开放和 1960 年实验室失火时我两次到过这里，我班的唐天然还一度成为“救火英雄”被宣传过。

生物楼南面是文史楼。文史楼是一座宫殿式的三层建筑，大门朝南，左侧为中文系，右侧为历史系。当年系办公室在二楼，三楼是系图书馆。我从入校任系团总支宣委起，到四年级搞学术大批判止，一直是这里的常客。这里有我轻快的脚步，有我辛勤的汗水，更有我最后离去的沉重步履和辛酸眼泪。明天，我来这里会看到什么呢？

我在文史楼最风光的时刻是 1958 年 10 月，我们五六级四班创办的学术大批判专刊《赤卫军》的首发式在一楼小教室举行。系主任杨晦讲了话，对我们的革命精神予以肯定。我在会上宣读了由我执笔、我与陈键联名发表在《光明日报》上的论文《评〈屈赋考源〉》。而受到冲击的老教授游国恩当场表示欢迎同学们的“帮助”，甚至于宽宏大量地说：“王君的文章击中了我的要害。”可是，人们并不知道，我当时已因“具有反动情绪”被秘密开除出团，正在等着更大的厄运。班党支部仍然吸收我参加学术活动，只是“用其一技之长”而已。现今游老师已经离世四年，我想表示歉意也不可能了。

走过十三斋，那两层楼的集体宿舍还是老样子，但是堆满杂物，似已移作它用。我班男生大一时住在东头下层左门的三间，我入学时写的小诗《希望》就发表在中间的墙报上，记得当即引起了宁波来的徐明雄的注意，说结尾“多少美梦突然实现？多少颗暗淡过的心，又燃起了熊熊的火焰”引起了他的共鸣，可谓“警句”。明雄毕业后分往湖南湘潭，1963年还当了市文联副主席，现在不知怎样了？

以三十二斋为中点的两行十来座五层学生宿舍大楼，是从1953年院系调整后到1959年大跃进时陆续修建起来的。绕过大饭厅，经过小饭厅南门的三角地，就进入了这主要的学生宿舍区。我向三十二斋望了一眼，又看看时间不早，就转身往回走。经过新建的现代风味十足的图书馆，沿着未名湖西边的水泥路，走过老燕京大学留下的宫殿式办公楼群，我慢慢地走回了招待所。

公休日，整个校园安静极了。

谁能知道，有一个痛苦的老学生在这里漫游？

## 11月15日

上午七时，进入文史楼，却扑了一个空，中文系搬走了。我正在楼左的大道上犹豫，一位身材颀长、眉目清秀的女大学生走过来。她一接触我探询的目光，就意外地向我鞠了一躬，一声“老师早”吓了我一大跳。我愣了一下，忙问她中文系怎么走？“请跟我来。”她殷勤地引我绕过新图书馆，在一长排有院墙的双层建筑中看到了中文系。“老师，您走好！”她礼貌地告别，款款而去。

这一误会令我难堪极了，我哪有资格当她的老师？

“二十年后，欢迎你来北大当教授！”耳厢忽然响起老同学朱纪鹏的声音，那是1963年2月他与我在三角地话别时一句酸溜溜的玩笑话。当时，我是穷乡僻壤的“五类分子”，他是刚刚劳教复学的“右派学生”，说这种话只能算“穷开心”，既是痴人说梦，又是“反动透顶”！

1957年我班划了四个右派。头号右派名崔德甫，江苏盐城人，在中学就当过学生会主席，所以刚进校时被指定为班长。他戴着一副黑色宽边眼镜，走路昂首向天，不爱搭理人，颇有一点“官味十足”的自负。班上大多数同学都看不惯他，第一次选举班委会就把他选掉了。他大为不满，扬言是调干生“嫉妒”他，让他“丢了官”，他“决不罢休”，定要“东山再起”云云。刚好当时为纪念孙文诞辰九十周年，出版了一套《孙中山选集》，他便买了一套，整天抱着啃。1957 年 5 月，北大学潮刚一开始，外面有人贴出“胡风不是反革命”的大字报时，他立即跑去响应；接着他运用从《孙中山选集》中获得的只言片语，拼凑了好些大字报，四处张贴。就这样，他成了学潮组织“爱智社”的首批社员，被谭天荣、林希翎（全国有名的学潮领袖）吸收为学潮刊物《广场》的编委，最后被划成“全校有名的极右分子”之一，开除学籍，不知到哪里去了？

第二号右派蔡根林，是从浙东来的应届生。他入校不久就在校刊《红楼》上发表了长诗《东阳江》，影响颇大，我班十几个应届生奉他为“天才”。在受到党团组织的批评后，十分不满，在日记中写下了“痛饮仇雠血，人头作酒杯”之类的诗句。他被定性成“右倾小集团首领”、“右派分子”，送农场劳动教养。

徐朴是上海人，个子高大，少言寡语，夹克革履，有些少爷风度。他在学潮中几乎毫无活动，仅仅因为“出身不好”，说过句把错话，就被认定属于“煽阴风、点鬼火”的人物。戴上“右派”帽子，留校察看。据说毕业后分在上海少年儿童出版社，写了不少儿童文学作品。

入校时睡在我上铺的朱纪鹏，是东北人，当时才十九岁。他是个典型的漂亮小伙子，红扑扑的娃娃脸上方有一头浓密的黑发，经常油光可鉴。他不大爱学习，看了印度电影《流浪者》后，几乎整天哼着“到处流浪……到处流浪……”的歌儿，引起了当时注重作风朴实的调干生的厌恶。据说他的父亲在伪满时当过小吏，解放后被当作“汉奸”杀掉了，他不知怎么读完了高中，还考上了北大。其实，学潮中他一张大字报也没有写，没有谁觉得他是右派。仅仅因为他十分同情班上的几个右派，被批判时又态度不好，就被莫名其妙地带上了“右派”帽子，也送去劳教了。1963 年我俩在大饭厅门口偶然重逢时，他已变得十分朴素，黝黑的脸庞镂刻着劳动的艰辛，满头乱发失去了往日的光彩。他告诉我他还在读三年级，并带我去会见了已经读四年级的蔡根林。蔡根林着一身黑长大衣，活像一位神父，令我大吃一惊。我与根林本来不熟，加上我在《红楼》任主编时奉命写过《评〈东阳江〉》，多少有些隔膜。此时我们三人同属待罪之身，惟有互道“珍重”而别。但不知什么原因，纪鹏临别时说的这句浸透悲哀的玩笑话，二十年来却一直铭刻在我的心里。

今天，二十年就要满了，我果然回到了北大。不过不是来当教授，而是来索取毕业证，世上还有比这更令人难堪的荒唐事吗？

我在中文系门口等到了骑自行车来上班的华秀珠，她带我进入办公室，介绍我认识了曾经负责给我回过信的冯世澄。“老冯，这就是王叔珩同志，请您带他与教学行政科联系。”说完就匆匆上楼去了。她明显地失去了前晚的热情，那时可能是因为有何教授在场的缘故。老冯年近花甲，大约是系里的老办事员，他和另几位老人都说：“您还不见老，与二十年前差不多。”天哪！他们怎么会记得我？尽管我在校四年中发表过不少诗文，但大多使用笔名，在公开场合露面的机会也很少。我只是一个在校默默无闻地读书、最后悄悄无语地离去的普通学生。他们这样说纯属礼貌语言而已。老冯又充满同情地说：“您给胡耀邦同志的信，我们都看了。大家都觉得您太屈了，要求是合理的。”我诚恳地向他们表示感谢，但老冯说，阻力不在系里，问题在校教学行政处的教学行政科，关键人物是科长邱蒙，只要他那一关通过，问题就解决了。接着，老冯拨通了教学行政科的电话，告诉他们我已来京。

果如其言，电话那头传来邱科长的一口官腔：“哦，王叔珩的问题么？还要等几天。什么？他已经来了？来了也没用。”老冯无可奈何，建议我还是去找他当面谈一谈，多说几句好话，不光晓之以理，还要动之以情，并告知邱的住址，以便下班时可以找到他家里去。

邱蒙是一个瘦长的北方大汉，披着一件深蓝色的短大衣，看样子不是“三八式”，就是“解放牌”，属于党内工农出身的中层干部。我简单地自我介绍后，恳切地说明了我当前的处境，请他理解我二十余年的痛苦，尽快帮助我解决问题。谁知他满脸漠然，无动于衷，只说：“您在校时间三年零十个月，教育部文件没有发毕业证的规定。如果有规定，早就给您发了；没有文件，您来了也没用。”

“这样说来，不是没有希望了吗？”我失望地说。

“希望还是有的。近年，学校考虑给在校三年半以上的补发毕业证，但校长办公会议一直没时间讨论。您既然来了，等几天吧。也许这个星期能讨论呢？”说完他就转身去处理别的事务，我只得告辞。

走出德斋，心情十分沮丧，我需要冷静思考一下。信步踅入路旁树林，在一条石凳上坐下，忽然又想起了程贤策。程贤策属于党内知识型中层干部，他们大多是从“一二九”运动到解放前夕的学潮中涌现出来的。这些人与邱蒙一类很不一样。他们虽然在党内外矛盾激化时也会整人，但是在日常工作和生活中，他们往往比较通情达理，平易近人，他们中不少人干工作敢于负责，考虑问题全面周到，处理事务坚决果断，其深入细腻有时超出人们的想像，令人感动。程贤策1963年对我的帮助就是一例。那年春节，我为了应付农村的“社教”逃到北京，衣衫褴褛，形同乞丐，在前门旅社差一点被公安局抓去，幸亏我身上一封盖有北大公章的“关于档案问题”的便函救了我。第二天回到北大，在中文系团总支找到了同年级的同学按苗，他依照程贤策的吩咐，带我免费住进了招待所（那时在二十八斋）。从第三天起，程贤策就隔三差五地来招待所与我交谈，了解我离校后三年的遭遇，让我写自传、填表格，历时一月，独力主持了给我重建档案和甄别平反的全过程。虽然由于当时的大政治气候已再次“左”转，“千万不要忘记阶级斗争”的调门愈来愈高，我的错案已不可能彻底平反；但我相信老程是尽了全力的。三月初的一个晚上，老程最后一次来到北招，难过地说：“小王，没能帮你实现复学的愿望，是我最大的遗憾！好在你是调干生，改轻处分就可以安排工作，这样你今后的生活就不成问题了。我们本来想在北京郊区找一所学校让你去教书，无奈你的户口已落在湖南农村，根本不能迁入。看来你只好先回去，我们给你所在的地方政府出一封公函，看看他们能否安排你的工作。另一方面，我们会与江陵联系，看看能否介绍你回原单位。”第二天下大雪，老程一早就来引我到这教学行政处，帮我办了一张肄业证，临别时又给了我十斤全国通用粮票和三十块钱，说明这是系总支委员们捐助凑集的。我回湖南后虽然耒阳县政府人事科以“不属本地干部”为由拒绝了北大的公函，但它与肄业证一起阻止了农村某些干部对我的迫害。半年以后，当农村“阶级斗争”的弦再次绷紧，迫使我决定最后逃离的关键时刻，北大给我寄来了一封厚厚的挂号邮件。这封奇特的邮件中有两组公函：一组给耒阳县乡两级政府，说明我原是北大的调干学生，因受不当处分下放农村；现在根据国务院有关文件规定，立即调往湖北江陵工作，请准予办理粮油户口迁移手续。另一组给江陵县政府人事科，详细说明了我考入北大后七年的曲折经历，请他们务必依照国务院有关文件关于“调干生退学后一律由原单位安排工作”的规定恢复我的工作，并告知江陵方面，为我重建的档案已寄给他们。邮件中包括各种证明信、介绍信十余张，一律盖着“北京大学”鲜红的公章。这封奇特的邮件就像一部从天而降的吊车，一下子把我从湘南的山沟里吊到了江汉平原上的一所中学，让我得以苟延残喘，一直活到了今天。无疑，这一切都是“解铃人”程贤策努力的结果。这种努力所体现的博大的人道主义精神和所达到的呕心沥血的程度，你能够想像得到吗？

如果程贤策现在还在世该多好！如果他当了北大党委书记就更好了。我胡思乱想了一阵，突然清楚的意识到：必须千方百计去寻找一位活着的“程贤策”，一位有职有权的知识型干部，最好是邱蒙的直接上司。对了，我应该马上去找王竹溪。王竹溪是著名的老物理学家，是美籍华人、诺贝尔奖金获得者杨振宁的老师，现任北大副校长。这样的名人我攀得上么？原来我身上揣着一封给他的信。信是我的同事谢平远悄悄交给我的。他说：“听说你要回北大，我有两个亲戚在那里，所以写了两封信，也许需要时可以助一臂之力。”老谢是公安人，听说是望族的后裔，说王竹溪是他的舅舅是可信的。问了几个人，在北招南面的一幢公寓里找到了王老先生的家。一位老太太听说我是从湖北来的，非常高兴地接待了我。可惜王老不在家，说是患了肝硬化，已经长期住进天桥的友谊医院去了。我不想打扰病中的王老，把平远的信交给老太太就退了出来。

下午两点，在燕东园找到了汪景寿。我俩在校时并不相识，仅仅因为复查过程中通过几封信，彼此才有些了解。他虽然不赞成我进京，见了面还是热情有加，紧握我的双手，满脸笑容可掬，满口“欢迎欢迎”，弄得我几乎手足无措。听我说了江陵方面的情况以后，他劝我不要急躁，问题迟早会得到解决的。谈起他的美国之行，他只简略地介绍了一下，赠给我一枚美式打火机，就起身和我一起离开了他那独居的一套三室一厅。据说他是研究相声的专家，从住房待遇看比九盈要好，可能是行政级别高一点吧。他陪我到系里与老冯商量了一番，说：“邱蒙这个人挺不好打交道，要慢慢来。”嘱咐我多去与他软磨，“反正咱们有的是时间。”临别还盛情预邀我十八日共进午餐，真是位颇善应酬的社交型知识分子。

看时间还早，再访教学行政科。这回会见的是一位年轻的女孩子，听了我的申述，她表示无能为力；问邱科长，她说没有上班，不知干什么去了。想着景寿之言，我左弯右拐在镜春园东北角一个偏僻的四合院里找到了邱蒙的家，硬是在他进餐时堵住了他。一见我愁眉苦脸的样子，他不得不匆匆扒了几口饭来应付。

“王老师，我是很同情您的，在我个人看来，您的问题也是应该尽快解决的。问题是教育部没有明确规定，我也就没有权力给您解决了。”我提醒他：“问题已经拖了三年多，症结在哪里呢？”

“第一，您不是右派，这就是说，一切关于右派改正的规定，对您都不适用；第二，您在校学习的时间确实只有三年零十个月，不足四年，按现有文件规定只能发肄业证。”

“既然是个别特殊情况，您能不能单独呈报学校领导审批呢？”

“我没有权力也没有必要这样做。”

“那还不是没有希望了吗？”

“不！希望还是有的。一年前我们草拟了一个文件，准备给三年半以上被错误处理了的学生发毕业证，但需要经校长办公会议讨论通过，可惜校长们老是挤不出时间讨论它。”

“估计什么时间可能讨论呢？”

“不知道！”

“能不能快一点？”

“那我就更不知道了。”邱蒙摊开双手说。我有点生气，无言地离开了那个地方。

## 11月16日

今天早晨去找袁良骏，路过三十二斋，忍不住走了进去，爬上四楼，在425室门口向里面觑了几眼。室内还是八个铺位、八张书桌，与二十二年前一模一样，只是不知换了几次主人了。大学生们刚刚起床，进进出出，宛如当年情景重现。我仿佛看见了许多熟悉的面孔，听见了阵阵耳熟的声音，竟不知不觉往里走。“老同志，您找谁？”室内传出惊奇的询问，我忙说“不找不找”，转身走下楼梯。

良骏住在三十四斋，见面就大叫：“昨天就听说你来京几天了，怎么今天才到我这里来？”我说：“这不是来了么！你不嫌弃就万幸了。”他是山东人，与我同班，毕业后留校当助教，现在还是讲师，正为晋升副教授努力，据说只因外语未过关，遇到阻挠。我在他的书桌上随意翻阅，无意中看到他新出的专著《鲁迅思想的发展》扉页上题有墨迹未干的文字：

“嫉贤妒能，飞短流长；嗟乎萁豆，相煎何急？献给北大的刀斧手们！”看来他在北大不怎么顺利。

生活中到处充满着矛盾，信然哉！

良骏建议我直接去找校长，他带我到了燕南园。燕南园是北大的高干高知住宅区，一色带花园的两层楼别墅，颇为优雅。当年在林庚老师家商议“陶渊明研究”时到过这里。良骏告诉我冯定和张承先的家，说：“太不像话了，害了人家二十多年，至今连一张毕业证也不给，简直岂有此理！叔珩，我看你太软弱了，你到校长面前，就把党委的决定和二十年前的肄业证摊开请他们看。”说完他就去系里办事去了。我想了一下，还是先见一见冯定。冯老是著名的社会科学家，也是党的高级干部，1953年任华东局宣传部长时以论证“中国民族资产阶级的特殊性格”驰名全国，后来却因其小册子《共产主义人生观》中有所谓“正义冲动论”而大受批判，一度销声匿迹，不知去向。十一届三中全会后，才听说他当了北大副校长。作为过来人，他也许会同情我的处境，我走进他住的两层楼带花园的住宅。不料老人不在家，我又碰了一鼻子灰。现任校长、物理学家张承先我想还是不找为妥，因为还不到“拼命闯”的时候；再说我的整个平反过程绝对光明磊落，靠的是党中央的政策，既不靠任何个人的施舍，也不需要个人摧眉折腰地乞求。还是先去办公大楼摸一摸情况吧！

在办公大楼内转了几个大圈子，见到的是许多科室的牌牌：党委办、校长办、组织部、统战部、落实政策办……大都只有一位“××长”或“××主任”在应付。听我申述一通后，往往是客客气气地“开赶”，典型的回答是“您这问题我们管不了，最好去找一找……”什么叫做“官僚主义”？什么叫“踢皮球”？我算是又一次有了切身体会。还好，“皇天不负苦心人”，最后我在校长办公室内的秘书科遇见了一位好人。她是一位四十多岁的女同志，人们称她“黄科长”。

黄科长听着我的申诉，不时插一两句关切的话，流露出极自然的同情。她接过我手中的有关材料仔细看了一遍，沉思着说：“你这问题有点复杂，但应该是可以解决的。”她把材料递给坐在她对面的年轻女孩看，让她也听听我的申诉。当我提及邱蒙的答复时，那女孩立刻说：“怎么没有文件？三年半就可以发毕业证嘛！”黄科长叫她查一查，她从抽屉里拖出一大叠文件，翻了好一会，找出一份文件指给黄看，她俩又小声交谈了几句，黄科长连连点头说：“哦！我给邱蒙讲一讲。”

我气极了，这位邱蒙确实不太负责，我与你素不相识，你何至于对我如此刻薄！硬是害得我千里迢迢来到京城，花钱费时不说，还要挨霉受气。

去见九盈，把在秘书科了解的情况告诉他，着实发了一通牢骚。九盈劝我冷静对待，等它几天，静观待变；并说明天他再去见华秀珠，把这情况告诉她，请系里再次出面催促邱蒙。

九盈把他的专著《古汉语词汇讲话》和一本载有他的论文《先秦诸子的语言学理论》的北大学报送给我，要我将教学中的语言文字问题搜集一些给他作参考。他已初步决定应邀去荆州师专讲学，说是如能成行，一定去郝穴看我。在九盈赠书上题诗一首：

千里迢迢返燕园，同窗乍遇笑开颜；
劫波历尽余兄弟，学业功成正着鞭；
大有可为温语重，身心自爱互寒暄；
鹿鸣江畔青萍宴，待客荆州再细谈。

诗中提及1963年秋天他给我的安慰信，信中说："县委恢复了你的干籍，可喜可贺！你才三十岁，正是大有可为之年。过去只能提供教训，不能成为包袱。千万不可消沉，一定要振作起来！"这些话我时时铭记，视为金玉良言。

九盈还告诉我，程湘清现任山东社会科学院副院长，正在中央党校学习。他已经知道我来到了北京，约定本星期六下午四点半三人在九盈家里小聚。

湘清也是山东人，比我小四岁。大一下期，团支部改选，湘清接我的手担任宣委，此后几乎与我形影不离，无话不谈。他对我的种种议论近乎迷信，从不发表反对意见；我对他也推心置腹，毫无顾忌。那时，因为我俩都当过团组织的宣委，大家都叫我"老宣"，叫他"小宣"。1957年夏天，我俩联名发表的短诗《是行动的时候了》，一时传遍燕园，成为佳话。我俩后来的疏远是因为刘竹立的缘故。刘竹立也是山东人，从山东大学保送莫斯科大学留学，不知何故只读了一年就回国了。回国后就插入我们班任党支部委员，专门负责掌握大学生的“思想动向”，权力似乎比支部书记陈键还大。学潮期间，他注意到湘清与我关系密切，多次找他了解我们谈话的内容。当时，我对中苏分歧有所觉察，觉得刘少奇和邓小平的“八大”报告“有反对个人崇拜的倾向”，贸然对湘清说：“国际共运有分裂迹象，我党中央似乎也有分歧。”刘竹立知道后大为紧张，把刘少奇的《论共产党员的修养》念给湘清听，责令他与我“划清界限”。湘清当时还不太在意，把这事当笑话讲给我听，直到一年后我被开除出团，我俩才知道事态严重，但一切都悔之已晚。大三后，湘清和九盈都转入语言班去了，我又一天天陷入悲观绝望之中，并于一年后被刘竹立“引蛇出洞”，成了“反党分子”，我们的友谊就中断了。时过二十余年，这些恩恩怨怨早已化为云烟，重逢时不知他会说些什么。

即如良骏，1963 年相遇时一句话也不敢说，今天居然对我大加赞扬，甚至万分惋惜地说：“咱们四班糟蹋了两个天才：一个是蔡根林，一个就是你老兄。”我只能满面羞惭，无话可说。

## 11 月 17 日

夜来辗转失眠，心中极不宁静。邱蒙是什么人？难道又是一个“刘竹立”？即使刘竹立，也不会顽固到对抗中央精神的地步。我与你无冤无仇，为什么要如此刁难？看来延宕时日是免不了了，三年他都拖了，这几天怎么会“立地成佛”呢！回味半生经历，心中涌起一阵苦涩，积习难移，成七律一首：

嗟余斯世未逢时，一事无成两鬓丝。
投笔从戎霜剑断，冲霄奋翼健翎摧；
两番浪迹荆江畔，三次逡巡御苑西；

可叹青春成苦忆，同窗乍遇共惊疑。

要据理力争，但只能相机行事，千万急躁不得，你早已不是二十几岁的小伙子了。

未见邱蒙，再访秘书科。黄科长告诉我：昨天的文件不是教育部的正式文件，而是校内尚待讨论的草案。是不是说这样的文件可以照办、也可以不照办呢？她没有明说，我也不便深究。奇怪的是她竟托我转告邱蒙，请他明天下午列席校长办公会议，等待讨论时发言。她还补充说，至于校长们讨不讨论这个问题，还不一定，因为调工资、评职称、人事调动……问题成堆；校长们又多是老态龙钟，不能久坐。

看来昨夜有点错怪了邱蒙，幸亏还没有与他争吵。又到教学行政科，还是只坐着那个女孩，把秘书科长的话告诉她我就走了。

下午二时，找到中关村二公寓246室，会见平远的表姐李克珍。她读了平远的信十分兴奋，说是几十年音讯不通，今天总算知道了下落，感谢我为她带来了亲人的祝福。

李大姐与王竹溪也是亲戚，她毕业于西南联大历史系，学生时代就加入了地下党，曾任历史系党总支书记，现为北大出版社编辑。因患高血压在家休息，身体确实很不好。

难得克珍姐一见如故，把我视如亲兄弟，推心置腹地回顾了惨痛的二十余年。她告诉我，她夫妻（丈夫也是历史系的领导人）都是反右倾运动中的批判重点，“文革”中更是受尽折磨，在经历了种种难堪的屈辱以后，他们绝望得把毕业证和各类荣誉奖状通通撕得粉碎，甚至想到了自尽。我们谈到了程贤策，勾起了我一页沉重的回忆。

六年前的盛夏，我在江汉平原的偏僻农村意外地得到了程贤策的死讯。那一天，我正和几位同事在寝室里闲谈，一位同事冲了进来，大嚷：“王老师，你的老同学来了！”随着，一个高个子、长方脸的不速之客提着一个鲜艳的花布包跨了进来。那来客一见我瞠目结舌、手足无措的神态，连忙说：“我们是先后同学！先后同学。”我还没来得及反应，他又补充说："王老师，我是北大历史系1954年的毕业生，在社会调查中听到了你的大名，特来拜望。唐突！唐突！"当时正值"批邓、反击右倾翻案风"的高潮，到处都在清查与"天安门反革命事件"有牵连的人和事。我感觉这位老同学来得蹊跷，暗中提醒自己要小心对待。在漫不经心地提了几个问题，证实了对方的确是北大同学以后，才注意观察起来。来客五十多岁，脸色红润，头发却全白了；谈笑时虽然声音洪亮却不时夹杂着难以觉察的颤抖，满脸笑容却不时眼神闪烁、流露出忧虑甚至恐惧。我初步判断这位同学来得绝非偶然，就委婉地劝走了本校的同事，直截了当地向来客说："朋友，你不是搞社会调查的，也不是偶然来看一看我。有什么急难之事就请明言。"果然，这位"老北大"的泪水汩汩而出，出示了××精神病院的出院证件。原来他真是北大历史系1954年的毕业生，名叫王退之。他毕业后分在北京三十二中教书，1964年"四清"受到沉重打击，莫名其妙被弄进精神病院折磨了八年，出院后到处流浪，至今年逾半百，仍是孑然一身。他是来求助的，说是决心回京听候命运安排，但是缺少盘缠。我们在谈话中无意提到了程贤策，他说解放前夕和程贤策同属"民主青年联盟"的盟员，彼此十分熟悉。"可惜十年前他在"文革"初期就被逼自杀了。"听他此言，我大吃一惊，忙问详情；他说他也不大清楚，总之是不在人世就是了。馈赠少许钱票，送走了王退之；我的心情异常沉重，久久地为我们这些"老北大"的悲惨命运哀伤不已。

克珍姐告诉我：程贤策死于聂元梓执政的"北大公社"大搞"红色恐怖"的时期，他被打成"陆平黑帮的骨干分子"、"牛鬼蛇神的保护伞"；批斗、游街不说，还被揪头发、架飞机，打得遍体鳞伤。不久，他失踪了；几天后，在西山一处密林里发现了他的遗体。遗体旁有一个空酒瓶和一个空农药瓶，他是把自己灌醉后服毒自尽的。想着他临死还在为亲人考虑，设计得如此周详，因为怕吓坏了妻儿老小，他竟拖着伤痛的身躯跑了二十多里。我们的双眼都潮湿了，这是一位多么冷静多么善良的殉难者啊！

在问及我来校几天的遭遇后，克珍姐表示，秘书科的黄科长叫做黄文英，是她的好友，可以请她帮忙。我想了一下，请克珍姐明天上午去会见黄文英，务必请她在校长办公会上力争把关于补发毕业证问题的文件草案尽量提前，让校长们讨论通过；如果能够如此，就不仅解决了我的问题，而且将造福于一大批受屈二十余年的“老北大”，也可谓此行的一点意外功德，足以稍稍自慰了。克珍姐慨然允诺，使我大为振奋。在此京官如林、人情淡漠的京华腹地，熙熙攘攘、弱肉强食的万人丛中，得遇思想上的亲人，实在是今生幸事。

“绝望之为虚妄，正与希望相同。”

世界上还是好人多！

## 11 月 18 日

总算找到了洪子诚，他住在未名湖边一幢筒子楼里，宿舍狭窄，在走廊里做饭。人又黑又瘦，戴一副深度近视眼镜，听说还没有评定职称。快五十岁的人，当然不宜再当“助教”，只好称为“教师”。这真是位老实巴交的书呆子，看样子比我这穷酸气十足的中学教师强不了多少。他的妻子是社科院文学研究所的研究人员，人很秀气，正在埋头写作，看来也是书呆子。他告诉我：吴济时在武汉大学，刘登翰在福建文研所，刘烈茂在中山大学，张继顺在四川峨嵋电影厂。谈到我的问题，他束手无策，连声叹息说：“真是没法子，我一点也帮不上忙。现在中国要办成一件事真难，我实在不认识几个人，没法子！帮不上忙！真难过！”我也只好陪着他叹了一通气。

上午十一点，景寿准时来到招待所，邀我到湖滨的“燕春园酒家”进餐。这校园内的餐馆，二十多年前是没有的，那时要聚餐非出校到海淀不可；海淀也不大，一色北方土平房，那寒碜程度甚至超过了江南农村的小集镇。现在肯定繁华得多了，单看这校内的餐馆，陈设珠光宝气，中西名菜俱全，就足以窥其一斑。

景寿极健谈，先说了些在美国的见闻。他主要在旧金山大学讲授中国文学、特别是中国现当代文学，据说颇受欢迎。他是“侯宝林专家”，讲课一定很有风趣。谈起他留校二十余年的经历，知他颇为顺利，是位擅长交际的乐天派；所以中年发福，满面常是笑容。说到邱蒙，他说“文革”后期有一阵子在校毛泽东思想宣传队为活动经费的事与之常打交道，“这个人办事刻板，很难缠！”不过他一点不着急，说是“反正这个戳（指公章）它跑不了。”

“来来，品尝一下咱们的燕春园！”“为我们难得的重逢，干杯！”“这是道名菜，你一定要多来点。”在他殷勤的劝说中，我几乎忘掉了多日的不快，吃了个酒醉饭饱。这一餐大概花了好几元，结账时我挺不好意思。论情理应该由我请他，因为他主持复查，帮了我的大忙。但是我现在虽然比 1963 年宽裕，囊中依然羞涩；这次来京，还多亏好友陈敷波借给一百元路费，才得以成行。所以我不能挥金如土，只好再当一回“穷措大”。

景寿还讲了关于蔡根林的笑话。1978 年右派改正时，多方查询蔡根林，竟无下落；传说他已去世，无法复查。1979 年突然接到一封从内蒙寄来的信，正是蔡的申诉。于是竞相传告：“蔡根林复活了！”他现在包头七中教高三语文，与我命运相似。

九盈个子不高，相貌清癯，精神矍铄，富有学者风度。总是说：“既来之，则安之。”“你最重要的是在有生之年拿出科研成果来，有没有毕业证倒在其次。我相信你是有潜力的。”良骏声音洪亮，爱发议论，比较专注于个人事业。这两位学友似乎都与景寿不太一样，分属北大教授的不同类型。

下午五时，会见邱蒙。他一见我就高兴地说：“通过了，文件通过了。”我几乎跳了起来，忙问详情，他说：“校长办公会议刚刚结束，校长们讨论了关于给在校三年半以上离校的学生补发毕业证的文件，决定通过执行。”我问什么时候给我发证，不料他又慢慢地说：“您的问题还是没有进入文件规定的范围，要我单独写专门报告待批。”我感到惶惑极了，问他什么时候能批？要由谁来批？他又冷着脸说：“能不能批准，还不一定；这些事我也说不大准，应该说快了。您就耐心再等几天吧。”

真是节外生枝，令人百思难解！

## 11月19日

夜不成眠，忧虑愈来愈沉重。晨五时，披衣起坐，执笔沉思。

看来这个邱蒙确实不简单，我真怀疑他是决心置我于进退维谷的绝境了。他是抵制中央精神，还是可怕的官僚主义？是欣赏自己的权威，还是讨厌我的申诉？总之，一场严重的斗争看来在所难免，一味求情已无济于事。我必须背水一战，千方百计制而胜之，一定要争取在两天内解决问题！

几天来，他说过的话真真假假，需要仔细分析。

头几天他说："您的不幸遭遇，我个人非常同情；您的文凭问题，我个人也认为应该尽早解决。但我权力有限，上级文件没有明确规定，我无权给您发毕业证。"

"一等校长办公会通过给三年半以上的人发毕业证，我一定首先给您解决。"

"为您单独写报告？我不能够。写了校长也不会批。"

昨天下午，他却改变了说法。

"右派的问题，已经通过了，三年半以上的都给以解决，补发毕业证。您不是右派分子，不在文件规定的范围之内。"

"不过，我今天夜里立即为您单独写报告，还要等几天。"

"希望很大，已经很快了。"

总之，问题还在拖延和等待之中，什么"很快"了？是快发了，还是快完了？真是疑云密布，形势严峻。

呜呼！"蜀道之难，难于上青天"！

再访校办秘书科，径直向黄文英询问实情。黄大姐恳切地告诉我：昨天下午，她兑现了给克珍姐的承诺，把有关补发文凭的问题特意提到了首项议程；由邱蒙汇报情况后，校长们讨论了一会。有一位校长问："清华是怎么搞法？"邱蒙回答："1958年以后错划的右派，读了三年半以上的，早发了。”于是几位校长先后表态：“就照清华办吧。”这样一来，原草案规定的范围给缩小了；限于右派问题，而且限于五八、五九两届的学生。我头上没有“右派”帽子，又属六〇届学生，因此又一次被划到了线外。

据悉，经黄大姐提醒，邱蒙当即提出了我的问题，说：“反右以后，六〇、六一两届还有不少因政治原因被错误处理的学生，怎么办？有一位已经来京多日了。”校长们说：“那就个别上报、个别解决好了。”似乎我又错怪了邱蒙，解决问题的最后希望还是在他身上哩！

黄大姐最后悄悄对我说：“个别审批的权力交给了第一副校长兼教务长王学珍，万不得已时可直接去找他。”又说：“他是李克珍在西南联大的同班同学。”

回到中文系，华秀珠一听说情况变化，神色骤然冷了下来。她忧虑地说：“恐怕王学珍再往教育部推，你这次可就白来了。”她甚至建议我“暂时”先回去。我不知道她是无可奈何，还是推卸责任。难道问题能这样不了了之吗？难道回去了还会有人把文凭给我送到家中去吗？她身边一位年轻味大的女秘书还讥诮地说：“等教育部批复？至少得三年。”我大为恼火，忍不住爆发出来：“多久我也要等下去，总不至于再来一个二十年吧。”

“你愿意等就等好了，生活有困难，可别来找我们！”面对无理的轻蔑，我当即反击：“可爱的小姑娘，你错了！你以为这是我个人的私事么？且不说整个错案由谁铸成，单说平反不彻底、留个尾巴一拖三年，难道你们就没有责任！如今受害者自费来京，你们不但不全力协助，反而在一旁指手画脚、说风凉话，这不是混淆视听、颠倒黑白、逃避责任又是什么！”一席话说得她面红耳赤、张口结舌、哑口无言。华秀珠只好出来劝解：“王老师，你冷静一点，我们慢慢想办法。”

“等你们的办法，恐怕黄花菜都凉了！”我冷笑一声，拂袖而出。

女秘书的态度，使我隐隐若若感觉到这校园的许多角落里，还隐藏着一些怀疑、歧视乃至敌视的目光。平反的阻力并非来自邱蒙一人，我必须挺直腰杆、放稳脚步，眼观四面、耳听八方，随时准备应对突如其来的挑战。

走过文史楼，另一个更冷酷的女秘书的脸突然浮现眼帘。

1960 年 6 月 20 日上午九时许，党支书陈键忽然通知我到系里去一趟，当我走出三十二斋大门，来到正对南校门的林阴大道上时，才发现身后除了陈键，还有团支部组委唐天然。我不由得惊奇地问：

“什么事？也找你们吗？”

“我们也不知道，到那里就清楚了。”天然低声回答，陈键却沉默无言。我的心蓦地一紧，土门的公案要做结论了。

土门是京郊平谷县一处村落，那年春节前后，我们中文系五六级四个班在那里边劳动边整风，在学习庐山会议决议中“向党交心”。我在刘竹立的诱导下“敞开思想、带头交心”，发表了一连串不满“三面红旗”的言论，一夜之间成了“反党分子”。不过，正当各班分别揪出典型、准备批斗时，一班的“典型”邢志恒受不了威逼，吊死在村口的大树上。于是，批斗取消，草草收兵。但问题一直挂着，我这个四班的“典型”也只能坐等厄运的降临。今天终于要做结论了，处分是肯定的，是什么处分就很难说。反正要来的躲不掉，天塌下来也得硬着头皮顶着，我坦然地走进了系办公室。

接待我的是系里一位不认识的女秘书，一看她阴沉的脸色，我就知道自己的预感没有错。

“关于你在土门的错误，学校已经作出了决定。你自己看一看吧。”她递给我一张像便条一样的打印《通知》：

“中文系五六（四）班学生王叔珩，一贯表现恶劣，无培养前途。现决定开除其学籍。限二十四小时内离开北京。”

我的眼前一黑，几乎要昏厥过去。打击的沉重并未超出我的预料，但这种“大撒把”式的既草率又神秘的处理方式，却令我大为意外。对于我一个十六岁投身革命、无家可归的青年来说，这不啻是一种变相的死刑。但我很快抑制住震惊，紧咬着下唇坐了下来，向对面的女秘书投去询问的目光，倾听着她的说明。

“你的错误是政治立场问题，性质极其严重。你自己应该明白。不过，你对这样处理有什么意见，还可以提一提。”

我再仔细地把那个古怪的《通知》默念了一遍，坚决地说：“关于表现和培养前途之类我不想再说。我只有一个问题、两种要求，希望组织上考虑。我要问的是：我在交心会上的‘错误’，属于什么性质？如果我的言行已经触犯了刑律，我要求组织上予以逮捕法办或送去劳教；如果还属于‘人民内部矛盾’，我请求组织上分配一个工作，或者送我回到江陵去……”

“不行！”女秘书粗暴地打断了我的申说，“你已经不适宜做任何革命工作了，而判刑劳教又暂时还不够条件。你只能回到原籍去参加生产劳动，接受人民公社的监督管制。这是不可改变的决定。”

“既然如此，那就算了。我想问一声：我参加革命十年的档案将怎么处理呢？”

“我们将寄往你原籍的公社党委。”

我拖着铅一样沉重的双脚，走下二楼，来到底层过道上。我猛然意识到：结束了！四年的北大生活就这样结束了，十年的革命生涯就这样结束了，二十六年的惨淡人生也可能就这样结束了！等着我的是什么？是蔑视与侮辱？是孤独与死神？我不知道。无限的悲凉和莫名的恐怖袭击着我麻木的心，我靠近墙壁把双手扶在墙上支住头部，让满眶滚烫的泪水尽情地倾泻出来。陈键和天然在我身边停了下来，没有安慰，似乎也不想教训。一直到我的泪水流得差不多了，陈键才开口：“你回寝室去收拾行李吧，离校手续我们帮你去办。”当天晚上，由刘竹立“陪伴”、唐天然挑行李，把我丢在北京火车站，他俩就万事大吉、回校复命去了。临别前，刘竹立还大讲了一通“不许自杀”、“改造好了，无产阶级还会用你”之类的空话，俨然他就是无产阶级的化身。

以后的事实表明，正是这次粗糙草率的处理，遗失了我属于军事机密的档案，把问题弄得异常复杂，其恶劣影响一直延续到现在。如果我最终不能赢得彻底平反，不仅对不起自己，对不起部队，对不起所有关爱我的亲友，而且对不起程贤策的在天之灵！

克珍姐见义勇为，有帮助我成功的热情，我是否应当再次打扰她，告以黄文英的话，请她再出一次马，找王学珍。既然他们是同班同学，应该是说得上话的。真是山重水复将无路，但盼柳暗花明又一村。

一周事态，从另一方面看，充分证明了这次毅然自费来京的绝对必要性，证明了好友刘任农建议的绝对正确性。

对我这次来京，江陵方面的领导层大多不予支持，他们虽然成天念叨着“落实知识分子政策”的真言，到了真要为落实政策办点实事的关键时刻，却大多采取冷眼旁观的态度。在县里开会的时候，教育局长找我谈话说：“那么多当专家教授的老同学出面都办不成，你去了就能办成？你身体不好，又带着毕业班；如果事情办不成，徒劳往返，浪费时间，于公于私都是损失，岂不是‘画虎不成反类犬’？影响多不好！”这位华师毕业、教研员出身的局长说的是“劝告”，做的是“旁观”，骨子里还是“阻拦”，这是领导们的典型态度。校长们则说得更露骨：“您执意要去，我们也不能阻拦。但丑话说在前面，如果您此去拿到了毕业证，我们可以考虑给您报销路费；如果拿不来，不仅路费由自己负担，工作上的损失还得承担责任。”面对这些含有威胁的“良言”，我也曾怯于远行、一度拿不定主意。众多好友的支持激励了我，才下了最后的决心。其中，好友刘任农专程从熊河赶到我家，这位与我患难与共十余年的“老华师”帮我分析道：“这一趟北京你非去不可！越早越好。最难得的是北大松了口，这千载难逢的机会你一定要紧紧抓住，全力以赴，破釜沉舟，背水一战；我看此行办成的可能性极大。万一失败，只要是尽了全力，也就没有什么遗憾了，不就是损失了百十元路费吗？如果你不去，过一两年文凭寄来倒也罢了，掉一两级工资也没啥了不起；万一北大还是一拖再拖，不了了之——这是非常可能的——你已经年近半百，以后还会有这样的机会吗？因为错过了这次机会，你将会后悔一辈子！”

现在老刘的预言正在应验。试想，如果不来，校长办公会的讨论不知要拖到何年何月？不来，文件通过了也轮不到解决我的问题；不来，谁给我报专题材料？而没有专题报告，解决问题的最后机会就失去了；不仅工调肯定排不上队，历史尾巴割净也不可能了。

目前，情况总算已基本摸清，问题也总算接近了解决。

接近解决当然不等于真正解决。做一次最大的努力吧，即使要告到中央去也在所不惜。万一还要拖，那就是天意如斯，非人力所能勉强了。

## 11 月 20 日

又是星期六。

清晨赶到克珍姐家中，把情况的变化告诉她。她也大为意外，觉得老校长们的态度不可思议，简直是“摸着石头”跟在清华的屁股后面爬行，令人哭笑不得。不过，北大校长不好当，我们也表示理解。小心翼翼没有错，就是苦了倒霉的学生。谈到王学珍，她面露难色，说因老同学地位改变，不便高攀。我想其中可能另有委曲，不应强求，也就不再提及请她出马之事。不过，克珍姐告诉我：“王学珍就住在八公寓 206 室，离北招很近；你最好直接去找他。”她还建议：如果他答应解决，就请他签字；如果他往别的校长身上推，就下决心一个一个去拜见，一个一个请他们签字。她说：“事已至此，这是惟一可行的下策了！”最后她说学校上午十一点半下班，最好今天中午就堵在他门口，并答应有条件时与王学珍通一次电话。

十点半转到八公寓附近，饱尝了等候一位素不相识的大官的滋味。我暗自责备自己粗心，竟连王副校长是男是女都没问清楚。

十一点半，住在公寓的干部一个个下班了；有坐小汽车的，更多是骑的旧自行车。幸好进二号门的人不多，没有出现荒唐的判断错误。快十二点的时候，终于有一位身材颀长的中年人在二号门口下了自行车，我追进大门，见他正准备上二楼，于是鼓足勇气，唐突地开口问道：“您是王学珍同志吧？”他吃了一惊，停下来回答：“是啊！你找我么？”可是，听我匆忙地说明自己的身份和来意并提及邱蒙的报告后，他却漫不经心地说："哦？没有这事，我不知道。"我只好拿出北大的改正决定和中文系的证明请他看，并简略叙述了来京一周的情况。这两个历史文件是我此次北京之行的基本依据，为了避免任意杜撰或断章取义之嫌，有必要一字不易地恭录全文于下：

（文件一）

关于王叔珩同志在反右倾运动中

受批判、处分问题改正决定

王叔珩，男，1934 年生，1950 年入团，家庭出身地主，本人成分学生，原为北大中文系 1956 级学生，现为湖北省江陵县熊河中学教员。

王叔珩于 1958 年 10 月因在反右、双反期间暴露的思想问题受到开除团籍的处分。于 1960 年 6 月又因学习八届八中全会文件过程中暴露的思想问题，受到开除学籍的处分。1963 年 2 月，对其问题进行甄别，改原开除学籍处分为令其退学。

经复查，王叔珩在 1957 年整风鸣放期间未参加过右派活动，在双反、反右倾期间在组织动员下暴露思想，是要求进步的表现，据此给予处分是错误的，应予改正。现决定：

一、撤销对王叔珩开除团籍、开除学籍后改为令其退学的决定，与此有关的材料应从档案中撤出销毁，因此受株连的亲属应予消除影响；

二、确认王叔珩 1956 年 9 月至 1960 年 6 月在北京大学的学籍，补发肄业证明。

中共北京大学委员会（公章）

1957 年 12 月 14 日

（文件二）

江陵县教育局、郝穴中学党支部：

现在江陵县郝穴中学任教的王叔珩同志原系我系 1956 级学生。他的学籍处分等问题经过本人申诉、学校复查，已经全部平反，并有正式材料于去年寄给您们，谅已收到。

遗留下来的是王叔珩同志的学历证明问题，我们早已上报，并多次询问，本来可以早日解决，但因有消息说，中央教育部准备发一文件，其中有的条文适合王叔珩同志的情况，即像他这样的情况应按大学毕业处理，发给毕业证书，以致问题拖到今天。一俟教育部文件发下，我们将尽快处理此事。

顷接王叔珩同志来信说，贵校正在进行调资等工作，急需学历证明。考虑到上述情况，先开此证明请您们参处。

致

敬礼

北京大学中文系党总支（公章）

1982 年 10 月 28 日

上述文件也是我身份真实的有力证据，不由他不相信。他边看边沉思边说：“哦！是好像有这么一件事，邱蒙是写了个报告。不过，没有决定，我个人不能决定。”我不得不委婉地采取了攻势，反复申述，据理力争。但他的态度始终暧昧，有的话还有拒绝的意思。如：

“党委的决定，我一个人怎么能随便改变。”

“即使大家尊重我的意见，我也要与大家商量商量。”

“人都老了，还要毕业证？二十几年的工作，难道还不能证明吗？”

我听出了话语中流露的同情，告诉他江陵方面对学历证明的强硬态度和我的困难处境，并出示了 1963 年程贤策帮我办的四年级肄业证。他的态度软了下来：

“邱蒙是报了个材料，本来准备今天下午看看，可是刚才教育部来通知说，部长下午要来。看不成。这样吧，明天我利用休息时间看看你的材料，下星期答复。”

“好好！我一定尽快看，尽快解决你这个问题。”

“我将把意见告诉邱蒙，你就不要再找我了。”

分别时虽然握了手，但我的心空空洞洞。

谁知他打算怎样批？

忽又想到教育部长下午要来北大，不知是哪位部长？会不会是彭佩云——彭副部长呢？去年我听说彭佩云出任教育部副部长后，想到她“文革”前是北大党委副书记，1966年6月被聂元梓的“全国第一张马列主义大字报”点名为“陆平黑帮”的二号人物，想必对极左路线有切肤之痛，对北大的受害者会有更多的理解和同情，于是给她写了一封长信，请她过问一下我的问题。前几天系里老冯说，教育部已将此信批转北大，并有电话询问此事，可见彭副部长是体恤下情的。下星期是否需要闯一闯教育部呢？

心事重重回到招待所，前天住进来的那位空军军官就来关切地询问。小伙子名叫钟宏明，自称来北大“休假写作”，对我颇有兴趣，好像想从我身上发现一些“生活素材”。听我说了情况后他很气愤，说：“下星期我陪您一起去见见这位副校长，帮您说几句难听的话。”这位青年军官很有点见义勇为的劲头，他甚至建议我去闯中南海，直接找邓小平。我不能说他幼稚，只是说还没有这个必要。

下午四点四十分，我怀着沮丧而沉重的心情、比约定时间故意迟到十分钟，到了九盈家的门口。我有点担心让九盈的爱人讨嫌，怯怯地敲了一下门，房里传出一阵大笑。

“来了！‘老宣’来了！”房门洞开，九盈夫妇出迎，后面湘清高举双手冲了过来，一双厚实温暖的大手紧紧握住了我的右手，连说：“叔珩，老哥！您还是老样子啊！”

我平静下来，看他轮廓未变，只是已经开始发福，还多了一副玳瑁宽边近视眼镜，随口说：

“可不是二十年前了，你看，枯瘦如柴！”

“还好！还好！是有点清瘦。”

“你的问题怎样了？”在餐厅就座后，九盈关切地问。

“难！难于上青天。我痛苦地感到无人理睬，简直比六三年那回还糟！”也许我长期习惯了“组织安排”，对1963年程贤策那种“包办”式的“甄别”十分怀念；对眼前这样四处求人、备受冷遇的处境深感“窝囊”，趁此机会大发了一通牢骚。

“胡说八道！”九盈以老大哥的口气止住了我，“怎么能比？六三年你是‘敌人’，我都不敢同你说话；现在我们解放了，你是自由的。时间对我们有利，拖几天怕什么？你呀你，总是这么悲观，这么颓唐，太糊涂了！太糊涂了！还是那句话：‘既来之，则安之。’不怕他拖，他拖到哪里，咱们就追到哪里。退一万步说，即使真不解决，一个毕业证，也没啥了不起！还会有别的办法，有了学术成果，不怕他不承认。”

我快乐起来，三人开始喝酒。

席间，我们回忆了大学头三年的生活，谈到了散落全国的老同学们。我们开始都在五六级四班，大三下他俩编入了语言班，四班属于文学班，我们就分开了。

湘清说：“上次我到南京，见到陈键。他现在《青春》杂志当主编，我俩谈起您，都十分痛心。陈键说：‘我当老四班支部书记五年，最痛心的事是无辜地毁掉了叔珩，他是最冤屈的一个。’唉！六〇年到底是怎么回事？我一点也不知道。九盈，您知道吗？”

“就是因为家庭问题，加上在土门说了些直话，无限上纲上线，就定成‘反动学生’了。据说是校团委一个姓胡的搞的，刘竹立在中间起了些坏作用。”

提起老刘，我们都明白他是“左”得最厉害的一个，自打他从苏联回国进入四班，同学间的关系就骤然复杂化了。我简略地回顾了刘、陈、唐三人送我离校的经过，并说：“也不能怪哪一个！一切都是时代使然，我自己也犯了糊涂。他们不过是执行者而已。”湘清告诉我：

陈键和唐天然毕业时分在中央党校，后来陈键回了南京，天然现在还在那里当老师；刘竹立却颇不如意，弄到河南图书馆去了，据说潦倒半生，至今还是“孤家寡人”。谈到此，为这位拥有三所名牌大学的学历、喝过“洋墨水”的老同学的命运，大家又唏嘘了一阵。

话题转到我目前的处境和下一步的打算，我说只能等待王副校长的批复；如果他不批，就去闯教育部。我提及给彭佩云写申诉信的事，说：“真的到了走投无路的时候，我就去找彭部长或其他几位部长；再不行就去找胡耀邦！”

见我慷慨激昂的样子，湘清忽然慢慢地说：

“彭副部长的住处，我可以告诉您。她家在崇文门外菜市场一号楼101室。不过，您去找她时最好不要讲是我告诉的地址。您最好明天就去，星期天她在家。”

九盈也表示同意。

饭后，湘清说要去燕南园看望王力老师，我也一道回北招，九盈送我俩进了西校门。话别时九盈突然说：“叔珩，我看你明天就去面见彭部长，你可能不知道，彭部长的爱人、全国人大秘书长王汉斌是湘清的好朋友哩！”

“不！不！”湘清忙不迭地否认，“那是我的老领导、老上级，这次来京学习我去看望过他们。”

我毫无思想准备，既不想贸然面见大官，又怕太麻烦了湘清，一时委决不下。迟疑了好一会，我才说：“我考虑一下，下星期不解决，一定去。湘清，关键时刻你可不可以出面？”

“可以！可以！”湘清毫不犹豫地说。

我在七点半回到招待所。一进门，就听到了良骏洪亮的声音：“他是我们班上的天才，可惜被左倾路线毁掉了……”小钟一见我，就说：“我正听袁老师讲您的故事哩！”

“瞎吹什么！良骏，你别寒碜我了。”

“咋是吹？事实嘛！好了，不说了。明天中午，到我家吃餐便饭，我还约了彭庆生。”

“免了吧，我现在是茶饭无心。”

良骏说了好些劝解的话，小钟也插话安慰。三人东拉西扯又谈了半小时。我无意中提到湘清准备出面引见彭部长的话。

“你真傻！”良骏一拍桌子，大叫：“怎么不叫他明天陪你去彭部长家？”

“他很忙呀！他说明天有点任务。”

“什么了不得的任务！比你的事还急吗？二十几年了，连一张毕业证也不发，太坑人了。不行，我们立刻到王力老师家去，截住他，非要他出马不可！”

“我看也是，”小钟插话，“老王同志是太迂了，您的那位当官的同学也太不关心老同学了。我也陪二位一起去说说，其实，这点事对他来说，开口之劳罢了。”

我想事已至此，的确不能再瞻前顾后，答应了袁、钟二人的催促。我们赶到燕南园王力教授的住宅，敲门询问，里面有人回答：“那位山东来的同志刚走几分钟。”

良骏当机立断，说：“我骑车去西校门汽车站拦住他，你和小钟快步赶来。”翻身跨上自行车，在路灯下一下子消失了。一路上小钟又絮絮叨叨提了不少好心的建议，中心是如何迫使湘清出面。我知道这是多余的，他没有主动立即出面，完全是因为了解我自尊心极强的缘故。

在西校门内的石桥上，他二人已经转来。湘清果然说：“叔珩，既然您想好了明天去，我当然陪您；不过，我回党校先去个电话，摸准明天去的时间，立即用电话告诉您。”

十一点，中央党校电话：

“叔珩吗？我是湘清。刚才我已与彭佩云同志通了电话，向她汇报说：我的老同学、极有才能的《红楼》主编为平反的事在北大等了两周了，困难很大，想去见她。她答复说：明天一定给北大领导打电话，请他们尽快解决这个问题。明天下午要我再给她电话听结果。

"明天去不去？等明天我去您那里面谈。"

他还告诉了彭家的电话号码。哦！原来湘清果真已是党政要人，神通颇大了。

## 11月21日

又是星期日，离开江陵第十天。

八点整，电话又响了：

"叔珩，我夜间想好了，你的事确实很急，不能再拖。正好趁彭部长未回话以前，我俩马上去见她，一定求她亲自过问此事。你快准备一下，我就来。"

看来，他也是彻夜未眠啊！

我这一生，虽多次见过省级以上领导人，但近二十年沦为"内专"对象，备受社会歧视，连区、县机关都很少进去，滋生了一种怕见官的"鼠气"和懒见官的"猫气"。现在，马上要直接面见中央领导同志了，心情无论如何平静不下来。反正坐不住，就穿好衣服，向西校门迎去。刚出招待所大门百来步，湘清正好赶到。

在地铁车厢里，他详细提示晋见的步骤："您准备一下，话要简明，但尽可能具体一些。我少说，尽量让她听您的。"

九点正，我俩走进一号楼的大院，院内一辆红旗牌轿车正要开出，一位年近花甲、但头发乌黑的男同志，一见我们就推开车门下了车，笑着对湘清说："来了吗？老彭在家等你们。"

"叔珩，这是王汉斌同志。"湘清上前介绍，"这就是我的老同学，王叔珩。"

"好好！你们进去吧，我有事出去，不陪你们了。"他分别与我俩轻轻握了一下手，就上车离去。

走进101室，彭佩云同志满头银发、体态雍容，以老大姐的亲切与我们握手、表示欢迎。她很客气地让我们进到她的书房就座，一位中年妇女进来倒了茶又出去了。彭部长说：

“小程，这就是你那位同学吧，说说在下面的情况，好吗？”

我扼要地说清了问题。她说：

“这件事我有印象。去年学生司就与北大联系过，我以为早解决了；想不到还要跑到北京来。你们等一下，我给王学珍同志挂个电话。”电话通了，对方回答“不在家”。

“唉，你们昨天来就好了，昨天下午我还到北大去了的，说一声不就得了。”

我想：您说得轻巧，我昨天能在北大拦车告“御状”么？见一位校长尚且困难重重，何况见您？不被轰开才怪哩！

又说了一些别的话题后，她答应今天一定给王学珍打电话，问明情况，尽可能由北大解决；万一要报教育部审批，她也一定催学生司尽快办理。她还告诉我她家的电话号码，叫我记下来，说：

“明天，不管问题是否解决，都来一个电话。”

看问题已经谈得差不多了，我俩起身告辞。彭部长送到门口，一一握手而别。

湘清在前门汽车站与我分手，他说再去市委找一位熟人给北大党委书记向志明打个电话，多方促进，帮助我早点解决问题，好早点回去。

看来，问题的解决大有希望了。

在前门汽车站等车时，湘清对我说：

“您一定得离开那个地方。”

“谈何容易！你以为小人物的调动那么容易么，我从熊河区调到郝穴镇花了三年。现在，我只想到一所师专去任教，看起来都难于上青天。”

“进师专，太简单了……唉！您要是在山东就好了。”

“这是幻想。我也不想完全依赖外援。”

“您还是老样子，死硬骨头！但不改变环境，您的才能怎么能发挥出来！这样吧，以后学术上有什么成果，您可以寄到山东来，我来发！”

我口里答应着，心里却很空虚。几十年求为白痴而不得的生活，消灭了我头脑中的任何学术细胞。我还能搞什么学术研究？

独自漫步天安门广场，仰望人民英雄纪念碑，忽忆三十年前在广场上接受检阅时的情景，感触良多，潸然泪下。

有生之年，尚有再来之时否？

下午，小钟硬要陪我去良骏家，婉拒不成，只好由他。良骏住的还是学生宿舍改造的两居室，陈设有些拥挤，我俩的到来，良骏夫妇很为难，好在小钟只坐了半小时就主动离去，避免了更多尴尬。不一会，庆生光临。这是我来京后重逢的第六位老同学、第四位同班好友。据良骏说唐天然上午到过这里，得知我来北京，竟借口有事溜开了。这“油嘴”如此心虚胆怯，实在大可不必！

庆生因专注古典文学，毕业时争成了林庚教授的研究生。他姓彭，是位爽朗的湖南老乡，四十好几的人，还跟孩子一样，爱放大炮。他的外号就叫“大炮”，五八年双反运动中，他自我挖掘出“青霄有路终须上，宇宙无名誓不休”的人生格言，竟在“文革”中得到“梁效”（江青钦命的写作班子）的青睐，引之为50年代大学生极端个人主义的“典型”。想起来真叫人不寒而栗，是哪位记忆力忒强的同窗，上了“四人帮”的黑船呢？

“大炮”又响了：“我总是说，咱们四班毁了两位天才。一为蔡根林，一为你老兄。”又说，“你在校写的诗文手边还有没有？《光明日报》发表的两篇文章，找出来让人们看看。明天到我们语言学院去吧，我那里还给你留着两本咱们编写的《陶渊明诗文研究汇评》哩！”

我很惶恐，而且惭愧。经过二十三年几次大劫难，我的书箧早已空空如也，哪里还有什么诗文？

## 11月22日

十点正，到德斋教学行政科询问老邱，老邱说：“刚才我去办公大楼问过情况，专题材料还在校长的桌子上，还没有批。”我还有点不放心，转到办公大楼党委办公室找向志明书记。

“向书记不在。”一位已经不年轻的、正在埋头看报的男士回答。我正要转身，他忽然发起话来：“您是湖北来的王老师吧？向书记您不用找了，您的问题他已知道，就会给解决的。您也不要再闹腾了，闹得整个大楼沸反盈天对您有什么好处？人家邱蒙也不是故意刁难您，逼急了大家脸上都不好看。”想不到邱蒙还有如此勇敢的帮手。我笑了：“风乍起、吹皱一池春水，干卿底事！”丢下这句话，扬长而去。

回到北招，小钟出去了。独坐空室，寂寞无聊，忽然想起庆生和良骏的建议：给山西的《名作欣赏》写写稿子。欣赏什么？首先想起的是酷爱数十年的南宋词人辛弃疾和李清照的词作。忽然又想起王力老师送给湘清的书法条幅上，写着两首七律，可惜没抄下来。作为试笔，我也凑他几首如何。

赠良骏：

依稀豪气似当年，沥血新书耀燕园。
北大何来刀斧手？四班早有龙虎篇。
春风又绿神州水，伟业频催学子鞭。
寄语东西诸好友，共携残卷上峰巅。

赠湘清：

邂逅重逢情意殷，红楼旧事愧青春。
五车杂学双焚尽，九死余生一息存。
我向荆榛理雁羽，君临碧海展鹏程。
云泥不隔同袍暖，峻坂盐车共苦辛。

赠庆生：

敦诚灵敏一湘人，依约梦回见赤心。

最爱书斋寻国宝，勇攀险路觅奇珍。
少年壮志青霄碧，华发催征著述勤。
叹我四班三两子，天涯海角隔知音。

下午，乘公车到“八大学院”，找到北京语言学院十四楼 408 室庆生家。他妻子也是位工人，一个儿子才十岁。他研究生毕业后分在人民出版社，几经沧桑，“文革”结束才进入高等学校任教，现正为晋升副教授而努力。他给我看了林庚老师为他的学术成就写的评语，和他新出版的专著《陈子昂诗注》，送给我一套他主编的《中国文学家辞典》。还有两本 1960 年由中华书局出版的、我们班集体编著的《陶渊明诗文汇评》和《陶渊明研究资料汇编》，是他为我保存了二十二年的珍品。“书前的序言还是你老兄的大作呢，”庆生动情地说，“两本书出版时，我才发现你已经神秘地失踪了，问起来谁都说不知道你的去向。我坚信你还活着，总有一天，我要亲手把你份下的这两本书交还给你。你看，今天我终于做到了。”他又孩子似的大笑起来。他还告诉我，“文革”中“破四旧”、大量书籍被烧，几次抄家搬家、书刊丧失殆尽，他始终把这两本书带在身边，直到现在。听他此言，我捧着这两本书页已经发黄的劫后余生，感动得说不出话来。

我们还谈到了两件趣事。

1965 年“四清”，他下放到了江陵，在与熊河邻近的滩桥区当工作员，因受不了“三同”的清苦，几次偷偷地跑到熊河街上下馆子。“可惜我不知道你在熊河中学。要是知道了，肯定去敲你一竹杠。”“那时我还没结婚，正是个快乐的单身汉，招待你大概不成问题。”说得大家开怀大笑。

另一件趣事涉及班上四位女同学之一的韩蔼丽。韩蔼丽是上海姑娘，比较活泼，整天叽叽喳喳，大家戏称她为“小麻雀”，一直是班上的文娱委员。据说她从进校之日始就暗恋上了蔡根林，可是谁也不知道。而蔡根林却另有所爱，是他高中同学何韵兰，就在北京医学院读书。这一组恋爱的“三人行”因反右运动而演变成了悲剧，或明或暗延续了二十余年。七八年右派改正，蔼丽却听说根林去世了，伤感之余，创作出小说《湮没》。小说中以蔡、何二人为原型，塑造了蔡源与何兰两个人物，描写了他俩凄婉的爱情故事，而小说中的穿线人物“我”是一位暗恋着蔡源的女孩，也就是作者自己。这篇小说一发表就引起了王蒙、林斤澜的注意，给予了很高的评价，韩蔼丽也因此一发而不可收拾地成了小说家。1980 年后，蔡根林复活的消息在北京传开，同学们都取笑她，她也一笑置之，颇有点大家风度。对此，根林给庆生写了一封信，信中这样写道：

> 《湮没》中的一些情节简直是神来之笔。小说中描写女主人公何兰，一九七五年冒天下之大不韪，跑到内蒙寻找蔡源。确有其事！不过，生活中的何韵兰，不是没有找到蔡根林，更不是连骨灰也没有找到；而是见到了九死一生的蔡根林——身体伤残了，由工厂打发到了一所偏远地区的中学。
>
> “文革”中，我在工厂打铁时扭折了腰，成为伤残人员。查《辞海》折腰：倾倒、崇敬。对于伟大的时代、悲丽的人生，我算是折腰倾倒之至了。

不知是偶合还是必然？也是在 1975 年夏天，我在熊河中学的农场抽水，被机器轧断手指，也成了伤残人员。“老北大”们的“同呼吸、共命运”，一至于此！

由于心灵的创伤未愈和别的缘故，我在北大四年与女同学接触很少，没有爱情记录。班外只认识一个温小钰，她比我高一年级，担任文学社朗诵组长时常来找我约稿，因为我兼任创作组长。记忆中她是位高挑个子、颇善言辞的交际型女孩，却并不美貌。本班四位姑娘我只认识两位，另一位来自天津，名叫王绍新。大一寒假期间，我去天津参加表哥的婚礼，曾应绍新之邀往访其家。那是天津的一条老街，两旁的建筑都是西式的高楼深宅，她家中几乎没什么人，宽大的房间满是红木的书架，只见一个保姆模样的女人来倒茶。我疑心她是曾经显赫的大资本家家族的后代，不敢深交，喝杯茶就告辞了。她在大二时与班上团支书施光亨恋爱，两人成为班上惟一一对情侣；后又一同转去一班，毕业后留校当了研究生，不久结为夫妇，双双成了阿拉伯语言专家。听说光亨就在语言学院，绍新则还在国外。

在我的记忆中，蔼丽不算漂亮，且始终未脱稚气，所以四年中几乎没有什么追求者。因她的名字与我在部队苦恋的对象“爱莉”谐音，偶尔也有些亲近的感觉。大三时我编了一个节目《体育小演唱》，由她扮演主角“小胖子”，演出后颇受欢迎。大四时在平谷苦中作乐，排演东北小调《瞧情郎》，她充当“情妹子”，化妆后给人留下极美的印象。不过，1958年后我因政治上连连倒霉处于自我封闭状态，根本就没有什么心思谈恋爱，与两位女同学的交往绝对是纯净无尘的。当初谁也想不到蔼丽会成为小说家，而且还为蔡根林留下这样一篇艺术性的传记。

在庆生的眼中，老四班有两个“天才”，两个“人才”：“天才”是蔡根林和我，先后被毁灭了；“人才”是张仁健和张继顺，也被整得灰心丧气，一贬山西，一贬巴蜀，现在总算在崛起之中。

什么原因呢？他的分析是：调干生和应届生两个圈子明争暗斗，两败俱伤。他们应届生单纯幼稚，斗不过调干生的老练成熟；而调干生的复杂机巧，又敌不过应届生真挚善良。如今都接近老年，地角天涯，升沉辗转，反省深思，不胜追悔，共同语言终于多起来了。

他的话不无道理，虽然总根子是那个“以阶级斗争为纲”。从才华上说，最先崭露头角的是根林，《红楼》发表了他的《东阳江》，应届生为之欢呼雀跃，佩服得五体投地。不料“反右”一来，根林被一棍子打死。应届生划了四个“右派”不算，还有一大群“中右”，或“开除团籍”，或“留团察看”。他们只好慢慢调整方向、适应形势，有的向政治，有的向学术。我从五七年被形势推到台前，发表《骑士赞》，出任《红楼》主编，主持北大文学社。昙花一现后，被“双反”和“反右倾”两棍子打死，比根林下场更惨。虽然九盈、明雄等调干同窗一直关心着我，但比较起来，我们之间的感情确实比他们要淡薄得多。

用过晚餐，庆生领我到十三楼408室会见光亨。门一开，光亨与我对视了半分钟，居然认出来了。“王叔珩!老宣！”他大叫一声接着是长久的拥抱。坐定后先拉了一阵家常，知他夫妇毕业后经常在国外，目前绍新仍在也门工作。他俩的独生女儿正在准备再次参加高考，孩子很有礼貌，很像青年时代的绍新。

光亨在上海读高中时就入了党，几十年仕途平稳，早已是学界的领导人，现任学报副主编。谈到我的问题，他却仍然表示未可乐观，理由是：现在头头们都怕负责，连画圈都要等在一起，喊声“一、二、三”，然后同时动手。因此，他要我有“泡蘑菇”的精神准备，最好让九盈出马，去找同年级的沈鲲鹏，沈兄是北大学报的主编，在校级有地位，说话有分量。按光亨的说法，这叫做“公事私办”，与“私事公办”同样是一种时尚。

他看了我的改正决定，评价是：“诘屈聱牙，语焉不详；不敢负责，官样文章。不过二十年前的错案总算给推翻了。”他要我把有关文件留在他那里复印两份，以免日后遗失出麻烦。他的好意使我感动。

深夜十一点，光亨送我到汽车站，依依惜别。他哀叹自己“鞭长不及马腹”，怅然久立于路旁。

## 11月23日

凌晨即起，心潮难平。光亨警告我不要幻想奇迹，要一秒钟也不停顿地行动。他所分析的当前各级领导干部的心理状态，不能不说是深谙内中奥妙的切中肯綮的结论。无论如何，今天要面见王学珍，问个水落石出。

七点二十分，距上班时间差十分钟，这时扣门最佳。既不冲击领导同志的休息与早餐，又不至于让他消失在文山会海之中。

从七点起就等在大门口，十五分，慢慢上楼；准二十分，敲门。

门开了，一位老太太问：“找谁？”

“请问这是王副校长的家么？”

“是的，你找他有事吗？”

“他在家么……”我的话还未落音，王学珍刚好提着手提包从内室走出，一见是我，立即高兴地说：

“批了！我已经给你批了。”见我还愣着，他接着说：“昨天下午，找几个人商量了一下，一致同意给你补发文凭。”

奇迹出现了！我一时竟激动得张口结舌，不知说什么才好，只是连声讷讷地说：“谢谢！谢谢！”

“你过两天就可以回去了，希望你更好地工作。”

“谢谢！太谢谢您了。我一定会努力工作。请相信，我不会给北大丢脸的。”

我终于说出了临时想起的几句客气话，立即告辞转身。王学珍送到门外楼道口，握住我的双手，又叮咛了一句：

“对邱蒙同志，你就不要再说什么了。”

关于邱蒙，我还要说的是什么呢？就是那个“三年零十个月”的精确概念。

事实上早在1978年改正右派时，教育部就有明文规定：“凡在校学习四年以上的被错误处理的大学生，一律补发毕业证书。”这里所说的“四年”，无疑是不包括寒暑假在内的“学年”，而不是以365天为单位的“地球年”。我国长期实行秋季始业制，每年夏季六七月间，旧学年就已结束，四年制的大学生就毕业了；就是长学制的学生也都结束了期末考试。鉴于受错误处理的学生离校的时间并不统一，而当时的主政者的本意就是要剥夺他们的学习权利、腰斩他们正常的学习过程；因此，真诚的“平反”者在考虑“在校时间”时应当宽松一些，而不应过于苛严。我于1956年秋季入学，1960年夏季离校，四年的学习已经结束，大部分课程的考试也完成了。因此，1963年的肄业证上清楚地写着“在本校中文系汉语言文学专业四年级下学期肄业”。而邱蒙们竟执意把两个月的暑假也算成“学习时间”，算出“三年零十个月”这个精确数字，上顶教育部学生司的指示，下封中文系的报告，卡了整整三年。如果按照他们的逻辑，所有在9月以前离校的四年制大学生，实际“在校时间”都不足四周年，也就都不能颁发毕业证了。这难道还不是荒天下之大唐吗?

记得前天我把陈旧的肄业证铺在他眼前时，他终于露出了尴尬，只能连连地说：“好好！这是一个有力的佐证，我把它放在专题报告里，一定有利于问题的解决。”言下之意，似乎我还要大大地感激他才对。不过，无论如何，他能转变态度，这是难能可贵的。

预感到问题将要解决，前天去海淀照相馆照了一张登记像，中午居然提前取出。四十八岁的我，仍是一脸苦楚，同二十九岁那年在同一家照相馆照的几乎一模一样，仅仅多了一副眼镜。

下午到语言学院取回平反文件及复印件。光亨闻讯大喜，兴奋地说：“奇迹出现了，这说明老兄还有几年老运。”忙着拉开冰箱，拿出一瓶好酒，两样小菜，二人对酌一杯而别。

傍晚，借招待所电话给彭佩云部长汇报问题解决结果，感谢她的亲自过问。彭副部长表示欣慰，并安慰我说：“你这问题拖了又拖，我们也有责任，落实党的政策是我们分内的事。你受了二十多年的委屈，我代表北大表示歉意。希望你从此轻装前进，在教学和科研中多出成果，我们期盼着你的好消息。”

## 11月24日

顺利地拿到了一纸文凭，却是一种为处理历史遗留问题特制的《学历证明》，内容有在校学习的起迄时间、所学专业和毕业时间等。我问邱蒙要不要注明离校原因及平反经过，他说：“那就不必了，写在上面，如果以后您出国讲学，让人家看了笑话。”承蒙抬举！让我受宠若惊。然而，他话虽说得好听，却连一个封面也不给。一张照片，两个公章加一个钢印，四十八岁本科毕业，也堪称当代中国的奇闻了。

回到中文系，老冯看了有点生气，转而安慰我说：“您别在意，明年我多领一个封面给您寄去。”

景寿则大笔一挥，龙飞凤舞地代表系总支给江陵写了一封公函，全文如下：

江陵县教育局、江陵县郝穴中学：

现在郝穴中学任教的原我校毕业生王叔珩同志，其错案已平反，根据上级有关规定，最近发给了毕业证书。

王叔珩同志是调干学生，应从1960年6月离校之日起计算其连续工龄，特此说明。

致

敬礼

北京大学中文系党总支（公章）

1982年11月24日

这文件看起来似乎有点“画蛇添足”，但为了预防小人从中作梗、制造节外生枝的反复，说是“锦上添花”也未尝不可。至此，进京的三个目标可谓圆满实现，可以愉快地满载而归了。

与招待所结账，付款十五元；比起1963年无银付账的狼狈，这次是来得光明、走得磊落。但清理行囊，发现归途盘缠还是吃紧；只好去找九盈借款十元，顺便与他夫妇道别。

到火车站购得明天上午的车票，留足从武汉到荆沙的路费，剩下的钱给女儿和邻居的孩子买了两包北京糖果，回招待所已是夜间。这几日小钟不见踪影，明天也只好不告而别了。

## 11月25日

上午十点五十八分，从首都开出的直达武汉的149次快车正点发车，硬卧车厢里洋溢着舒适、温暖而稍稍有点懒散的气氛。我懒洋洋地斜靠在旧大衣上，估摸着行程。如列车正点，明天上午可达汉口；如能顺利搭上汉口至沙市的长途汽车，明晚可到荆州。后天才二十七号，距月底还有三天，教育局大概不会再为难了吧？

我打开破旧的黑色提包，取出那张白磅纸的《学历证明》，凝视着上面那1960的“0”字，泪水刹那间充满了眼眶。在模糊中，那个“0”慢慢幻化成一个用五颜六色的肥皂泡缀成的花环，簇拥着照片上那戴着老花镜的苍老的我，显得有点古怪。一大颗泪珠掉下来，恰恰落在那铅印的“毕”字上。为了这一个字，花了多少年呢？三年？十九年？二十二年？都不是！确切地说，是整整二十六年。

“毕”字在字典里是“结束” 的意思。我酸楚地想：现在一切都结束了吗？我还能不能有一个新的开始呢？

特快列车在辽阔的华北平原上飞驰向南，车厢的轻轻摇晃让疲惫的我昏昏欲睡；忽然，积习又从昏睡中抬起头来，在毕业证的背面写下打油诗一首：

人心公道在，奋斗终成功；
奇迹痴人爱，险峰曲径通；
登攀无比乐，苦味不妨浓；
叹我身将老，夕阳难久红！

（1982年日记，1986年整理，2003年10月定稿于湘潭高岭）

## 附录：

# 东瀛忆恩师

邓 捷

2006 年 5 月 2 日，湖北江陵郝穴中学八六届文科班毕业二十周年的同窗会在故乡的小镇举行。我远在日本，又因公私琐事缠身，终未能赴会。当年所有的老师都到会了，除了远在湘潭，又无法取得联系的王叔珩老师。第二天，刘冰给我一个电话，激动地说："告诉你一个天大的好消息，我们联系上王老师了！现在准备开车前往湘潭拜访。"正在忙着给儿子换尿布的我禁不住脱口而出："你们都快疯了！"要知道，大家第二天都要回武汉飞北京上海甚至美国的啊。我口里骂他们疯狂，心却多么向往与大家同在。

王老师就是这样一位令二十年后的我们仍然连夜兼程不辞千里赶去看望的老师。

郝穴是长江边的一个小镇，郝穴中学除了一个操场和几栋简朴的校舍外，就是校园后一大片开满油菜花的菜地。从菜地极目远眺，可以望到荆江大堤，大堤后就是九曲回肠的江水。被北大驱逐二十年后平反昭雪的王老师从 1981 年起在此任教七年，而我们这些农村小镇的孩子就成了他的学生。

小镇中学的教室是简陋的，玻璃窗也似乎春夏秋冬地破着。记忆中的王老师身体瘦弱，一件白色的衬衣被风吹得鼓鼓的，好像一面挂在身上的旗帜。拿着粉笔的手，像要抓住风似的，在空中挥动，说：三十年，弹指一挥间！这句话，饱含着老师大半生的艰辛。这艰辛，现在读老师的诗文，才了解到一点眉目。那时，老师很少诉说他的过去。但我们幼小的心灵是敏感的，知道老师孤高的风貌、严谨的教学和广博的知识后面有着我们体验不到的东西。那时候，好些同学都学王老师的字体，那黑板上流畅飘逸的板书，无声地告诉我们这些不识世事的学生什么是一流的。

王老师的教学方法十分独到。语文课上，我们总保持高度的紧张，因为老师常会提出尖锐的问题叫学生回答。作文也有当堂交卷的时候。甚至读古文时，老师曾教学生自己上台讲课。经过种种“苛刻”的训练，我们学会了如何用自己的头脑思考，用自己的语言说话。现在想来，在文革结束不久的年代，在那么偏僻的小镇，能接受到如此高质量的语文教育，近乎奇迹。我后来在北大五年，也只有“听课”的份，没有自己“讲课”的经历。直到到了东京大学，才知道很多老师的课都是学生轮流讲的。(国内恐怕要到研究生后，才有此类授课方法。)

对我们，王老师不仅传授了知识、引导我们独立思考，他还让我们在人生起步之时窥见了一个不屈不挠的人格。课堂上我们常可以听到老师的一些思索的语言。翻开当时幼稚的日记，“王叔珩老师话语”和高尔基、罗曼罗兰等的格言记录在同一页上。“什么运动得最快？答曰：思维。人的思维要从过去中找来轨迹，但重要的是思考未来”——这样沉思的话语，是老师大半生的艰难孕育出来的，在我们眼里，更是老师作为“人”而活着的一种姿势。我们从他身上知道了中国的不幸，也知道了中国知识分子的不幸，更知道了生存在不幸中的人格的尊严。

“人是一根能思想的芦苇……我们的全部尊严就在于思想”——这是何教授在序中引用的布雷兹·帕斯卡尔的话。我记得何其芳在20世纪30年代也说过：“我是芦苇，不知那时是一阵何等奇异的风吹着我，竟发出了声音。风过去了我便沉默。我不愿我成为一管笛子或一只喇叭。”(引自2000年河北人民出版社《何其芳全集》第一集) 这句话在解放后被不断地删改，“奇异的风”、“笛子喇叭”云云当然是被抹杀的，连 80 年代出版的《何其芳研究资料》里它也残缺不全。但不管延安时代和解放后的何其芳如何，他至少留下了《燕泥集》、《画梦录》，以他的年轻气盛说出了上面那句大胆的话。王老师一代却在青春年少时就被强烈的意识形态所左右，甚至不可理喻地受到命运无数次的鞭打或抛弃。读老师五六十年代的诗，我们也许对那浓重的时代气氛不以为然，但那些端正的文字，仍然传达出一种灵魂的苦痛。这种痛苦来自不能思想的时代的思想，这痛苦还是人在被否定被抛弃状态中的一种尊严。

王老师的学生遍及全国各地。我在北京的时候，侯波在北外，刘冰在北商，朱小梅也进修来北贸。我们曾一起漫步北大校园，遥想当年老师的光荣和落寞。“无培养前途”、“限二十四小时内离开北京”，如此莫须有的罪名和冷酷的驱逐，在我们一代已是不可想像。我们上学时的北大，也有开除学籍的事，但理由基本已与政治、出身无关，更多是“男女同居”等生活态度问题。这是我们时代的一种道德的压制。现在的北大，如此这般的问题恐怕已不算问题了吧。时代不同，价值规范是可以这样翻云覆雨的。什么是好的？什么是有价值的？这些问题在今天已很难找到答案了。作为“人”，我们活在现在这个充满诱惑的恍惚的年代，能保持的惟一的尊严，也许就是自己思想这一行为了。这是王老师一代以他们痛苦的丧失、死而复生的强韧、不卑不亢的人格告诉我们的。

在家乡，“郝穴”音通“鹤歇”。传说长江边上这块并不富饶的土地曾是仙鹤歇脚之地。这是小镇人们的梦想和愿望——仙鹤是遥不可及的外面世界的使者，是可以载着小镇的梦想飞翔的。被北大谪仙的王老师是不幸的，但老师在小镇的停留却为我们这些乡下孩子打开了一面窗口，至少我们通过老师触摸到了遥远的世界的气息，还知道了“未名湖”这一个神秘而诱人的名字。世间的幸与不幸，就这样像一枚硬币的两面，是紧紧相连的。学生没有资格评价老师的一生，但我可以说：我们是幸运的，因为王老师。我相信这句话可以代表大家说，代表八六届郝穴中学文科班的全体同学说。

作为学生，我不敢为老师的书写序。这篇文章只是一点回忆，略表寸心而已。

还有，这篇文章本应以八六届文科班的名义写的，但因在国外做异乡人久了，多少染上了些个人主义的习气，已不知如何代表“大家”作文了，所以最终只写出了一点个人的记忆和感受。请大家原谅。

2006年6月于日本早稻田大学

# 后　记

“家有敝帚，享之千金。”不可救药的我，总算又完成了一个心愿，《山竹诗文》终于成书了。

书稿全部在电脑上整理了一遍，又通过打印稿反复校正，历时三年。我绝不妄想此书思想或艺术的不朽，我的希望仅仅是在语言文字上打造一份精品，给孩子们留下一个纪念和练习写作的借鉴。这也许只是年逾古稀的我的一点可怜的奢望，实际效果如何，就不得而知了。

此书原拟定在湘潭市内部出版，付排于2005年10月。出乎意料的是，衰老的我在半年中竟连续两次被推进了手术室。第一次是“绿激光前列腺汽化术”，比较顺利；第二次是“剖腹探查胆管取石术”，则十分严酷，术后带着引流管生活了两个多月，四次住院急救，使我非常切近地看到了死神的威胁。最后我总算闯了过来，没有辜负亲人们的悉心关照，特别是亚平与高玲夫妇二人出国赴美之前的关心。我感谢上帝的仁慈，让我还能在这里饶舌。

更出乎意料的是，2006年5月3日，湖北江陵郝穴中学首届三年制文科班的同学们在“毕业二十周年”的聚会中想到了年迈的我。朱小梅、刘冰（刘立丰）、吴建华、陈学芝（陈默）、王明东、谭勋虎、曾祥斌和刘宏骏八位同学，竟连夜驱车千里来到湘潭，专程给我带来了厚重的献礼，并畅谈了他们二十年来的巨大进步；邓捷也从日本打来了祝福的电话。这次短暂的会晤后不久，小梅来电话说他们决定把我的《山竹诗文》交由武汉出版社公开出版，并立即开始了行动。

孩子们的努力让我惭愧，更让我感动。二十年前在我和他们相处的两年中，我所能给予他们的其实非常有限；他们在二十年后还记着我这垂老的书生，不远千里万里地来表达深深的情意，并让此书得以回到广阔的江汉平原。这不能不说是一个罕见的人间奇迹。

此书承蒙老友何九盈教授作序并千里迢迢从北京寄来，湘潭电大的党委书记易建辉同志对此书的出版也给予了大力支持，在此一并表示衷心的感谢。

王叔珩

2006年5月12日

# 作者简历

1934年1月19日生于湖南省耒阳城厢镇

1949年5月毕业于南岳国师附中初中部

1950年12月25日在长沙加入新民主主义青年团

1951年2月1日调入湖南省公安干部学校

1951年3月—1954年9月毕业于军委七局训练班（中专），任汉口站少尉科员

1954年9月—1956年9月任湖北省江陵县粮食局加工厂厂长

1956年9月—1960年6月毕业于北京大学中文系汉语言文学专业，在校曾任北大文学社社长兼校刊《红楼》主编

1960年6月—1963年7月在湖南耒阳盐沙公社天门大队务农，其间曾到黑龙江同口筑路队做工一年

1963年7月—1981年7月任湖北省江陵县熊河中学教员，“文革”中被批斗劳动六年

1981年7月—1988年4月任湖北省江陵县郝穴中学高级教师

1984年当选湖北省江陵县人大代表

1985年6月11日加入中国共产党

1988年4月—1989年12月任湖南省湘潭市广播电视大学文经处责任教师

1989年任湘潭市电视大学中文专业副教授

1994年7月退休